LIEUX ET
NON-LIEUX
DE L'ART
ACTUEL

PLACES AND
NON-PLACES
OF CONTEMPORARY
ART

Les éditions esse
C. P. 56, Succ. de Lorimier, Montréal (Qc) Canada, H2H 2N6
Tél. : (514) 521-8597 Téléc. : (514) 521-8598
revue@esse.ca
www.esse.ca

Couverture / *Cover*
SYN-, *Hypothèses d'insertions*, Hull/Gatineau, 2002.

Coordination de la publication / *Publication Coordinator*
Sylvette Babin

Comité de rédaction / *Editorial Committee*
Sylvette Babin, Nathalie de Blois, Nathalie Garneau, André Greusard, Bernard Lamarche, Pierre Rannou

Traduction / *Translation*
Terrance Keller, Margot Lacroix, Janet Logan, Stephen Wright

Révision française / *French Revision*
Pauline Morier, Steve Savage

Révision anglaise / *English Revision*
Vida Simon, Jack Stanley

Conception Graphique / *Graphic Design*
Thomas Csano

Infographie / *Computer Graphics*
Natacha Clitandre

Impression / *Printing*
Imprimerie HLN

Équipe de production / *Production Team*
Direction : Sylvette Babin; Adjointe à la rédaction : Natacha Clitandre
Adjointe à l'administration : Manon Tourigny; Promotion et diffusion : Jason Arsenault

Distribution pour le Québec, le Canada et les États-Unis / *Distribution for Quebec, Canada and the United States*
ABC Livres d'art Canada

Distribution pour l'Europe / *Distribution for Europe*
Dif' Pop' S.A.R.L.

Cette publication a été subventionnée par le Conseil des arts et des lettres du Québec, le Conseil des Arts du Canada et le Gouvernement du Canada par l'entremise du Fonds du Canada pour les magazines du ministère du Patrimoine canadien.

ISBN 2-9809052-0-8
Dépôt légal – Bibliothèque nationale du Québec, 2005
Dépôt légal – Bibliothèque et Archives Canada, 2005

Les éditions esse

Introduction

Depuis que les artistes ont étendu leur champ de recherche à l'extérieur des institutions, multipliant ainsi les espaces *non traditionnels* de diffusion, la question des lieux de l'art est pratiquement devenue lieu commun. On ne doute plus de la pertinence ou de la légitimité de ces sorties ; les artistes peuvent maintenant opérer librement, que ce soit dans les sphères privées ou publiques, sociales, économiques ou politiques, réelles ou virtuelles. Lieux, non-lieux, mi-lieux ou hors-lieux – selon le contexte où on les nomme – ont tous été investis d'une manière ou d'une autre. Pourtant, loin d'avoir provoqué un essoufflement, l'investigation des espaces «autres» suscite toujours autant d'intérêt. Désir persistant, ou renouvelé, de rompre avec l'institution? Tentative de se rapprocher coûte que coûte du public? Volonté d'ébranler les conventions sociales? Besoin d'appartenir, et de participer, au monde réel? Chacune de ces raisons a probablement été, à un moment ou un autre, le leitmotiv d'un artiste prenant place dans des sphères originalement étrangères au monde de l'art.

Nous assistons ainsi, depuis quelques décennies, à un consensus social admettant que tout lieu et toute action sont potentiellement «artialisables». Cela a certainement provoqué tout un bouleversement dans le système de validation de l'art, remettant en question le statut et le rôle de l'artiste, l'identification de l'oeuvre ainsi que le pouvoir de ceux qui les consacrent comme tel. En donnant à tous lieux la possibilité d'être un lieu de l'art, on tendrait vers cet objectif de créer un art unitaire[1], d'en faire une situation universelle, ce qui aurait aussi pour effet de le dissoudre complètement dans le monde réel et de le pousser jusqu'aux limites de sa disparition. Ou au contraire on aurait simplement abouti, en offrant à l'art ce don d'ubiquité, à lui accorder une nouvelle autorité : le privilège de s'installer partout et le pouvoir de *consacrer* tout lieu, toute forme et toute activité, c'est-à-dire de les nommer Art. L'intention de cet ouvrage n'est toutefois pas d'endosser l'une ou l'autre de ces hypothèses mais bien d'explorer ces lieux de l'art qui, à ce jour, ne cessent de se multiplier.

---

1 L'expression, peu utilisée aujourd'hui, est surtout associée aux avant-gardes et est inspirée de la pensée de Paul Valéry qui imaginait un art «sans qualités» : «On peut concevoir une "époque" où les arts spécialisés et faits exprès, seraient abolis et remplacés par l'art des activités ordinaires. Et en somme par l'art de vivre.». Cité par Nicolas Bourriaud, *Formes de vie. L'art Moderne et l'invention de soi*, Paris, Denoël, 1999, p.63.

S'il y a, dans cette attitude récurrente, bel et bien matière à parler d'un *lieu commun*, ce pourrait être alors pour l'observer sous un autre angle, soit du lieu où l'on se rejoint[2]. Car c'est aussi l'espace de l'autre et le territoire social qui retiennent notre attention, c'est-à-dire l'individu dans son rapport aux lieux, ainsi que les relations et les expériences qui en influenceront la perception, voire qui en transformeront le caractère. Aussi, plutôt qu'une étude terminologique ou géographique des notions de lieux et de non-lieux, ce livre présente le constat des pratiques qui tentent d'ébranler les frontières entre les différents champs de l'activité humaine, mais aussi, parfois, d'en requestionner les modes de fonctionnement.

Un lieu ou un non-lieu ne se définissent pas uniquement par un positionnement intérieur/extérieur aux musées et galeries (un espace extérieur *protégé* par les conventions artistiques ne constitue en rien un non-lieu de l'art), et ne sont pas nécessairement géographiques; l'espace relationnel, le territoire psychologique ou sociologique, le paysage virtuel, voire même la mémoire et le récit étant devenus des réceptacles de l'art aussi convenus que les salles d'un musée. Il serait toutefois vain de s'attarder outre mesure sur la définition des lieux ou des non-lieux; plusieurs auteurs, se basant sur les spécificités de leurs disciplines (art, muséologie, sociologie, urbanisme), en proposent eux-mêmes de nombreuses variantes. Ainsi, pour certains, le non-lieu de l'art serait l'espace se situant à l'extérieur des structures muséales ou de ses conventions, tandis que pour d'autres le musée apparaît plutôt, par sa neutralité, comme le non-lieu par excellence. Nous retiendrons néanmoins les propositions de Marc Augé et de Michel de Certeau, qui identifient lieux et non-lieux à partir de leur potentiel relationnel ou par les présences et les circulations possibles. Ainsi, pour de Certeau, «[e]st un *lieu* l'ordre (quel qu'il soit) selon lequel des éléments sont distribués dans des rapports de coexistence[3]», tandis qu'Augé écrit : «Par lieux et non-lieux nous désignons, rappelons-le, à la fois des espaces réels et le rapport que leurs utilisateurs entretiennent avec ces espaces. Le lieu se définira comme identitaire [...], relationnel [...] et historique [...][4]». Précisons que chez de Certeau, le lieu est plutôt défini par son «potentiel» à accueillir le passage de l'autre –, le transformant ainsi en espace – alors que la présence (le rapport à l'autre) est déjà plus implicite chez Augé. Nous verrons que ces notions de présence et de coexistence sont des avenues empruntées par plusieurs auteurs de ce livre, que ce soit, par exemple, en réfléchissant sur le rôle de l'artiste, physiquement impliqué dans l'oeuvre, ou de celui du spectateur, dont la présence active est de plus en plus recherchée. Le rapport de coexistence, non plus ici des éléments mais bien de l'individu avec son milieu ou des individus entre eux, est certainement devenu un facteur essentiel au déploiement des oeuvres, et ce, peu importe les lieux.

---

2   Cela excluant tout sens péjoratif et rendant au lieu commun ses lettres de noblesse. Comme le souligne Anne Cauquelin : «un lieu commun est un lieu où l'on se réunit, qui appartient à tous, autrement dit : public. Dès qu'il frôle la notion de communauté, le lieu commun semble s'anoblir». Anne Cauquelin, *L'art du lieu commun, Du bon usage de la doxa*, Paris, Seuil, 1999, p. 9.

3   Michel de Certeau, *L'invention du quotidien, 1. arts de faire*, Paris, Gallimard, 1990, p. 172.

4   Marc Augé, *Pour une anthropologies des mondes contemporains*, Paris, Champs Flammation, p. 156.

Lieux et non-lieux de l'art actuel tire son origine d'un colloque du même nom, présenté par *esse* le 17 avril 2004 à la SAT, avec la participation de Alain-Martin Richard (modérateur), Aline Caillet, Alexandre Castonguay, Luc Lévesque, Emmanuelle Léonard et Véronique Rodriguez.

Les auteurs de *Lieux et non-lieux de l'art actuel* ont été invités pour leur implication, en tant qu'historiens, théoriciens ou artistes, dans les différents champs de l'art, ainsi que pour leurs réflexions sur la relation qu'entretient l'artiste avec divers lieux de production et de diffusion[5]. Nous avons tenté de cibler plusieurs disciplines et secteurs de recherche, allant du travail en atelier aux interventions in situ, sonores et performatives, en passant par les pratiques activistes, furtives ou relationnelles.

D'entrée de jeu, nous abordons une réflexion sur ce qui était il n'y a pas si longtemps *le lieu d'origine de l'oeuvre* : l'atelier. À cet effet, Véronique Rodriguez propose un retour sur la fonction initiale de l'atelier, en précisant par exemple son influence sur la création d'une oeuvre, puis observe ce que la pratique en atelier tend à devenir depuis le déplacement de l'art – et de l'artiste – dans les espaces publics. Nous assistons à une nouvelle division du schéma production/diffusion qui ne se présente plus nécessairement dans un ordre stricte, mais relève plutôt d'un va-et-vient entre les deux, allant parfois jusqu'à la fusion de l'atelier et du lieu de diffusion. Luc Lévesque pose quant à lui un regard sur la paysagéité des espaces urbains, à travers ses vides et ses interstices, c'est-à-dire par les multiples perceptions que ces trouées rendent possibles. Il remet en question l'identification, par certains théoriciens, du lieu comme un espace idéal, où «l'habiter» est zone de protection et de confort. Lévesque délaisse aussi la distinction entre lieu et non-lieu au profit de leur superposition, créant ainsi un *mi-lieu*, ou lieu hybride, c'est-à-dire un espace interstitiel caractérisé autant par sa spatialité, sa porosité, son potentiel relationnel et sa temporalité.

Si nous associons d'emblée le lieu à des notions d'espaces, l'analyse des pratiques qui font appel à la participation de l'autre demande nécessairement une prise en considération de la temporalité dans laquelle le projet se manifeste. C'est une réflexion que nous retrouvons dans le texte de Alain-Martin Richard qui s'intéresse aux pratiques s'insérant dans le corpus social ou dans le «paysage humain» – les pratiques *infiltrantes*, les actions performatives ou les manoeuvres – et qui se déploient non seulement dans l'espace mais aussi dans le temps, qui en est parfois la composante essentielle. Ces pratiques dites *infiltrantes*, comme de nombreuses pratiques s'insérant dans les non-lieux, posent aussi la question de sa validation. Car en quittant les lieux officiels de l'art pour se greffer à la vie quotidienne, en développant des stratégies visant à se confondre avec le monde réel, par exemple en portant l'art vers des champs disciplinaires qui lui sont, a priori, étranger, l'artiste – volontairement ou non – court le risque de ne plus être perçu ou reconnu comme tel. Pour certains, ce faible coefficient de visibilité serait justement le résultat d'une tactique visant à se dissocier le plus possible de l'institution artistique et de son pouvoir de consécration. C'est une thèse développée par Stephen Wright à travers une analyse du Critical Art Ensemble, collectif d'artistes dont la pratique activiste s'insère directement dans la sphère scientifique. De toutes les disciplines explorées par les artistes, celle de la science soulève peut-être les questions les plus litigieuses, qui seront parfois débattues sur la scène judiciaire. Wright approche donc le lieu ou le non-lieu à partir de son sens juridique (soit la poursuite ou l'arrêt de procédure faute de preuve) et pose la question : «l'art devrait-il bénéficier d'un non-lieu?»

Si l'on peut supposer que le milieu de l'art a aussi souhaité, en quittant les musées au profit de la place publique, rompre son lien avec l'institution, on pourra aussi se demander si une telle rupture est réellement possible. Paul Ardenne réfléchit sur l'impact – en l'occurrence une forme d'institutionnalisation, selon lui inévitable – de la multiplication illimitée des lieux de l'art et des pratiques hors les murs, maintenant aux prises avec les questions de l'invisibilité et de l'absence de médiatisation. Selon Ardenne, les artistes du hors-lieu en sont venus, pour répondre à un désir – ou à une nécessité – d'être reçus, à créer des *sur-lieux*, c'est-à-dire des moyens de monstration en connivence avec les critiques, commissaires et «passeurs» de l'art. Aline Caillet, s'appuyant sur la critique situationniste, souligne aussi que l'usage des non-lieux n'a plus rien de transgressif. Elle s'intéresse à des stratégies formelles non axées sur la quête de nouveaux lieux, mais qui tentent plutôt, par la pratique du détournement, de transformer notre perception de diverses situations ou activités quotidiennes. Une attitude que l'on retrouvera aussi dans le travail photographique d'Emmanuelle Léonard qui, dans une entrevue avec Nathalie de Blois, explique sa démarche orientée vers la notion du statut de l'auteur. À travers une recherche photographique sur les lieux de travail du citoyen, elle dit explorer le lieu public comme sujet de l'oeuvre, tout en remettant en question le statut autoritaire et unique de l'artiste, notamment en relativisant son propre rôle au profit du citoyen devenu *co-auteur*.

À l'instar de Michel de Certeau, Marie Fraser retient la mobilité (la circulation) et l'immobilité comme critères de distinction entre lieu et non-lieu. Elle rend compte de pratiques d'artistes ayant choisi la ville comme espace de production, et le déplacement ou la station comme attitude artistique. Plutôt qu'une volonté d'«artialiser» un lieu, c'est la perception de ce lieu qui fait l'objet de cette réflexion à travers des actions performatives qui, elles, sont parfois imperceptibles. C'est aussi l'imperceptibilité qui retient l'attention de Kathleen Ritter. Dans son petit guide de l'usager, elle définit quelques modèles observables d'oeuvres furtives, gestes d'artistes quasi invisibles se brodant discrètement, voire secrètement, sur le tissu social. Ici, bien que le lieu physique de l'action soit généralement l'espace public – où l'anonymat de la foule et le brouhaha des lieux permettent de s'insérer de façon subtile –, le bassin réel de l'action est encore l'espace de l'autre. Toutefois, tel que le mentionne Ritter, à la différence des oeuvres relationnelles, les pratiques furtives ne sont pas nécessairement conviviales. Furtives, parfois transgressives, elles se distinguent plutôt par leur caractère anti-social. C'est cet espace un peu en retrait de l'autre, espace où se mêlent silence et mutisme, que dépeint Christof Migone à travers la figure du platinitaciturniste et l'analyse des oeuvres de quelques *muticiens*. L'écart sous-entendu ne devrait toutefois pas être perçu comme un rejet de l'autre car, comme le précise Migone : «Proposer la taciturnité comme cale tactique entre celui qui impose le silence et celui qui y est réduit ne signifie pas accroître la distance entre les deux, mais bien dynamiser leur enlacement.» Réflexion sur l'espace sonore, le *lieu* de cet essai est un disque sur lequel sont gravées différentes pistes de réflexions sur le silence, l'inaudible.

La plupart des oeuvres et pratiques traitées dans ce livre ont en commun la volonté de s'insérer dans des lieux non traditionnels de l'art – ou simplement de rendre tous lieux propices à la réception de l'art – mais partagent peut-être plus encore le désir de rejoindre l'autre où qu'il soit. Le rapport à l'autre, c'est-à-dire l'échange, est probablement ce qui confère aux lieux et non-lieux investis une extensibilité illimitée, un déploiement autant dans l'espace que dans le temps, mais aussi dans la mémoire, multipliant ainsi à l'infini les lieux de l'expérience artistique. À cet effet, je reprendrai l'idée de la logique d'extension (par opposition à la logique d'emboîtement) proposée par Anne Cauquelin : «Si je qualifie cette logique d'extension, c'est que le lieu déborde le quadrillage de l'espace par la multiplicité des points de vue qui le construisent comme lieu. Extension non au sens d'une étendue étalée devant nos yeux, mais au sens d'une mémoire en profondeur. D'une accumulation de strates et de "dits"[6].» Observer le lieu à partir des présences et des mémoires qui, tel un palimpseste, s'y accumulent, demande également de concevoir que les lieux de l'art ne sont pas simplement des dépôts d'objets ou même d'actions, mais des espaces où s'activent des individus au bagage variable, des espaces relationnels, ou conflictuels, en transformation constante. Si ces nombreuses transformations – physique, relationnelle ou symbolique – influencent notre perception des lieux, c'est aussi ce qui enrichit le sens et le devenir de l'art.

En multipliant les lieux de l'art, l'artiste a non seulement permis à celui-ci de se répandre, et, peut-être, d'y rencontrer l'autre, mais il a aussi permis d'accroître les points de vue et, en quelque sorte, d'élargir les horizons de l'art. Ainsi décuplé, le lieu de l'art acquiert une identité qui relève de moins en moins d'un système autoritaire de reconnaissance et de validation, mais qui se redéfinit plutôt à partir de chacune de ses expériences vécues. C'est donc à travers la mémoire et par le récit que sont partagées, dans ce livre, les expériences contribuant à la multiplication des lieux de l'art.

Sylvette Babin

---

6   Anne Cauquelin, *Le site et le paysage*, Paris, Presses Universitaires de France, 2002, p.79.

Introduction

Ever since artists began to expand their field of enquiry out beyond the institution's walls, multiplying exponentially the number of *non-traditional* spaces of diffusion, the question as to where and when art could take place has become a virtual commonplace. Little doubt remains as to the relevance or the legitimacy of this expansion; artists now operate freely in private or public locations, social, economic or political spheres, real or virtual spaces. Places, non-places and out-of-place combinations thereof – in keeping with the needs of the context – have all been invested in one way or another. Yet far from leading to a syndrome of burnout, the investigation of *otherly-defined* spaces still sparks as much interest as ever. Should this be read as an enduring, or perhaps rekindled, desire to break with institutions? An attempt to commune with the audience whatever the cost? A craving to undermine social conventions? A need to belong and to partake in the real world? All of these reasons have probably been, at one time or another, leitmotivs in artists' decisions to stake out a place in spheres previously considered off limits to the art world.

The past several decades have consequently seen the emergence of a social consensus acknowledging that any place and any action is potentially *"artialisable."* This fact alone has triggered a shake-up of the art validation system, throwing into question at once the status and role of the artist, the identity of the artwork, and the power of those who consecrate them as such. Yet in imparting on any place whatsoever the prospect of becoming a place of art, has art moved closer to the creation of a seamless expanse of "unitary art,"[1] generalizing or even universalizing its own situation, the corollary of which would spell its own dissolution into the real world, pushed to the threshold of its own vanishing point? Or conversely, has the outcome of endowing art with the gift of ubiquity been merely to invest it with new authority? In other words, to grant it both the privilege to appear everywhere and the power to *consecrate* any place, form or activity whatsoever, bestowing upon them the label of Art? It is not this book's intention to side with one or the other of these hypotheses but rather to explore the places of art, which to this day continue to proliferate.

---

[1] The expression, rarely used today, is bound up above all with the avant-garde movements and is taken from the thought of Paul Valéry, who had in mind an art "without qualities":"One can imagine an 'era' where the specialized and deliberate arts would be abolished and replaced by ordinary activities. In fact, by the art of living." Quoted in Nicolas Bourriaud, *Formes de vie. L'art Moderne et l'invention de soi* (Paris: Denoël, 1999), p. 63. Our translation.

Sustained interest in the question as to where art can take place inevitably fuels suggestion that the issue is a *commonplace*. It may be worthwhile, however, to take that term itself at face value – as designating a place of convergence.[2] For it is above all a social territory, the space occupied by the other, which holds our attention. Our focus is on how individuals experience their connections to places, on the relationships and experiences which influence an individual's perception of place, ultimately shifting the place's very nature. Thus, rather than a terminological or geographical enquiry into notions of place and non-place, this book highlights practices that both seek to unsettle the boundaries drawn between different fields of human activity and to rethink their very modes of operation.

A place or a non-place is not defined exclusively by being located inside or outside museums and galleries (an outside space that enjoys the *protection* of artistic convention by no means constitutes a non-place for art), nor is it necessarily geographical; relational space, psychological or sociological territories, virtual landscapes or even memory and narrative have all become receptacles for art, which are no less conventional than museum walls. At the same time, it would be quite pointless to dwell on the definition of places and non-places; a number of authors, drawing on the specific characteristics of their disciplines (art, museology, sociology, urban studies), have themselves suggested a number of variants. For some, the non-place of art is the space beyond the claw of museum structures and their conventions; for others, it is the museum itself, which, because of its neutrality, stands out as emblematic of a non-place. More persuasive though, are the arguments put forward by Marc Augé and Michel de Certeau, who identify places and non-places on the basis of their relational potential or their propensity to foster circulation. de Certeau, for instance, defines *place* as "the order (whatever it may be) according to which elements are distributed in relations of coexistence,"[3] whereas Augé states: "By place and non-place we refer to both real spaces and the relationship their users foster with these spaces. A place will be defined as identity-driven [...], relational [...] and historical [...]."[4] It should be pointed out that for de Certeau, a place is defined above all by its "potential" for accommodating the passage of the other – thereby transforming itself into a space – whereas presence (the relationship to the other) is already a given in Augé's work. These notions of presence and coexistence come up again and again in the essays in this book, for in exploring these avenues, the different authors are able to reflect on the role of the artist and his or her physical involvement in the work, as well as on the role of the viewer, whose active presence is increasingly sought after. The relationship of coexistence, not between component parts but between individuals and their milieu or amongst themselves, has certainly become an essential factor in how art unfolds, regardless of its particular place.

2   Thereby eliminating any pejorative overtones and restoring dignity to the commonplace. As Anne Cauquelin has pointed out, "a commonplace is a place where people come together, which belongs to everyone – in other words, a public place. No sooner does it approach the notion of community than the commonplace seems ennobled." Anne Cauquelin, *L'art du lieu commun, Du bon usage de la doxa* (Paris: Seuil, 1999), p. 9. Our translation.

3   Michel de Certeau, *The Practice of Everyday Life* (Berkeley: University of California Press, 1984). Translation modified.

4   Marc Augé, *Pour une anthropologies des mondes contemporains*, Paris, Champs Flammation, p. 156. Our translation.

The authors contributing to *Places and Non-Places of Contemporary Art* were solicited for their involvement as historians, theorists or artists in various fields of art, as well as for their reflections on the relationship between the artist and various places of production and diffusion.[5] We have sought to home in on a number of different disciplines and areas of research, from studio-based practices to site-specific, sound or performance-based interventions, without overlooking activist, relational or furtive practices.

The book opens with an essay on the studio, which, until quite recently, was unambiguously seen as *the place of origin of the artwork*. Véronique Rodriguez delves into the studio's initial function, highlighting its influence on the creation of the artwork, before considering what studio practices have tended to become in an era where artists – and art – have increasingly shifted their focus toward public spaces. Variations on the production/diffusion schema have emerged, such that the two terms no longer necessarily appear in a predetermined order; their relationship is characterized more by their inter-penetration and oscillation, in some cases to the extent of a veritable fusion between the studio and the place of diffusion. Luc Lévesque focuses on the landscaped quality of urban space, seen through its gaps and fissures – that is, through the profusion of perceptions which such interstitial openings make possible. He is particularly concerned with questioning the propensity of certain theorists to identify the place as an ideal space, where "dwelling" implies a zone of protection and comfort. Lévesque rejects the distinction between place and non-place in favour of their overlap, which gives way to a sort of half-place, a *mi-lieu* in the strictest sense of the term – that is, a hybrid and interstitial space characterized at once by its spatiality, porosity, relational potential and temporality.

Though we tend spontaneously to associate places with notions of space, more circumspect analysis of practices premised on the participation of others compels us to pay closer attention to the temporal dimension in which any given project emerges. This line of thought is expressed clearly in Alain-Martin Richard's essay, which focuses on practices grounded in the body politic or "human landscape" – *infiltration* practices, performative actions and manoeuvres – which unfold not only in space but also in time, which in some cases becomes an essential component. These so-called *infiltration* practices, like many practices that emerge in the non-places of art, raise the question as to the means and even the validity of art world validation. For in forsaking the ratified places of art in order to graft onto practices of everyday life, developing tactics that facilitate blending into the real world – for instance in pushing art toward fields of activity which are, for all intents and purposes, foreign to it – the artist runs the risk, or reaps the advantage, of no longer being perceived or recognized as such. For some, this reduced coefficient of artistic visibility is the direct result of tactics aimed at wedging open places outside the artistic institution and its power of consecration. This is the argument put forward by Stephen Wright in an analysis of the Critical Art Ensemble, an artists collective whose politically proactive practice is directly situated in the sphere of biotech. Of all the disciplines into which art has made forays, it is no doubt in the realm of science that the most contentious issues arise, displacing art in some cases to the defendant's stand in the courtroom. Wright examines the potential legal implications of the displacement of art, asking whether art has any *place* standing accused in a court of law.

5 *Places and Non-Places of Contemporary Art* stems from a symposium of the same name, which took place at the initiative of *esse* on 17 April 2004 at the SAT (Montreal), with the participation of Alain-Martin Richard (moderator), Aline Caillet, Alexandre Castonguay, Luc Lévesque, Emmanuelle Léonard and Véronique Rodriguez.

If it may be supposed that the art milieu, in quitting museums for the public square, sought to break its link with institutions, one may also wonder if any such rupture is genuinely possible. Paul Ardenne questions the impact – in the form of an institutionalization that he considers inevitable – of the virtually unlimited multiplication of places for art and extramural practices, which are now compelled to come to terms with questions of invisibility and lack of mediation. As Ardenne sees it, "out-of-place" artists have ended up, in response to a desire (or a need) for recognition, creating *beyond-places*, that is, means of display relying on the complicity of critics, curators and other art world mediators. Aline Caillet, drawing upon Situationist precedents, under-scores the point that the use of non-places no longer transgresses any boundaries at all. She pays particularly close attention to formal strategies, which, rather than seeking out new places, detourne existent practices in an attempt to transform our perception of everyday situations and activities. One finds a like-minded approach in the photography of Emmanuelle Léonard, who, in an interview with Nathalie de Blois, discusses how her work is determined by considerations on the status of artistic authorship. In a body of photographic work dealing with citizens' workplaces, she explains that the exploration of public places is her work's central subject, even as she questions the authority-laden status of the individual artist by diminishing the centrality of her own authorship, enabling those whom she photographs to accede to *co-authorship*.

Following the lead of Michel de Certeau, Marie Fraser regards mobility (circulation) and immobility as the criteria distinguishing place and non-place. She examines the practices of artists who have taken the city as their space of production, and whose artistic approaches are based either on movement or on remaining stationary while in situations of flux. Here, instead of wanting to *artialise* some place or other, the perception of place is the object of reflection, through performative actions which are themselves sometimes entirely imperceptible. It is this very imperceptibility which catches Kathleen Ritter's attention. In her short users' guide, she lays out several observable models of furtive works – virtually invisible gestures of artists weaving themselves discretely, indeed in some cases secretly, into the social fabric. Here, though the physical place of action is generally the public space – where the anonymity of the crowd and the hubbub of different locations make it possible to slip in and out more discretely – the true source of action is once again the space of the other. However, as Ritter points out, stealth practices – as opposed to relational works – are not necessarily intended to be user-friendly. Slipping under the radar, sometimes self-consciously transgressive, they are distinguished by their anti-social stance. And it is this slightly withdrawn space of the other, a space characterized by a combination of deep silence and muted sound, that Christof Migone, in his essay, contends is embodied in the figure of the *platinitaciturnist* and the practice of certain *muticians*. This should by no means be perceived as a rejection of the other, however, for as Migone puts it, "to posit taciturnity as a tactical wedge between the silence and the silenced is not to increase the distance between the two but to activate their entwining, to accent the turn in taciturn."

Most of the works and practices dealt with in this book admittedly share the desire for insertion into non-traditional places of art, or perhaps merely want to make these places more propitious to art's reception; but more fundamentally, they share the desire to reach out and join the other, wherever he or she may be. It is probably this relation to the other, this exchange, which gives the places and non-places that have been invested an unlimited extensibility, a deployment both in space and time as well as in memory, thus multiplying possibilities of where artistic experience can take place almost indefinitely. In this respect, Anne Cauquelin's notion of a *logic of extension* (as opposed to a logic of embedding) comes to mind: "If I describe this logic as one of extension, it is because a place breaks down the floodgates of a given space by the multiplicity of viewpoints structuring it as a place. An extension not in the sense of an expanse spreading out before our eyes, but in the sense of a deep-set memory. An accumulation of strata and 'things said.'"[6] Observing a place on the basis of the stratified layers of presence and memory which have accumulated there, in the image of a palimpsest, also requires that rather than seeing places of art as mere depositories of objects or actions, one conceive of them as relational, conflicted and constantly changing spaces, where individuals bearing very different baggage can become involved. It is because these ongoing changes – whether physical, relational or symbolic – influence how places are perceived that they enrich the meaning and the becoming of the art that unfolds there.

In multiplying the places of art, artists have not only enabled art to expand, equipping it for possible encounters with the other; they have also made it possible for art to be viewed differently, somehow broadening its horizons. Distended in such exponential fashion, the place of art takes on an identity that has less to do with a system of recognition or validation, and more to do with a constant redefinition on the basis of every lived experience. Thus, as this book hopes to show, it is through memory and narrative that the experiences contributing to the proliferating number of places of art come to be held in common.

Sylvette Babin

6   Anne Cauquelin, *Le site et le paysage* (Paris: Presses Universitaires de France, 2002), p.79. Our translation.

Dans le cadre de cette réflexion sur les lieux de l'art, j'aimerais m'attarder sur l'atelier de l'artiste, lieu traditionnel de la création depuis la Renaissance. Lorsqu'on observe le monde de l'art contemporain, il apparaît que les artistes ont pris conscience que la pratique d'atelier conditionne non seulement l'oeuvre mais aussi la répartition des fonctions dans le milieu de l'art. En effet, depuis les années 1960, les artistes remettent en question la nécessité d'un atelier permanent, où la production est séparée de ses conditions de diffusion, ainsi que le rôle de producteur qui leur est dévolu et que certains refusent de dissocier de celui de diffuseur. Cette réflexion en conduit un grand nombre à ne plus diviser l'oeuvre d'art en deux temps séparés et successifs : la production d'abord, puis la diffusion. Des artistes prolongent la phase de production même si l'oeuvre a déjà été montrée au public. En redéfinissant les modalités de la pratique de création, l'atelier se trouve transformé.

Afin d'expliciter ces transformations, je vais tout d'abord définir ce qu'est un atelier et examiner ses contraintes afin de mieux cerner pourquoi des artistes se débarrassent de cet espace de création pour ensuite voir comment cet abandon mène au repositionnement de l'artiste dans le champ de l'art. Aussi, pour illustrer mon propos, je vais m'arrêter plus particulièrement sur deux installations de la sculpteure Louise Viger, *L'Éclipse, les Délicieux* (1991) et *L'Ogre et le Connaisseur* (2000). Cependant, dans le cadre de cette réflexion, je n'aborderai pas les oeuvres d'un point de vue esthétique mais plutôt sociologique afin de replacer l'oeuvre dans son contexte de création, et l'artiste dans son réseau de collaboration.

Qu'est-ce qu'un atelier?

1. L'atelier : le lieu d'origine de l'oeuvre d'art
L'atelier est né avec l'affirmation du statut d'artiste à la Renaissance. Le créateur, afin de se distinguer de l'artisan qui travaillait sur les chantiers de construction ou dans une boutique, s'attribue un espace privé, proche du cabinet des hommes de lettres ou des médecins, dans lequel il ne répond plus nécessairement aux commandes, mais participe au progrès de l'Art. On

Atelier ou nomadisme
Un choix de création divergent

VÉRONIQUE
RODRIGUEZ

retrouve notamment des mentions de ce *studio*, lieu où l'artiste étudie, dans la première histoire de l'art, rédigée par Giorgio Vasari au 16e siècle. Paolo Uccello (1397-1475), par exemple, se réservait un espace pour ses propres travaux, séparé de la *botteghe*, distinguant ainsi ses recherches sur les problèmes théoriques liés à la perspective de son travail commercial[1].

Plus généralement, lorsqu'on dresse l'historique et l'inventaire des activités dans les ateliers depuis la Renaissance, il apparaît, jusqu'au milieu du 19e siècle, que l'espace de l'artiste est un lieu multifonctionnel. Le créateur y réalise ses oeuvres, rencontre des amis, reçoit des mécènes et des commanditaires, expose ses chefs-d'oeuvre avant qu'ils ne rejoignent des collections particulières, instruit des élèves, etc. L'atelier est l'espace qui concentre tous les échanges et toutes les rencontres du milieu de l'art.

Le peintre Gustave Courbet, au milieu du 19e siècle, est celui qui, le premier, remet en question cette polyvalence. En 1855, Courbet fait construire un pavillon, aux portes du Palais des Beaux-Arts de l'Exposition Universelle à Paris, pour compléter sa participation à l'exposition officielle par une manifestation individuelle[2]. Par là même, Courbet fait preuve d'émancipation à plusieurs égards et légitime une nouvelle pratique. En effet, il présente, hors de l'atelier, une exposition monographique et rétrospective de 43 oeuvres. Celles-ci ne sont pas seulement des chefs-d'oeuvre, mais incluent également des esquisses et des oeuvres non vernies, qui acquièrent par l'exposition le statut d'oeuvres d'art. En plus, le peintre inaugure un accrochage inusité pour l'époque : afin que le visiteur puisse saisir son projet artistique, les oeuvres sont rassemblées et présentées à proximité les unes des autres, et non plus éparpillées comme dans l'exposition officielle au Palais des Beaux-Arts, sans compter que Courbet ménage des espaces vides sur les cimaises que les tableaux ne recouvrent plus totalement, comme c'était l'usage dans les Salons.

Mais si l'exposition sort de l'atelier, elle ne construit pas pour autant la négation du lieu de création. Dans son pavillon en 1855, Courbet présente son projet artistique, conden-sé dans un seul lieu idéal avec l'oeuvre *L'Atelier du peintre, allégorie réelle déterminant une phase de sept années de ma vie artistique* (1855)[3]. En se situant par rapport à l'exposition, l'atelier se trouve à désigner le lieu d'origine du projet artistique. Et en accordant le centre de son tableau à un paysage, Courbet fonde ici le rôle irrécusable de l'atelier : le lieu «naturel» de production de l'artiste. Qu'il peigne un paysage ou une scène d'intérieur, l'artiste crée et produit dans l'atelier. Cependant, la diffusion lui est dorénavant extérieure. D'ailleurs, le peintre n'affiche aucune oeuvre terminée dans son tableau, se détachant ainsi de la tradition picturale de l'atelier vu comme une galerie.

1   Giorgio Vasari, *Les vies des meilleurs peintres, sculpteurs et architectes* (1550), traduction et édition com-mentée sous la direction d'André Chastel, Paris, Berger Levrault, 1981 (2e éd. revue et corrigée), vol. 3, p. 112-113.

2   Pour une analyse historique de cette exposition, voir Patricia Mainardi, «Courbet's Exhibitionism», *Gazette des Beaux-Arts*, série 6, vol. 118, décembre 1991, p. 253-266. Pour une analyse détaillée du rôle de Courbet en ce qui concerne l'atelier, voir Véronique Rodriguez, *L'Exacerbation de la valeur d'exposition et la dévalorisation du métier de l'artiste, leurs incidences sur les transformations de l'atelier*, Ph.D. sociologie, Université de Montréal, 2001, p. 160-197.

3   Gustave Courbet, *L'Atelier du peintre, allégorie réelle déterminant une phase de sept années de ma vie artistique, 1855*, huile sur toile, 3,61 x 5,98 m, Musée d'Orsay, Paris, www.culture.gouv.fr/public/mistral/joconde_fr.

La représentation de l'atelier, exposée hors de son lieu de fabrication déconstruit le rôle traditionnel prédominant de cet espace dans le parcours de l'artiste. L'aspect social, si important dans *L'Atelier du peintre*, disparaît de l'atelier physique pour se déplacer dans un autre espace : la galerie. Au milieu du 19e siècle, un clivage s'opère, divisant clairement les fonctions de production, dans un lieu privé, l'atelier, de celles de diffusion, dans un espace public, le musée ou la galerie. L'atelier acquiert donc une plus grande spécificité en devenant le lieu d'origine de l'oeuvre d'art, un espace physique de création fixe, dans lequel l'artiste, le plus souvent seul mais parfois en collaboration, élabore régulièrement ou épisodiquement une oeuvre, indépendamment de ses possibilités de diffusion. Cette définition demeure valable pendant un siècle environ, période au cours de laquelle l'artiste confine principalement la production de l'oeuvre dans l'atelier.

D'ailleurs, lorsqu'on lit des récits autobiographiques d'artistes, des correspondances et des entrevues rédigés pendant ce siècle, l'atelier apparaît véritablement comme lieu de retraite, là où il est possible de se retrouver, réfléchir, laisser libre cours à l'imagination, sans entrave. L'atelier autorise, et même engage l'artiste à toutes sortes d'expérimentations, sans les compromis imposés par le monde des diffuseurs ni ceux des espaces à la disposition des exposants. C'est dans l'atelier, selon les créateurs, qu'on peut comprendre l'oeuvre, car elle est en territoire ami, entourée d'autres productions qui la confortent. Aussi, nombreux sont ceux pour qui l'atelier est l'espace de vérité de l'oeuvre. Mais surtout, il demeure le seul lieu que l'artiste domine entièrement dans le milieu de l'art.

2. L'atelier : un lieu de contraintes
Seulement, ce lieu «naturel» de l'artiste n'est pas neutre comme l'ont montré les entrevues que j'ai effectuées auprès d'artistes montréalais, lors de l'événement *Les ateliers s'exposent 2001*[4]. Tout d'abord, la dimension de cet espace architectural, la surface des murs et des sols, la hauteur du plafond, la taille et l'emplacement des ouvertures sont à considérer pour son aménagement tout comme les outils et les matériaux de création que ces conditions matérielles permettent de contenir. Aussi, sa localisation dans l'édifice (au rez-de-chaussée ou à l'étage) mais aussi dans la ville (près d'une station de métro, au centre-ville ou dans une zone industrielle), à distance de marche de la résidence, sans oublier les diverses activités des voisins (odeurs et bruit) ont une influence sur l'oeuvre à créer. Et s'installer à la campagne ne règle pas les problèmes éventuels de voisinage, car si l'artiste gagne en espace, il se trouve très vite géographiquement isolé des acteurs du milieu de l'art, localisés dans les centres urbains.

Si l'atelier constitue un espace symbolique en conférant à l'artiste son statut particulier (voir l'analyse d'entrevues faites auprès de créateurs québécois par Léon Bernier et Isabelle Perrault dans *L'Artiste et l'oeuvre à faire*[5]), reste que l'atelier apparaît clairement

4   En 2001, Johanne Germain de la Maison de la culture Plateau Mont-Royal et Isabelle Courteau de Cobalt Art public m'ont invitée à organiser l'événement *Les Ateliers s'exposent 2001* qui s'est composé de l'ouverture de 20 ateliers pendant les deux dernières fins de semaine du mois d'octobre, d'une exposition à la Maison de la culture Plateau Mont-Royal sous le thème de la création (12-28 octobre), d'une table ronde sur l'atelier (18 octobre) et enfin de la publication d'un dossier dans la revue *Vie des arts,* no 186, printemps 2002, p. 33-48.

comme un espace de contraintes. Et la volonté des créateurs de se défaire de ce poids, même à Montréal où de nombreux locaux industriels sont encore disponibles, m'est apparue clairement lors de l'organisation des *Ateliers s'exposent 2001*. La sélection des artistes participant à ce genre de manifestation présuppose que tous possèdent un atelier, car le but de l'événement repose principalement sur l'invitation du public à pénétrer dans le lieu de production de l'art et à rencontrer les artistes. Or, après avoir dressé une première liste de noms, beaucoup de créateurs appelés ont décliné l'invitation parce qu'ils n'avaient tout simplement pas d'atelier. Soit qu'ils n'en aient jamais eu, soit qu'ils aient carrément décidé de s'en séparer à cause d'exigences matérielles et financières qu'il imposait à leur pratique, soit qu'ils en sous-louaient un occasionnellement, pendant un court laps de temps, lorsque l'avancement de la création nécessitait une certaine immobilisation.

Aussi, cette désertion de l'atelier se remarque dans les ouvrages qui s'intéressent aux formes artistiques contemporaines. Je pense à Paul Ardenne, par exemple, qui, dans *Un Art contextuel*, présente à plusieurs reprises l'atelier comme un lieu retranché du social, dans lequel l'artiste est isolé du monde réel, ce qui s'oppose à la pratique d'un art contextuel[6]. D'autres auteurs, comme Robert Smithson ou Craig Owens, signalent par l'usage de l'expression *Post-Studio Art* que l'art a transgressé les catégories convention-nelles, dont celle du travail dans un lieu de production comme l'atelier[7]. Pour Owens mais aussi pour Miwon Kwon, dans *One Place After Another*, l'art n'est plus rattaché à son lieu traditionnel d'exercice – l'atelier –, il a franchi ses frontières, comme l'emploi de l'ex-pression *studio-bound art* le démontre[8].

Des artistes se séparent de l'atelier tel qu'il a été défini au 19e siècle en tant que lieu fixe de création parce qu'ils souhaitent rendre la production plus nomade et surtout la lier à des opportunités de diffusion. Car l'atelier, qu'il soit en soupente avec une verrière orientée au nord, un loft industriel, une grange recyclée ou encore une pièce de l'appartement, demeure un espace privilégié dédié à la création auquel l'artiste consacre des ressources, indépendamment des circuits de diffusion. Et non seulement l'atelier permanent commande à l'artiste de s'y adapter mais il commande aussi à l'oeuvre de s'ajuster aux possibilités techniques et matérielles de l'espace, générant ainsi une double contrainte non négligeable.

Le refus d'un atelier permanent libère l'artiste ou plutôt cela lui confère davantage d'alternatives de création et de collaborations –, car il n'a plus le choix, n'ayant pas de refuge où s'isoler ni de petit nid confortable qui contiendrait déjà tout ce dont il a besoin. L'artiste sort et part à la recherche de compétences spécifiques puisque lui-même n'est pas équipé techniquement. Mais attention, il ne faut pas croire que l'atelier

5   Léon Bernier et Isabelle Perrault, *L'Artiste et l'oeuvre à faire*, Québec, Institut québécois de recherche sur la culture, 1985, p. 491-499.

6   Paul Ardenne, *Un Art contextuel. Création artistique en milieu urbain en situation d'intervention de partici-pation*, Paris, Flammarion, 2002, p. 16, 19-20, 36-37, 50, 61, 81-82.

7   Robert Smithson, «A Sedimentation of the Mind : Earth Projects» (1968), dans Nancy Holt (éd.), *The Writings of Robert Smithson. Essays with illustrations*, New York (N.Y.), New York University Press, 1979, p. 82-91 et Craig Owens, «Back to the studio», *Art in America*, New York, vol. 70, n° 1, janvier 1982, p. 99.

8   Miwon Kwon, *One Place After Another: Site-Specific Art and Locational Identity*, Cambridge (Mass.), MIT Press, 2002, p. 46.

disparaisse pour autant. L'atelier, en tant que phase de production de l'oeuvre, demeure. Par contre, il se transforme en devenant ambulant. Au lieu de produire dans un lieu fixe, l'artiste matérialise l'atelier au gré de ses projets. Devient atelier tout lieu de production, mais celui-ci disparaît dans la plupart des cas lorsque l'oeuvre s'expose et réapparaît lors de la re-matérialisation de l'oeuvre pour l'exposition suivante. Oserai-je le nommer l'atelier-phénix?

Louise Viger est sculpteure. Avec une telle pratique, on pense habituellement que l'artiste crée dans un atelier fixe, car elle doit concevoir des maquettes mais aussi réaliser l'oeuvre qui est souvent volumineuse et qui doit être stockée après l'exposition. Cependant Viger ne travaille pas ainsi. Elle a déjà eu un atelier permanent, mais elle s'en est départie pour créer autrement. Prenons le cas de L'Éclipse, les Délicieux (1991), oeuvre qui se compose de cinq figures faites de pâte de sucre à base d'acrylique qui recouvrent des structures de fil de fer. Chacune est présentée avec un éclairage halogène orientable intégré dans un hémicycle en bois posé au sol devant la figure. Pour réaliser cette oeuvre, ont été tour à tour ateliers : une pièce de son appartement dans laquelle elle a réalisé les maquettes en argile des figures d'une quinzaine de centimètres de hauteur; un local loué pour l'occasion sur la rue Holt à Montréal, afin de construire les structures en métal à l'échelle pour agrandir les maquettes et les recouvrir de pâte de sucre. Au sortir de ce local, les éléments matériels qui constituaient l'oeuvre étaient fabriqués. L'artiste a alors envisagé un lieu où les entreposer et a loué un emplacement. Celui-ci devient à son tour atelier, car il remplit une de ses fonctions traditionnelles : conserver l'oeuvre en attendant qu'elle trouve un acquéreur.

Cependant, la liste des ateliers ne s'arrête pas à la construction technique de l'oeuvre ni à son entreposage. Il faut également y ajouter les différents espaces où Louise Viger a exposé les figures, car L'Éclipse, les Délicieux ne sort pas prête à exposer de l'atelier, elle nécessite de nombreux ajustements dans l'espace de diffusion. En cela, chaque salle d'exposition devient atelier, car même si les oeuvres de Viger ne sont pas in situ, il n'empêche que leur disposition dans l'espace et l'aménagement du parcours du spectateur font partie intégrante de la production de l'installation. Pour L'Éclipse, les Délicieux, la position des figures, la place de l'hémicycle en bois qui contient l'éclairage et la distance par rapport au mur sont considérées, car elles modifient la silhouette et la taille des ombres – celles-ci font partie de l'oeuvre. Ce sont les ombres qui permettent d'identifier l'animal représenté (un coq, une oie, un orignal, un caribou) par les figures blanches, agenouillées, sans tête. Cette prolongation de la production de l'oeuvre dans l'espace d'exposition demande alors à l'artiste, à chaque fois que l'oeuvre est montrée, de se déplacer pour l'installer[9]. Et la présence de la sculpteure est d'autant plus nécessaire qu'elle utilise des matériaux fragiles, qui n'ont pas été testés par le temps et qui demandent des restaurations à chaque présentation afin que l'oeuvre corresponde aux effets désirés.

9 L'oeuvre de Louise Viger, L'Éclipse, les Délicieux (1991), a été présentée à la galerie Chantal Boulanger à Montréal du 11 mai au 15 juin 1991. Deux des figures ont été sélectionnées par la commissaire Johanne Lamoureux pour l'exposition Seeing in Tongues : A Narrative of Language and Visual Arts in Quebec / Le bout de la langue : les arts visuels et la langue au Québec, présentée à la Morris and Helen Belkin Art Gallery, University of British Columbia, à Vancouver, du 10 novembre 1995 au 13 janvier 1996, et à la Galerie de l'UQAM, à Montréal, du 30 mai au 22 juin 1996.

Nomadisme et repositionnement de l'artiste

Le nomadisme de la création dans différents espaces entraîne en même temps un repositionnement de l'artiste dans le milieu de l'art. En effet, en plus de limiter l'oeuvre et sa diffusion à certaines formes organisées, l'atelier, dans sa définition du 19e siècle, impose également un rôle précis à l'artiste : celui qui produit l'oeuvre et qui s'en remet à d'autres pour sa diffusion (commissaire, galeriste, conservateur, critique et [ou] collectionneur). Cette distribution des rôles, fixée lors de la multiplication des expositions au 19e siècle, est encore valorisée aujourd'hui par certains comme Philippe Dagen, dans *L'Art impossible* par exemple, pour qui l'atelier demeure le lieu de la vérité de l'art, un espace de retraite, où les artistes se retrouvent, discutent, se préparent à investir les musées, etc.[10] – comme si la production de l'oeuvre était complètement séparée de sa diffusion et que l'artiste ne pouvait, ou ne devait, franchir cette frontière à cause de son statut. Cette vision de l'art est loin d'englober la diversité de la création depuis les années 1960.

L'artiste ne produit que rarement l'oeuvre seul, dans son atelier. De plus en plus, il se place dans un réseau de collaboration, comme Howard S. Becker l'a bien montré dans *Les Mondes de l'art*[11]. Je m'arrête à nouveau sur la pratique de la sculpteure Louise Viger, qui travaille avec de nombreux intermédiaires à différents stades d'avancement de l'oeuvre. Ainsi, au fur et à mesure de ces collaborations, son projet initial se modifie. Par exemple, pour l'installation *L'Ogre et le Connaisseur* (2000)[12], qui se compose de projections de chaises emboîtées sur les murs d'une salle ovale construite spécifiquement au Musée d'art contemporain de Montréal avec, en son centre, une immense langue, et à l'entrée, un ange en chocolat blanc, l'artiste a été assistée de plusieurs personnes. Elle a sollicité un confiseur de l'Institut de tourisme et d'hôtellerie du Québec où environ 450 langues en sucre d'orge ont été réalisées ainsi que le bloc de chocolat blanc pour y tailler l'ange; des maquettistes et mouleurs de l'atelier Attitude pour construire le moule et la langue géante en résine de polyester ainsi que des petits moules en caoutchouc pour les langues en sucre d'orge; des infographistes et des techniciens en laboratoires photographiques pour la conception des projections lumineuses des chaises; le personnel du Musée d'art contemporain pour la conception spatiale de la salle d'exposition et son éclairage délicat; une équipe de graphistes pour le catalogue qui lui aussi traite du goût, etc. Tous ont été engagés pour leurs compétences spécifiques afin que ce projet arrive à terme, et le travail avec ces collaborateurs a eu un impact direct sur l'oeuvre; ils ont influencé sa fabrication et l'ont rendue possible. Selon Viger, «ils l'améliorent[13].» La sculpteure est donc loin d'être isolée dans un atelier!

---

10 Philippe Dagen, *L'Art impossible. De l'inutilité de la création dans le monde contemporain*, Paris, Grasset & Fasquelle, 2002, p. 9, 11, 161, 172, 197 et 245.

11 Howard S. Becker, *Les Mondes de l'art*, Paris, Flammarion, 1988, 379 p.

12 L'exposition *Louise Viger : l'Ogre et le Connaisseur*, organisée par le conservateur Gilles Godmer, était présentée au Musée d'art contemporain de Montréal du 31 août au 29 octobre 2000. L'oeuvre a ensuite été réexposée dans *La sculpture qui se fait* au Centre d'exposition de Baie-Saint-Paul, à Baie-Saint-Paul (Québec) du 10 mai au 10 juin 2001.

13 Entrevue non publiée avec l'artiste, le 3 mars 2004.

Louise Viger, *L'Ogre et le Connaisseur*, Musée d'art contemporain de Montréal, 2000.
photo : Richard-Max Tremblay

Par ailleurs, pour poursuivre dans cette voie de l'implication de l'artiste dans l'espace de diffusion liée à l'éclatement de l'atelier, je m'intéresse, depuis l'automne 2003[14], au phénomène de la réexposition des oeuvres d'art contemporain, plus particulièrement des oeuvres à médias variables[15]. Ces oeuvres, comme celles de Louise Viger, qui ne sortent donc pas prêtes à exposer d'un atelier permanent, demandent une nouvelle implication du créateur à chaque fois qu'elles sont montrées. Cela prolonge la phase de production dans chaque espace de diffusion, d'autant plus que l'artiste, qui a l'occasion de reprendre l'oeuvre, change parfois certains de ses aspects d'une exposition à l'autre, poursuivant d'autant plus son geste artistique. Il est certain que ce repositionnement dans le monde de la diffusion ne va pas sans heurt, car le créateur s'impose dans un réseau qui a déjà un fonctionnement bien défini. Notamment, il s'oppose bien souvent aux conservateurs ou aux restaurateurs de musées, qui font appel à lui pour installer ou recueillir des informations pour sauvegarder l'oeuvre dans leur collection. Or, ils ont acquis une oeuvre précise, historique, et non les modifications que le créateur y apporte après l'acquisition, lors des réexpositions. De plus, cela pose de nombreuses questions, dont les réponses semblent varier selon les points de vue : l'oeuvre réexposée est-elle la même oeuvre? Est-ce un original? Une version à partir de l'original? Une copie? Laquelle faut-il conserver?

La remise en question de l'atelier permanent et, par conséquent, d'un lieu unique d'origine de l'oeuvre d'art, se trouve donc à reconfigurer le milieu de l'art et à déplacer l'artiste de sa stricte position de producteur. Ce travail sur l'atelier implique alors que, si on s'intéresse aux multiples formes de l'art contemporain, il est maintenant difficile d'étudier séparément les deux espaces que sont la production et la diffusion de l'oeuvre, autrement dit l'atelier et l'exposition. Les deux s'articulent ensemble, se fondent et se confondent, car l'atelier est devenu nomade.

14 Ma réflexion s'inscrit dans le cadre d'un projet de recherche intitulé : «La Constitution du patrimoine culturel : questions de débats autour de la préservation des oeuvres d'art récent» sous la direction de Jan Marontate (Acadia University, Wolfville, Nouvelle-Écosse) et subventionné par le CRSH-IDR, qui réunit des chercheurs et des professionnels de l'art.

15 Cette expression, proposée par le *Réseau des médias variables*, permet de réunir des oeuvres qui se caractérisent par leurs possibilités de changement, qu'elles soient liées au lieu, comme les installations pour lesquelles la mise en espace est une des composantes principales; qu'elles soient constituées de matériaux périssables, électroniques et numériques (vidéo, art numérique); ou encore qu'elles soient éphémères (performance, art conceptuel), etc. Voir Alain Depocas, Jon Ippolito et Caitlin Jones (dir.), *L'Approche des médias variables : la permanence par le changement*, Montréal-New York, La Fondation Daniel Langlois pour l'art, la science et la technologie et le musée Guggenheim, 2003, 137 p. L'adresse du site Web officiel du *Réseau des médias variables* est : www.variablemedia.net.

In this reflection on the places of art, I would like to dwell on the artist's studio, which has been the traditional place for creating art since the Renaissance. Looking at the contemporary art world, it appears as if artists are aware that studio practice conditions not only the work, but its reception within the art milieu as well. In fact, since the 1960s, artists have questioned the necessity of having a permanent studio in which the creative process is kept separate from art's public presentation. Some artists refuse to separate the role of producer from that of presenter. This has led a large number of artists to stop positioning the work of art within two successive time periods: creation, followed by presentation. Some artists actually extend the creative phase even if the work has already been shown to the public. By redefining the methods of artistic practice, the studio is also transformed.

In order to explain these transformations, I will define what a studio is, and examine its limitations, in order to get a better understanding of why artists leave this creative space. I will then look at how this relinquishment leads to the artist's repositioning within the field of art. To illustrate my argument, I will focus on two of Louise Viger's sculptural installations, *L'Éclipse, les Délicieux* (1991) and *L'Ogre et le Connaisseur* (2000). I will approach the works from a sociological point of view rather than an aesthetic one, in order to place the works in a creative context and situate the artist's practice within a collaborative network.

What is a Studio?

1. The Studio: The Place Where the Artwork Originates
The studio came about with the elevation of the artist's status during the Renaissance. In order to be distinguished from the craftsperson, who worked on building sites or in workshops, the artist claimed a private space similar to those occupied by men of letters or physicians. In this space, artists no longer worked primarily on commissions, but participated in the progress of Art. One finds this studio, the place where the artist studies, mentioned in the first history of art, written by Giorgio Vasari in the 16th century. For example, Paolo Uccello (1397–1475) reserved a space

The Studio or Nomadism
Changes in Art making

VÉRONIQUE
RODRIGUEZ

for making his own work that was separate from the botteghe, thus distinguishing his research on theoretical problems concerning perspective from his commercial work.[1]

From a general perspective, when one looks through history at all of the activities performed in the studio since the Renaissance, it appears that up until the mid-19th century the artist's space was a multifunctional place. Here, artists created their works, met their friends, received patrons, accepted commissions, exhibited their masterpieces before they entered private collections, instructed students, and so on. The studio was the space in which all exchanges between members of the art milieu took place.

In the mid-19th century, the painter Gustave Courbet was the first to question the studio's versatility. In 1855, he built a pavilion at the entrance to the Palais des Beaux Arts de l'Exposition Universelle in Paris so he could include an autonomous event alongside of the official exhibition.[2] In so doing, Courbet demonstrated his liberation in several respects, and legitimized a new practice. He presented a retrospective exhibition comprised of 43 works. Along with his masterpieces, he also included sketches and unvarnished works that acquired the status of "artworks" simply because they were shown. Courbet also introduced what was considered an unusual hanging method for the time: to help the visitors comprehend his artistic vision, the pieces were hung close to one another, not scattered all over the place, as in the official exhibition at the Palais des Beaux Arts. The artist also left empty spaces on the picture rails, and as a result the paintings did not completely cover the walls, as was the custom in the Salons.

When a body of work leaves the studio, it does not negate the place of creation. In his 1855 pavilion, Courbet depicted his whole artistic project in an ideal place: the painting, L'Atelier du peintre, allégorie réelle déterminant une phase de sept années de ma vie artistique (1855).[3] When situated in relation to the Palais des Beaux Arts exhibition, this image of the studio referred to the place where the artwork originated. And by making the centre of his painting a landscape, Courbet foregrounded the indisputable role of the studio: it is the artist's "natural" place for creating. Whether he painted a landscape or an interior scene, Courbet created his work in the studio. However, from then on the work was presented elsewhere. It is also worth noting that Courbet didn't represent any finished works in this painting, and therefore broke away from the pictorial tradition that viewed the studio as a gallery.

Courbet's representation of the studio, exhibited outside of its place of making, deconstructs the traditional (and predominant) role of this space in the artist's working life. The social aspect, so significant in L'Atelier du peintre, disappeared from the physical space of the studio and moved to that of the gallery. In the mid-19th century, a division occurred, clearly isolating the functions of production (the private place of the studio)

1 Giorgio Vasari, Lives of the Artists, translated with an introduction and notes by Julia Conaway Bondanella and Peter Bondanella, Oxford; New York: Oxford University Press, 1991.

2 For an historical analysis of this exhibition, see Patricia Mainardi, "Courbet's Exhibitionism," Gazette des Beaux-Arts, series 6, v. 118, December 1991, p. 253-266. For a detailed analysis of Courbet's role concerning the studio, see Véronique Rodriguez, L'Exacerbation de la valeur d'exposition et la dévalorisation du métier de l'artiste, leurs incidences sur les transformations de l'atelier, Ph.D. sociology, Université de Montréal, 2001, p. 160-197.

3 Gustave Courbet, The Painter's Studio: A Real Allegory, 1855, oil on canvas, 361 x 598 cm. Musée d'Orsay, Paris.www.culture.gouv.fr/public/mistral/joconde_fr

and presentation (the public space of the museum or gallery). The studio then acquired a greater specificity, becoming the place where the work of art originates, a permanent physical space for creation in which the artist, most often alone but sometimes in collaboration, steadily or sporadically creates works regardless of when or where they will be presented. This definition remained valid for over a century, a period in which artists primarily made their works in the studio.

When one reads artists' autobiographies, letters, or interviews from the 19th century, the studio truly appears to be a place one could retreat to, where it was possible to find one's self, think, and let one's imagination run free, without constraint. In the studio the artist is able to experiment without having to respond to the expectations of the people presenting the works or the limitations of the spaces at the disposal of the exhibitor. According to such artists, it is in the studio that one can understand a work because it is in familiar territory, surrounded by other related pieces. For many artists the studio is the work's true space. It is the only place in the art milieu where the artist is in complete control.

2. The Studio: A Place of Constraints
The studio as a "natural" place for artists is far from neutral, as shown in my interviews with Montreal artists for the event Les ateliers s'exposent 2001.[4] First of all, there is the scale of the architecture, the quality of wall and floor surfaces, the ceiling height, the size and placement of the openings: all of these physical conditions are to be considered tools and materials for the creative process. One also has to consider the studio's location: ground floor or upstairs, downtown or in an urban industrial area, near a metro station or within walking distance from home, etc. Nor can one forget the influence of neighbours, and how odours and noise impact on the work being created. Working in the country doesn't necessarily solve the kinds of problems that neighbours can bring, because even though artists gain in space, they usually end up being isolated from the art milieu, which is located in an urban centre.

The studio is a symbolic space that bestows a special status on the artist. But as Léon Bernier and Isabelle Perrault have demonstrated in their analysis of interviews made with Quebec artists, published in L'Artiste et l'œuvre à faire[5] (1985), this does not prevent the studio from being a place with constraints. Artists want to relieve themselves of this weight, even in Montreal, where industrial spaces are still available. This became clear to me while organizing Les Ateliers s'exposent 2001. Selecting artists to participate in such an event presupposes that they all have a studio, because its main objective is to make it possible for the public to meet artists and visit the places where art is created. Many of the artists I called from the first list of names declined my invitation because they simply

---

4   In 2001, Johanne Germain from Maison de la culture Plateau Mont-Royal and Isabelle Courteau from Cobalt Art Public invited me to organize the event Les Ateliers s'exposent 2001. This consisted of 20 artists' studios open to the public for the last two weekends of October, an exhibition focusing on the theme of creation at Maison de la culture Plateau Mont-Royal from October 12-28, a round table discussion on the studio on October 18 and an article on the event for Vie des arts, no. 186, spring, 2002, p. 33-48.

5   Léon Bernier and Isabelle Perrault, L'artiste et l'oeuvre à faire, Québec, Institut québecois de recherche sur la culture, 1985, p. 491-499.

did not have a studio. This may have been because they have never had one, decided to give it up because of the material and financial restraints the space imposed on their practice, or that they occasionally sublet it for short periods of time.

This departure from the studio is also mentioned in texts about contemporary art. In his book *Un Art contextuel* (2002), Paul Ardenne argues that the studio is a place removed from society, where the artist is isolated from the real world. For Ardenne, working in a studio is in opposition to practicing a contextual art.[6] Other writers, such as Robert Smithson and Craig Owens, use the term "Post-Studio Art" to point out that art has moved beyond the conventional categories that pertain to workplaces such as a studio.[7] For Owens, and also for Miwon Kwon in her book *One Place After Another* (2002), art is no longer tied to the studio, its traditional place of making. Art has crossed its boundaries and is no longer "studio-bound."[8]

Some artists have left the studio – which in the 19th century was defined as a permanent place for creation – because they want to make their work more mobile, and above all they want to create different opportunities for showing it. However, whether the studio is a garret with a north-facing skylight, an industrial loft, a renovated barn, or a room in an apartment, it remains the space for creation to which artists devote their resources, regardless of exhibition venues. And, not only is the artist required to adapt to the permanent studio, but the work must be made within the technical and material parameters of the space, thus generating a double constraint that is far from negligible.

Refusing to have a permanent studio frees artists, or rather, provides them with more alternatives for creating and collaborating, because they no longer have a refuge to be alone in, or a comfortable little nest that already has everything in it. Given these circumstances, artists have to look for specialists to work with because they themselves do not have the appropriate technical equipment. But don't assume the studio has disappeared just like that. It continues to be a key element in producing work, but its characteristics have changed. Now, the studio moves from one place to another. Instead of creating their work in fixed locations, artists situate the studio wherever their projects take them: all places used in the production of a work become a studio, in most cases disappearing when the piece is exhibited, and then reappearing when the work is re-created for the next exhibition. Dare I call this the phoenix studio?

Viewing the work of sculptor Louise Viger, one would assume that the artist practices in a permanent studio because the work involves the creation of models and large scale, bulky objects that have to be stored after they are shown. But Viger does not work like this. At one time, she had a permanent studio, but gave it up to work in another manner. *L'Éclipse, les Délicieux* (1991) is composed of five figures made with acrylic-based sugar paste on wire structures. Each figure is lit with adjustable halogen lighting housed in a

6 Paul Ardenne, *Un Art contextuel, Création artistique en milieu urbain en situation d'intervention de partici-pation*, Paris: Flammarion, 2002, p. 16, 19-20, 36-37, 50, 61, 81-82.

7 Robert Smithson, "A Sedimentation of the Mind: Earth Projects," 1968, in Nancy Holt, ed. *The writings of Robert Smithson. Essays with illustrations*, New York: New York University Press, 1979, p 82-91. And Craig Owens, "Back to the Studio," *Art in America*, New York, v. 70, no. 1, January 1982, p. 99.

8 Miwon Kwon, *One Place After Another: Site-Specific Art and Locational Identity*, Cambridge: MIT Press, 2002, p. 46.

wooden semicircular form placed on the ground. To make this work, the artist used several studios. She made small clay models of the figures (approximately 15 centimetres in height) in a room in her apartment, and then rented a space on Holt Street in Montreal, where the large scale metal structures were constructed and covered with sugar paste. The material elements that made up the work were manufactured elsewhere, and the artist rented yet another space for the purposes of storage (this in turn became a studio because it fulfilled one of its traditional functions: to conserve a work while waiting for it to be purchased.

For *L'Éclipse, les Délicieux* the list of studios doesn't end with the locations used in the construction and storage. The various spaces where Viger has exhibited the figures must also be added to this list because the work doesn't leave the studio ready to be exhibited. It requires numerous adjustments when it is set up for public display. Therefore, the gallery also becomes a studio because even though Viger's works are not site-specific, their display in a given space, and the layout for the spectator's movement through it, are an integral part of the installation. For *L'Éclipse, les Délicieux*, the position of the figures, the placement of the lighting, and the work's distance from the walls are all taken into consideration because they change the quality of the shadows – which are an important part of the work. (The shadows of the kneeling headless figures represent animals: a rooster, goose, moose and caribou.) Because the work has to be formally integrated into the exhibition space, the artist must install the work each time it is shown.[9] And the sculptor's presence is especially necessary because she uses delicate materials that have not stood the test of time and have to be repaired so the work can produce the desired effect.

Nomadism and the Artist's Repositioning in the Art World

A nomadic approach to creating artworks in various spaces has led to a repositioning of the artist in the art world. The studio, as it was defined in the 19th century, limited the artwork to established forms, and imposed a specific role on the artist: that of producer. The public presentation of the work was left to others, such as curators, gallery directors, critics and collectors. This distribution of roles, determined during the proliferation of exhibitions in the 19th century, is still valued by some today, such as Philippe Dagen. In *L'Art impossible* (2002)[10] Dagen suggests that the studio continues to be the place where true art can be found, a space of retreat where artists can get together, talk, prepare works for museums, etc. This perspective hardly encompasses the diversity of artistic practices that have been employed since the 1960s.

Today, artists rarely produce works alone in the studio. More and more they are becoming part of collaborative networks, as Howard S. Becker articulated so well in his

9   Louise Viger's *L'Éclipse, les Délicieux* (1991) was presented at Galerie Chantal Boulanger in Montreal from May 11 to June 15, 1991. Johanne Lamoureux chose two of the figures to be in the exhibition she organized *Seeing in Tongues: A Narrative of Language and Visual Arts in Quebec / Le bout de la langue : les arts visuels et la langue au Québec*, presented at the Morris and Helen Belkin Art Gallery, University of British Columbia, Vancouver, from November 10, 1995 to January 13, 1996, and at Galerie de l'UQAM, Montreal, from May 30 to June 22, 1996.

10 Philippe Dagen, *L'Art impossible. De l'inutilité de la création dans le monde contemporain*, Paris: Grasset & Fasquelle, 2002, p. 9, 11, 161, 172, 197 and 245.

Louise Viger, *L'Éclipse, les délicieux*, Galerie Chantal Boulanger, 1991.
photo: Louis Lussier

book *Art Worlds* (1982).[11] I turn again to the work of sculptor Louise Viger, who works with numerous intermediaries at various stages of her projects. It is important to note that her initial ideas often change as a result of working with collaborators. For example, with the installation *L'Ogre et le Connaisseur* (2000),[12] Viger needed the help of several people. The piece consisted of projections of chairs, which were fitted together on the walls of an oval-shaped gallery that was made specifically for her show at the Musée d'art contemporain in Montreal. In the centre of the space there was a huge tongue, and at the entrance there was an angel made of white chocolate. Viger sought the help of a confectioner from the Institut de tourisme et d'hôtellerie du Québec to produce 450 tongues made with barley sugar, as well as the block of white chocolate used for the angel. Technicians that make scale models and moulds at Atelier Attitude constructed the mould and the giant tongue out of polyester resin, as well as small rubber moulds that were used for the barley sugar tongues. Computer graphic artists and technicians in photography laboratories worked with the artist on the light projections, while the curatorial team at the Musée d'art contemporain was responsible for the gallery's spatial concept and intricate lighting. A team of graphic artists designed the catalogue, which dealt with the issue of taste. All of these people were hired because Viger needed their specialized knowledge to reach her objective. As I suggested earlier, working with these collaborators had a direct impact on the work, both making it possible and influencing its outcome. According to Viger, "they improved it."[13] With a project such as this, the sculptor is far from being isolated in a studio!

As a further development of my interest in the artist's move away from the studio and increased involvement with the presentation space, since the autumn of 2003[14] I have been observing what happens when contemporary artworks are re-exhibited, especially, works of variable media.[15] Pieces such as those by Viger, which are not ready to be exhibited when they leave the studio, require the artist's reinvestment in the work each time they are shown. Therefore, the production phase of such projects extends into the space where art is presented. From one exhibition to the next, artists will at times change

11 Howard S. Becker, *Art Worlds*, Berkeley: University of California Press, 1982.

12 The exhibition Louise Viger : *L'Ogre et le Connaisseur*, organized by curator Gilles Godmer, was presented at the Musée d'art contemporain de Montréal from August 31 to October 29, 2000. The work was then re-exhibited in *La sculpture qui se fait* at the Centre d'exposition de Baie-Saint-Paul, Baie-Saint-Paul (Quebec), from May 10 to June 10, 2001.

13 Unpublished interview with the artist, March 3, 2004. Our translation.

14 My reflection is found in the context of a research project titled: "La Constitution du partimoine culturel : questions de débats autour de la préservation des œuvres d'art récent" under the direction of Jan Marontate at Acadia University, Wolfville, Nova Scotia and funded by SSHRC-RDI, which brings together art professionals and researchers.

15 This term, proposed by the *Variable Media Network*, enables works characterized by their possibilities for change to be grouped together. These are works that are linked to a place, such as installations in which the placing of the work in the space is one of the main components; that are made of perishable materials, electronic, video and digital art, or even ephemeral art such as performance, Conceptual art and so on. See Alain Depocas, Jon Ippolito and Caitlin Jones, ed., *Permanence Through Change: The Variable Media Approach*, published by the Solomon R. Guggenheim Museum in New York and the Daniel Langlois Foundation in Montréal, 2003. *The Variable Media Network* Website is www.variablemedia.net

things when returning to a piece, contunuing their artistic gesture even more. This repositioning of artists in the presentation world does not always go smoothly, because they assert themselves in a system that already has a well-defined way of operating. For example, they often clash with curators who call on them to install a work, or museum restorers who need precise information for preserving a piece in their collection. Problems arise because the institution acquired a specific historical work that did not include the modifications the artist carried out after it was purchased (during its re-exhibition).When this happens numerous questions are raised to which the answers vary depending on point of view. Is the re-exhibited work the same piece? Is it an original work or a variation of the original? Is it a copy? Which work should be preserved?

Calling into question the permanent studio, and challenging the notion that it is a unique place for the origin of an artwork, is to reconfigure the art milieu and shift artists from their literal position as producers. Within the context of contemporary art it is often difficult to identify a boundary between where the artwork is produced (the studio) and where it is presented (the exhibition space). The two are linked. They merge and join together because the studio has become nomadic.

Entre lieux et non-lieux
Vers une approche interstitielle du paysage

L'histoire des paysages en Occident illustre bien la dynamique opérant entre lieux et non-lieux. Cette histoire pourrait en effet être abordée comme une conquête sensible des non-lieux, conquête d'espaces réputés «affreux» ou inhabitables, qui seront progressivement apprivoisés, investis de valorisations culturelles, transformés en lieux et en paysages. L'art a joué et joue toujours un rôle important dans ce processus.

C'est ce qu'Alain Roger a souligné avec sa proposition théorique de «l'artialisation[1]» paysagère. Le paysage est selon cette perspective construction et invention de la sensibilité. C'est en ce sens que l'on peut parler d'une histoire des inventions paysagères. Si la campagne est inventée comme paysage aux 15e et 16e siècles sous l'influence des peintres flamands, il faut attendre le 18e siècle pour que la montagne soit valorisée par la plume des écrivains, et le 19e siècle pour qu'un Baudelaire amorce dans ses «Tableaux parisiens» (Fleurs du mal, 1857) la création paysagère de la grande ville. Qu'en est-il aujourd'hui de ces étendues urbanisées, de ce monde qui apparaît de plus en plus limité à mesure que s'accélère le quadrillage extensif opéré par la technique et les réseaux de communication? La paysagéité constitue-t-elle toujours un véhicule conceptuel pertinent pour appréhender et valoriser cette nouvelle condition territoriale? Et si oui, comment l'exploration artistique y contribue-t-elle? Avant de suggérer quelques hypothèses, revenons aux notions en présence afin de préciser ce qu'elles incarnent en rapport au contexte actuel.

J'ai d'abord associé le non-lieu aux zones sauvages et inhospitalières du passé, contrées lointaines longtemps évitées ou traversées avec appréhension. Mais la situation a bien changé depuis le temps où les cartes étaient encore parsemées de «vides» et de terres inconnues. Aujourd'hui, la colonisation urbaine et l'exploitation quasi complète du milieu terrestre génèrent une condition inversée. La notion de non-lieu ne constitue plus une donnée vaguement localisable aux confins du connu, mais quelque chose de proche émergeant au coeur même des étendues urbaines, un produit direct de nos modes de vie. C'est ce que l'anthropologue Marc Augé a associé aux «non-lieux» issus d'une condition

LUC
LÉVESQUE

actuelle de «surmodernité». Le non-lieu surmoderne ne se définit pas par l'identitaire, le relationnel ou l'historique. C'est plutôt un espace de transit et de flux, un espace où les croisements n'engendrent pas d'emblée les rencontres, un espace générique apparemment sans histoire ou identité. Aéroports, échangeurs autoroutiers, centres commerciaux et résidus collatéraux sont quelques-uns des exemples d'environnements que Augé relie aux non-lieux.

Augé ainsi constate et décrit l'émergence contemporaine du non-lieu sans pour autant pleurer le lieu ou annoncer sa fin. C'est une position plus tranchée que défend par contre l'historien de l'architecture Christian Norberg-Schulz lorsqu'il désigne péjorative-ment l'époque contemporaine comme celle de la «perte des lieux». Étymologiquement lié aux notions de *topos* (grec) et de *locus* (latin), le lieu se réfère à l'idée d'emplacement accueillant et de halte. Il se rapporte conséquemment aux notions d'orientation, d'appartenance et de protection. Les transformations urbaines accélérées de la seconde moitié du 20e siècle auraient contribué à brouiller ou effacer ces attributs. Si cette perspective critique est à certains égards justifiée, l'idéalisation du lieu comme figure d'enracinement identitaire et enclave protectrice est plus problématique. Le défi ou l'enjeu de l'«habiter» aujourd'hui peut-il vraiment se résumer à «être en paix dans un lieu protégé» comme semble le sous-entendre, suivant une certaine lecture d'Heidegger, le discours de Norberg-Schulz[2]? Rien n'est moins sûr. En effet, comment ne pas suspecter un tel idéal au moment où le même argument justifie par exemple la résurgence luxueuse et élitiste de cités murées, opaques à toutes formes d'intrusion exogène ou de frottement social, au moment où l'excès de confort du monde occidental devrait plutôt être secoué et questionné.

Pour sortir de cette impasse, il semble nécessaire de relâcher la liaison exclusive associant la notion d'habiter à l'image protectrice de lieux archétypaux. Il faudrait de même résister à la tentation d'enclore lieux et non-lieux dans des catégories a priori. Augé souligne dans le même sens que les notions de lieux et non-lieux doivent plutôt être abordées comme des «polarités fuyantes». Lieux et non-lieux n'existent pas «sous une forme pure», mais s'incarnent plutôt dans un palimpseste où le lieu «n'est jamais complètement effacé et le non-lieu ne s'accomplit jamais totalement[3]». C'est précisé-ment l'espacement ouvert par cette polarisation qui semble susceptible de catalyser de nouvelles attitudes, de nouveaux agencements de l'«habiter» liés aux enjeux de la condition contemporaine. L'espacement en question implique pratiques, processus et temporalités. Il n'est plus suffisant de rêver le lieu ou de stigmatiser passivement le non-lieu ou l'espace générique; c'est dans la zone stratégique entre ces pôles – zone de «mi-lieux[4]» – que d'impures et insaisissables hybrides sont à imaginer, composer et activer. À cet égard, la notion d'interstice semble rendre compte à la fois de la nature du

1 Alain Roger, *Court traité du paysage*, Paris, Gallimard, 1997, p. 16-20. Le passage du «pays» serait, selon Roger, tributaire de médiations artistiques ou «artialisations» qui de façon directe (in situ : jardin, aménagement, intervention, etc.) ou indirecte (in visu : peinture, littérature, photographie, etc.) permettent de «rendre visible» et de valoriser au niveau sensible le territoire ou «pays».

2 Christian Norberg-Schulz, *Genius Loci. Paysage Ambiance Architecture* (1979), Bruxelles, Liège, Pierre Mardaga (éd.), rééd. (trad. française) 2000. Voir p. 22 et 189-195.

3 Marc Augé, *Non-lieux, introduction à une anthropologie de la surmodernité*, Paris, Seuil, 1992, p. 101.

4 Paola Berenstein-Jacques, Alain Guez et Antonella Tufano, «Trialogue : lieu, mi-lieu, non-lieu», Chris Younès et Michel Mangematin (dir.), *Lieux contemporains*, Paris, Descartes & Cie, 1997, p. 125-133.

territoire mutant à investir et des vecteurs opératoires nécessaires à sa mise en branle. La condition interstitielle renvoie en effet autant à la spatialité qu'à la temporalité, aux notions de relations et de connexions qu'à celles de brèches et de trouées. Elle implique, en ce sens, un rapport différent à l'environnement de celui ayant dominé historiquement la conquête occidentale des territoires. La conquête en jeu ici ne se rapporte pas tant au découpage et à l'appropriation extensive de l'espace; c'est plutôt à l'appréhension et à l'activation d'une constellation fluctuante qu'elle se référerait. Cette constellation de «sites[5]» ou d'interstices appelle l'exploration et l'expression d'un champ intensif de potentialités qui serait le principal motif d'une paysagéité interstitielle émergente. Sur une planète colonisée et fortement urbanisée, l'enjeu serait de reconnaître ou de faire surgir de l'espacement au sein même de la proximité.

Ce changement de perspective n'est évidemment pas sans effet sur les modalités de paysagéification avec lesquelles j'ai amorcé mon propos. Elles supposent corrélative-ment des modes d'«artialisation» du territoire différents de ceux convoqués traditionnellement par la notion de paysage. Divergeant d'une paysagéité dominante procédant surtout par contemplation distanciée, la paysagéité interstitielle opère plutôt par valorisation et activation de virtualités déjouant l'emprise surcodante du visuel. Elle est en ce sens davantage motivée par les potentialités opératoires et diagrammatiques du territoire appréhendé que par une caractérisation visuelle se limitant aux qualités explicites de l'image[6]. On peut difficilement assujettir la paysagéité interstitielle à des configurations territoriales types ou à des codifications formelles redondantes comme dans le cas des modèles paysagers traditionnels (le pittoresque, le sublime, etc.). Le paysage interstitiel en est un de situations. Bien que participant au régime du visuel, il tend aussi à lui échapper et à l'infléchir. Alors que le «terrain vague» forme dans la ville une figure paysagère généralement associée à la condition interstitielle, celle-ci ne se résume aucunement aux caractères physionomiques de ce dernier[7]. La paysagéité inter-stitielle est susceptible de travailler de l'intérieur n'importe quel contexte. Si elle peut s'immiscer, se superposer ou surgir des conditions territoriales les plus diverses, c'est que, comme le remarque Bernard Cache, «le réel est une image creuse dont la structure est alvéolaire, [...] minée d'intervalles. Il reste toujours des interstices dans lesquels se glisseront des phénomènes intercalaires, quitte à faire craquer les cadres de probabilité préexistants[8]». C'est la virtualité de ces phénomènes intercalaires qui attise la paysagéité interstitielle. L'«artialisation» du réel consiste selon cette perspective à débusquer ou introduire des intervalles comme cadres d'émergence de nouvelles possibilités de vie.

---

5   J'emprunte ici à Anne Cauquelin la notion de «site» comme hybride entre espace abstrait et lieu. Anne Cauquelin, *Le site et le paysage*, Paris, PUF, 2002. Voir p. 83-87.

6   Si le caractère iconique du paysage peut être pris comme postulat, le type d'iconicité peut par ailleurs constituer une référence pour différencier différentes modalités de paysagéité. Peirce divise les icônes en trois sous-classes ou hypoicônes : images (représentant des qualités), diagrammes (représentant des relations) et métaphores (représentant des parallélismes). C'est à cette classification que je me réfère ici en associant la paysagéité interstitielle davantage au dia-gramme qu'à l'image. Voir Charles S. Peirce, «Syllabus», 1902, *Écrits sur le signe* (textes rassemblés par Gérard Deledalle), Paris, Seuil, 1978, p. 149 (2.277).

7   Une approche conceptuelle de la figure paysagère du «terrain vague» permet possiblement d'éviter le piège des clichés physionomiques réducteurs. Pour plus de développements sur le «terrain vague», voir Luc Lévesque, «Le terrain vague comme monument», *Inter art actuel*, n° 72, Québec, 1999, p. 27-29; «Montréal, l'informe urbanité des terrains vagues», *Les Annales de la Recherche Urbaine*, n° 85, Paris, décembre 1999, p. 47-57; «Du terrain vague à l'interstitiel : quelques trajectoires d'invention paysagère» dans Stéphane Bertrand (dir.), *Reconnaître le terrain : 19 inflexions au terrain vague – Lay of the Land : 19 Perspectives on Vacant Land*, AxeNéo7, Gatineau, 2005, p. 47-51.

C'est un ensemble de transformations affectant les modalités d'opération du cadre qui devront donc ici être engagées. À cet égard, trois opérations m'intéresseront plus particulièrement. Il s'agit du basculement, de la perforation et de l'imprégnation. Ces opérations, en transformant les usages dominants du cadre (fenêtre paysagère, tableau, écran), ouvriraient à de nouveaux champs d'actions notre rapport sensible et expressif au territoire.

Le basculement à l'horizontal de la «fenêtre[9]» paysagère est incarné, de façon évocatrice, dans L'élevage de poussière, la fameuse photographie que Man Ray produit en 1920 du Grand Verre de Duchamp. Sans entrer ici dans toute la complexité de cette oeuvre clef du 20e siècle, l'icône qu'en fait Man Ray peut être interprétée comme le diagramme d'une interaction nouvelle au territoire. En faisant basculer le plan vertical du Grand Verre, Man Ray le présente comme une topographie où interagissent action et laisser-faire, net-toyage partiel et accumulation entropique de la poussière, infléchissant ainsi la maîtrise optique de la «fenêtre» en une invitation à l'exploration topographique. Dans cette étrange prise de vue, le rapport d'échelle est brouillé, l'informe cohabite positivement avec le déterminé, l'infime peut être catapulté dans l'infini, le visible est indissociable du tactile, le pied est invité virtuellement à rééquilibrer la place de l'oeil dans l'appréhension et l'expression sensible du territoire. Le cadre basculé, s'il n'exclut pas la contemplation, appelle surtout l'implication et la participation, une attitude qu'une paysagéité de l'interstitiel requerrait pour sa mise en branle.

Une seconde opération me paraît importante dans cette foulée. C'est celle de la perforation ou de la trouée. Lucio Fontana est celui qui a développé en art, à partir de 1949, le «concept spatial» du trou[10]. Perforer la toile n'est pas pour lui un acte de destruction ou une autre manière de dessiner, mais une façon d'«échapper au cadre» pour ouvrir le plan pictural aux potentiels de l'espace infini qui l'environne et le traverse. Ce qui importe ici n'est donc pas tant la figure susceptible d'apparaître d'un ensemble de perforations, mais ce que ces dernières peuvent laisser passer, les parcours et traversées qu'elles appellent, le franchissement du «tableau», les trous que l'on traverse au lieu de les regarder[11]. Le dispositif suggère une manière différente d'appréhender et d'expérimenterl'environnement, une attitude se superposant au régime scopique dominant pour le percer et l'ouvrir sur d'autres trajectoires ou devenirs. La toile n'a plus besoin d'être là, elle s'incarne dans les cadrages avec lesquels nous découpons sciemment ou inconsciemment le réel. Ces cadrages que plus de cinq siècles de codes visuels nous ont conduits à voir et à sélectionner, il est possible d'apprendre à les

---

8   Bernard Cache, Terre meuble (1983), Orléans, Éditions HYX, 1997, p. 24. Paru d'abord en traduction anglaise sous le titre : Earth Moves. The Furnishing of Territories, Cambridge (Mass.), MIT Press, 1995.

9   Sur l'importance de la «fenêtre» picturale dans l'invention du paysage occidental, voir Alain Roger, op. cit., p. 73-76.

10 Sur le «trou» et le «concept spatial», voir notamment Lucio Fontana et al., «Secondo Manifesto dello Spazialismo Manifesto» (Milan, 1948); Enrico Crispolti et Rosella Siligato (dir.), Lucio Fontana. Milan, Electa, 1998, p. 144-147 et 257.

11 Le dispositif développé par Fontana s'apparente au système «mur blanc-trou noir» auquel Deleuze et Guattari associent la machine de «visagéité», le visage ayant pour principal corrélat le paysage. Le défi serait ici de «défaire» ou déjouer les «redondances globalisantes» du visage et du paysage, «ne plus regarder les yeux ni dans les yeux, mais les traverser à la nage» comme disait Henry Miller (Tropique du Capricorne). Gilles Deleuze et Félix Guattari, Mille Plateaux – Capitalisme et schizophrénie, Paris, Minuit, 1980, p. 228-229.

perforer pour y explorer d'autres registres de potentialités[12].Tel serait une des contributions essentielles de Fontana à la machine de paysagéité interstitielle. Les surfaces trouées de Fontana recèlent possiblement le diagramme d'une approche alternative de l'espace-temps urbain. Ce diagramme, c'est une constellation de «trous»; constellation mouvante et fluctuante surgissant du cadre normatif existant des villes à des degrés variables d'intensité, de durée et d'intentionnalité. Face à l'enjeu d'une réinvention contemporaine de l'espace public, ce concept de constellation suggère une modalité nomade, dynamique et circonstancielle de la place publique susceptible de s'infiltrer ou de surgir n'importe où, n'importe quand, selon les situations et les paramètres choisis.

Si la trouée ouvre le cadre de la paysagéité à tout un champ de virtualités, il faut encore une opération supplémentaire pour donner une consistance au vide que le plan perforé capture. Cette opération, qui sera au coeur de l'exploration de Yves Klein, on pourrait la désigner comme l'imprégnation. Klein s'intéresse d'abord à la faculté d'imprégnation de la couleur : là où «la ligne perfore l'espace, [...] est toujours en transit; [...] la couleur se trouve imprégnée dans l'espace, elle l'habite[13]». Ainsi, à travers l'aventure du mono-chrome, c'est une définition bien particulière de l'«habiter» que développe Klein; un «habiter» qui n'a plus rien à voir avec les racines, avec le réconfort des cloisons protectrices et des paysages connus. Cet «habiter» se réfère plutôt à des zones de modifications sensibles et affectives de l'espace. Ceci n'est pas sans transformer radicalement le rapport extensif au territoire et les modalités d'une paysagéité traditionnellement dominée par la vision. Le monochrome est un «paysage de liberté» qui ne paraît déjà «plus devoir être fonctionnellement relié au regard[14]». Le tableau dissout, c'est bientôt par sa seule présence que le «peintre» imprègne l'espace d'une sensibilité par-ticulière. «L'exposition du vide» (1958) et les «Zones de sensibilité picturale immatérielle» (1959) poursuivent cette conquête sensible infléchissant l'attention sur l'invisible, les forces et les virtualités peuplant le vide. La figure incarnant ici ce théâtre d'opérations, c'est la structure poreuse de l'éponge qui complète et complexifie le diagramme de constellation discuté plus tôt. Éponge et imprégnation suggèrent en effet autant une appréhension du territoire en immersion qu'un mode d'occupation infiltrant. S'imprégner de l'atmosphère d'un milieu ou imprégner ses «pores» comme autant de zones perméables à habiter, de sites à activer ou à modifier transitoirement. Partant de préoccupations différentes, c'est un programme similaire qu'expérimente à la même époque, dans la ville, la mouvance lettriste et situationniste[15]. La psychogéographie comme étude des effets affectifs des milieux sur les individus, et la construction de situa-tions comme «édification de micro-ambiances transitoires[16]» suggèrent, en effet, un ensemble de concordances avec ce que véhicule le champ conceptuel de l'imprégnation.

Basculement, trouée, imprégnation constituent quelques-unes des opérations contemporaines susceptibles de transformer la nature des «cadres» avec lesquels on

---

1 2 On pourrait relier cet effort perceptif, pour sortir d'une *Gestalt* dominante, aux expériences de percep-tion de «l'anti-forme» («vision de l'entre-monde», des «interstices entre les choses, entre les gens») menées par Paul Virilio. Voir Paul Virilio, «L'entreprise des apparences» (avant-propos), *L'horizon négatif. Essai de dromoscopie*, Paris, Galilée, 1984, p. 13-32.

1 3 Yves Klein, *L'aventure monochrome* (document dactylographié en 1960). Publication posthume dans Jean-Yves Mock (assisté de Véronique Legrand) (dir.), *Yves Klein (catalogue d'exposition)*, Paris, Centre Georges Pompidou, Musée national d'art moderne, 1983, p. 172.

1 4 Yves Klein, *L'aventure monochrome*, op. cit., p. 178 : «Mes propositions monochromes sont des paysages de liberté...» (Chamonix, 1957); *Manifeste de l'Hôtel Chelsea* (New York, 1961), op. cit., p. 196.

construit et exprime notre relation au territoire. Si le paysage a constitué en Occident une modalité d'expression privilégiée de cette relation, ces opérations en infléchissent les paramètres traditionnels et contribuent à l'émergence d'une modalité alternative et interstitielle de la paysagéité. Les «vieux cadres» sont toujours là, mais il y aurait de nouveaux vecteurs pour les travailler et les ouvrir. Il y a toujours le «spectacle des beaux paysages», mais il y a aussi de nouveaux motifs de valorisation et d'expression territoriale qui permettent d'élaborer différemment notre rapport à l'environnement, et plus particulièrement à celui de la ville actuelle. Selon cette perspective, la relation lieux/non- lieux n'est pas envisagée comme une opposition entre des catégories spatiales objectives, elle incarne plutôt les pôles d'une tension potentiellement catalytique.

Jusqu'ici, j'ai traité de la question surtout d'un point de vue théorique et historique; qu'en est-il des expérimentations concrètes plus récentes? Si plusieurs voies conceptuelles ouvertes dans les années 1940-1960 et même avant sont toujours pertinentes aujourd'hui, l'idéalisme qui à différents niveaux les animait ne semble plus guère possible. Les visions et utopies de transformation radicale laisseraient plutôt place à des projets d'inflexions de la sensibilité assumant pragmatiquement les paradoxes de nos sociétés et agissant d'abord sur les conditions existantes à l'échelle du micropoli-tique. J'ai eu l'occasion d'expérimenter récemment certaines de ces pistes dans le cadre de trois projets manoeuvriers[17] réalisés avec l'atelier d'exploration urbaine SYN-.

Le projet *Hypothèses d'amarrages*[18] (Montréal, 2001 – en cours) actualise une variante possible du diagramme de constellation. Il s'agit de scruter le territoire métropolitain à la recherche de sites sous-utilisés propices à l'occupation et à la halte. Le concept d'amarrage incarne le potentiel d'ancrages temporaires au sein d'une spatialité urbaine dominée par les flux. Le vecteur tactique d'intervention consiste en un dépôt impromptu mais ciblé de tables à pique-nique permettant, pour une durée indéterminée, une occupation légère des sites choisis. Une vingtaine de tables sont ainsi installées sur presque autant de sites interstitiels de l'île de Montréal. La table constitue une «amarre» qui facilite le séjour et permet de «vivre» les qualités négligées du site par-delà les visions distantes ou superficielles que l'on peut en avoir. Pas d'enracinement, mais un poste de stabilité relative en frottement à une topographie potentiellement

15 Associé à «l'épuisement des branches esthétiques traditionnelles» – le «vide signé» comme «aboutisse-ment parfait du ready-made dadaïste» – et à un certain mysticisme oriental, Yves Klein n'est pas épargné par la critique radicale des situationnistes qui lui reprocheraient, entre autres, de ne pas s'impliquer suffisamment dans une «création directe des ambiances de la vie». Voir Guy Debord (dir.), «L'absence et ses habilleurs» (texte non signé), *Internationale Situationniste*, n° 2, Paris, décembre 1958, p. 6-8. Par rapport au vide et à l'absence, on notera néanmoins le petit éloge à de Chirico et aux effets sensibles de l'absence («un espace vide crée un temps bien rempli») dans un passage du fameux texte d'Ivan Chtcheglof (1953) repris dans le premier numéro de l'*Internationale Situationniste*. Voir Ivan Chtcheglof (alias Gilles Ivain), «Formulaire pour un urbanisme nouveau» (1953), *Internationale Situationniste*, n° 1, Paris, juin 1958, p. 18.

16 Voir Guy Debord (dir.), «Définitions», *Internationale Situationniste*, n° 1, Paris, juin 1958, p. 13; Constant et Guy Debord, «La déclaration d'Amsterdam», *Internationale Situationniste*, n° 2, Paris, décembre 1958, p. 32.

17 Concernant le concept de «manoeuvre», voir Alain-Martin Richard, «Matériau manoeuvre. Énoncés Généraux», *Inter art actuel*, n° 47, Québec, 1990, p. 1-2.

18 *Hypothèses d'amarrages* a été initié en 2001 à Montréal par SYN- (Luc Lévesque et Jean-François Prost) dans le cadre de la programmation *Les commensaux* (2000-2001) du centre des arts actuels Skol. Voir Patrice Loubier et Anne-Marie Ninacs (dir.), *Les commensaux : Quand l'art se fait circonstances – When Art Becomes Circumstance*, Montréal, Centre des arts actuels Skol, 2001. À propos de l'atelier d'exploration urbaine SYN-, voir : www.amarrages.com.

déstabilisante laissée telle quelle, de l'entropie de la friche au lisse aseptique du résidu policé. C'est la tension entre l'élément générique «table» et les conditions spécifiques à chaque site qui génère ici le confort paradoxal propre à la condition de «mi-lieu». Si le positionnement de la table peut être considéré comme un dispositif d'«artialisation» de la condition interstitielle, ce n'est pas parce qu'elle en rehausse décorativement l'image, mais plutôt parce qu'elle incite à perforer l'écran des clichés pour participer à la réalité complexe de l'intervalle.

Le projet *Hypothèses d'insertions*[19] (Gatineau, 2002) poursuit la recherche amorcée avec *Hypothèses d'amarrages* et en modifie les paramètres. La topographie urbaine est cette fois considérée comme une surface à parcourir pouvant être potentiellement activée en tous points ou presque, selon les circonstances. Les «trouées» ici ne sont pas tant les sites résiduels qui résultent de la transformation urbaine, mais des situations qui activent des espaces de façon inattendue. Petite perforation usagère du décor urbain, cette activation insérée dans l'espace et le temps de la ville constitue une forme d'imprégnation interstitielle modifiant temporairement la nature du site d'insertion. L'agent vectoriel de la manoeuvre est une table de ping-pong sur roues déplacée durant cinq jours dans le centre-ville de Gatineau (Hull) à la recherche de sites de jeu. Une vingtaine d'emplacements sont ainsi éprouvés : stationnements désertés la nuit ou le week-end, esplanade d'un musée, dalles aménagées de tours à bureaux, friches, espace abrité d'un viaduc autoroutier, etc. À la fin du processus, la table, offerte à l'usage des visiteurs, est intégrée en galerie à un dispositif vidéo et sonore témoignant du parcours et des différentes situations de jeu expérimentées en ville. Des cartes postales de ces situations sont aussi disséminées en divers endroits de l'agglomération métropolitaine. Cette contribution iconographique est surtout l'occasion de proposer un regard réactivé sur le paysage généralement mal-aimé de Hull en soulignant ses potentialités d'usages ludiques. Le projet révèle une fois de plus, la futilité de statuer visuellement sur le caractère de lieu ou de non-lieu des différents espaces du territoire urbain et l'importance de continuer à développer des modalités de valorisations paysagères alternatives. Des «décors» aménagés aux surfaces monofonctionnelles et à toute la gamme des résidus, un champ s'ouvre à des vecteurs d'activation passant outre les apparences, pour occuper la structure alvéolaire sous-exploitée de l'espace-temps urbain.

C'est dans la même veine que s'élabore enfin le projet *Prospectus*[20] (2003-2004) dans le réseau piétonnier de la «ville intérieure» de Montréal. Environnement contrôlé composé principalement d'aires commerciales, d'espaces à bureaux et de voies de circulation semi-publiques, la «ville intérieure» forme un assemblage assez proche de ce que Augé

19 *Hypothèses d'insertions* a été réalisé à l'été 2002 par l'atelier d'exploration urbaine SYN- (Jean-Maxime Dufresne, Luc Lévesque, Jean-François Prost) lors de l'événement pluridisciplinaire *Houseboat/ Occupations symbiotiques* organisé par le centre d'artistes AxeNéo7 à Gatineau. Voir Stéphane Bertrand (dir.), *Reconnaître le terrain : 19 inflexions au terrain vague – Lay of the Land : 19 Perspectives on Vacant Land*, Gatineau, AxeNéo7, 2005.

20 *Prospectus* a été réalisé en 2004 par SYN- (Jean-Maxime Dufresne, Louis-Charles Lasnier, Luc Lévesque, Jean-François Prost) dans le cadre du projet de vitrine *extra-muros* (Quartier International de Montréal) du Centre Canadien d'Architecture (CCA). Il a été intégré à la présentation de la *4e Biennale de Montréal*.

SYN– *Prospectus*, Montréal, 2004.
photo : SYN–

associe à la polarité du non-lieu, polarité marquée notamment par la dominance des transits individuels et une accessibilité conditionnelle. Dans ce cadre à latitude restreinte, les vecteurs d'expression et d'activation du projet, ce sont principalement nos corps en action, vêtus pour l'occasion d'un uniforme signalétique (blanc et orange fluo) les démarquant des contextes traversés et servant de repères au dispositif icono-graphique ultérieur. L'enjeu est encore de suggérer un rapport différent au territoire investi, mais cela implique ici, de façon plus marquée qu'à l'extérieur, de travailler à infléchir l'état de «distraction» et l'«habitude» qui caractérisent généralement l'expérience d'immersion architecturale[21]. S'il s'agit à la base d'explorer une topographie «raréfiée» pour y chercher ou y ouvrir des brèches usagères; il faut aussi offrir une piste de distanciation permettant de réactiver la perception et de catalyser de nouvelles prises sensibles et cognitives. C'est dans ce sens que le concept d'«hyperbâtiment» est proposé pour rendre compte de l'échelle et de la complexité de cette entité urbaine réticulaire à la fois générique et singulière. Par-delà une apparente banalité – celle d'apparaître possiblement comme une enfilade de corridors sous surveillance ou un sous-produit décevant de la ville du dehors –, nous aurions ici affaire à une prodigieuse masse architecturale, laquelle, par son ampleur et son caractère polyvoque, aurait la capacité de «devenir ville». Ce sont les indices et les potentialités de ce devenir qu'explore le projet par le biais d'une «randonnée» et d'actions documentées comme invitation à la découverte et à l'appropriation. Ponctuant le parcours, un diaporama numérique[22] et une bande sonore relatent les multiples conditions pouvant être traversées ainsi que le type d'occupations qu'elles permettent ou suggèrent. Couplés à ce dispositif, des «prospectus» – comprenant plan de l'«hyperbâtiment», index et vignettes référencées – constituent les vecteurs diagrammatiques sortant du cadre de la présentation pour inviter visiteurs-usagers à expérimenter leurs propres «randonnées».

La problématique que pose l'intervention dans un tel milieu – intérieur et sous contrôle principalement privé – c'est bien sûr, en principe, la marge de manoeuvre relativement étroite qui y est disponible. À l'instar des deux précédents projets, mais dans un cadre encore plus limité, l'objectif principal est toujours de tester in situ des hypothèses de porosité du milieu, pour ensuite, à travers elles, indiquer ou suggérer un champ de possibilités et de potentiels. S'il est donc en ce sens crucial d'expérimenter concrète-ment les propositions, l'importance du document iconographique pour pérenniser l'évanescence relative des occupations est aussi essentielle. On retrouve là le principe d'«artialisation» paysagère in visu souligné par Roger comme un véhicule privilégié de transformation du rapport au territoire. Le paysage «n'est pas seulement un milieu mais un monde déterritorialisé[23]» comme l'affirment Deleuze et Guattari; c'est ce qui rend l'image si opérante dans les processus afférents à la paysagéité. Mais à l'inverse de

---

21 Sur l'état de «distraction» et «l'habitude» comme conditions de réception de l'environnement architec-tural, voir le travail précurseur de Walter Benjamin (traduit par Christophe Jouanlanne), L'oeuvre d'art à l'époque de la reproductibilité technique (1936), Paris, Éditions Carré, rééd. 1997, chap. XV, p. 62-65.

22 Le diaporama numérique est composé de 9 moniteurs, chacun illustrant un segment de la totalité de «l'hyperbâtiment» que constitue la «ville intérieure». Ces moniteurs constituent des réservoirs d'images et de sons spécifiques (en contrepoint à la bande sonore principale) qui rendent compte des espaces et ambiances traversés lors de la randonnée. Le diaporama est structuré en 9 séries synchronisées d'arrêts-sur-image numérotés, témoignant de 81 différents moments de la randonnée. Ces séries d'images figées sont entrecoupées de séquences variables d'images évoquant le déroulement du par-cours et de la prospection.

23 Gilles Deleuze et Félix Guattari, Mille Plateaux – Capitalisme et schizophrénie, Paris, Minuit, 1980, p. 211.

l'iconographie privilégiée par les modes paysagers traditionnels, ce qui importe, pour le déclenchement de la machine de paysagéité interstitielle, c'est moins la conformation de l'agencement territorial aux codes esthétiques majeurs que les vecteurs invitant à traverser l'image pour une activation directe des milieux. Nos corps imprégnants sont les signes indiciels qui jouent ici ce rôle.

On aurait par ailleurs tort de limiter à l'in visu ou aux pratiques d'interventions in situ – légères, éphémères et impromptues – le champ processuel d'une paysagéité interstitielle. Des projets d'aménagement transformant de manière plus pérenne un milieu peuvent bien sûr aussi mettre en branle un tel champ opérant entre les pôles du lieu et du non-lieu. C'est le cas du *Schouwburgplein* (Place du Théâtre) réalisé en 1997 à Rotterdam par le paysagiste néerlandais Adriaan Geuze et son agence West 8. Ce projet, qui constitue sans doute l'un des espaces publics les plus intéressants des dix dernières années, aborde plusieurs des thèmes discutés précédemment. La commande principale est ici de renouveler une place publique aménagée à la fin des années 1960 au-dessus d'un stationnement souterrain, en plein cœur commercial et culturel de Rotterdam. Geuze (West 8) propose une plateforme légèrement surélevée, constituée d'une imbrication de recouvrements (tôles et grilles d'acier; surfaces de bois, caoutchouc, pierre et époxy) et peuplée de quelques éléments de mobiliers urbains singuliers. En surélevant de quelque 35 cm le plancher de la nouvelle place par rapport aux rues environnantes et en accentuant sa vacuité par une raréfaction extrême de l'aménagement, Geuze rend perceptible un espace qui pendant des années avait été traversé sans être vu. La vacuité, qui avait longtemps constitué le problème majeur de la place, devient par cette infime mais radicale intervention un potentiel sensible. Le plan basculé imprègne le vide d'une présence dynamique rendant obsolète toute idée de colmatage ou d'aménagement décoratif. La place ainsi traitée n'est plus le négatif du bâti, mais plutôt, pour reprendre l'expression de Nathan Silver, «une architecture sans bâtiments[24]».

Si ce plan vide peut déstabiliser, réveiller les sens et la conscience comme une sorte de champ d'intensité latente, il sollicite aussi et surtout la participation. C'est comme territoire scénique à coloniser qu'il s'offre quotidiennement au passant et le défie tout à la fois. Le plan horizontal de la plateforme se transforme par intermittence au rythme des manifestations saisonnières diversifiées qui l'occupent. Au niveau expérientiel, malgré une apparente aridité, le *Schouwburgplein*, s'avère en fait un *patchwork* de sensations tactiles, sonores et optiques variées. Les différentes surfaces matérielles qui s'y juxtaposent révèlent au pas des impressions différemment amplifiées par le vide qui repose sous la structure de support. Eau et lumière viennent aussi par endroits marquer la plateforme. Ces variations, en faisant fluctuer les inflexions du regard, contribuent à enclencher différentes expériences paysagères : celles du proche et de l'haptique qu'incarne l'assemblage textural du plancher surélevé, celles de l'optique et du lointain qui culminent dans la perception du profil des tours du centre-ville révélé avec plus d'intensité grâce à l'aplanissement radical de la surface. Les quelques éléments ponctuant la plateforme constituent des dispositifs supplémentaires pour activer l'appropriation et l'artialisation du paysage urbain. L'alignement de bancs aux profils courbes surdimensionnés et les quelques comptoirs bordant la périphérie s'offrent

2 4 Nathan Silver, «Une architecture sans bâtiments», Françoise Choay et al., *Le sens de la ville*, Paris, Seuil, 1972, p. 169-183; voir version originale anglaise dans Charles Jencks et George Baird (dir.), *Meaning in Architecture*, New York, G. Braziller, 1969, p. 279-285.

surtout au repos et à la socialité alors que les toitures des accès aux stationnements du sous-plancher servent de rampes aux amateurs de *skate*. Enfin, les quatre lampadaires hydrauliques géants qui bordent la place et en font varier l'éclat nocturne rappellent, quant à eux, la proximité du port de Rotterdam et sa «forêt» de grues. C'est à un espace bien particulier auquel nous avons ici affaire, un espace paradoxal qui exploite comme de nouveaux matériaux intensifs les caractères et ambiances contradictoires pouvant être associés aux polarités du lieu et du non-lieu. Emplacement défini offert à l'occupation, mais aussi espace «table rase» possiblement déroutant et inconfortable.

Si le plancher flottant souligne l'artificialité et la précarité d'un sol néerlandais gagné sur la mer, c'est aussi, à travers cette condition, un «microcosme» du monde urbain contemporain qu'il incarne. On peut, en ce sens, aborder le *Schouwburgplein* comme un «jardin»; un jardin qui aurait pour principal motif la création et l'expérimentation de nouveaux rapports aux territoires fluents de la ville actuelle. Un jardin qui ne serait plus l'enclos protecteur, le mirage d'un Éden reconstitué, mais un radeau amarré, une zone potentielle d'intensité.

Michel Foucault considère le jardin comme l'exemple le plus ancien d'une «hétérotopie en forme d'emplacements contradictoires[25]»; sorte d'utopie réalisée où plusieurs types d'espaces incompatibles sont susceptibles d'être superposés. Cette conception «hétérotopique» du jardin coïncide avec mon propos sur les enjeux et potentiels opérationnels de la polarité lieux/non-lieux.

Si l'histoire du paysage occidental a été marquée par une conquête extensive des non-lieux, le monde actuel appelle plutôt une réinvention du proche où se superposent à des degrés variables d'intensité les conditions apparemment inconciliables de lieux et de non-lieux. Cette perspective suppose une forme alternative de sensibilité que j'ai associée au champ d'appréhension et d'expression d'une paysagéité interstitielle. Ce mode particulier de valorisation territoriale résiste à l'emprise possiblement réductrice du paysage-image en s'intéressant aux potentialités intrinsèques de l'intervalle comme cadre d'émergence de nouvelles possibilités d'expériences. Entre lieux et non-lieux, c'est tout un champ de pratiques et de compositions hybrides qui s'offre ainsi à l'exploration. L'enjeu que soulève cette position, c'est qu'il est aussi important d'injecter un peu de résistance et de défi dans les enclaves trop confortables que de trouver de nouvelles façons d'habiter et d'activer les espaces qui résistent à l'habitation. Cette voie des «mi-lieux» est celle du confort paradoxal et des assemblages hétérogènes.

---

25 Michel Foucault, «Des espaces autres» (conférence au Cercle d'étude architecturales, 14 mars 1967), *Dits et écrits IV* (1980-1988), Paris, Gallimard, rééd. 1994, p. 363-365. Foucault indique une piste intéressante lorsqu'il associe le jardin au tapis. Si le jardin est une forme de tapis condensant la complexité du monde, le tapis est lui-même une version minimale et légère du jardin, «sorte de jardin mobile à travers l'espace». C'est un vaste champ qui s'ouvre là , car il y aurait bien des façons d'actualiser et de faire fonctionner selon les contextes, le concept de «tapis». Le «tapis» comme zone d'intensité perçant ou imprégnant l'espace, se superposant aux conditions existantes pour activer de nouveaux agencements de l'habiter.

SYN– *Hypothèses d'amarrages*, Montréal, 2001.
photo : Guy L'Heureux

Between Place and Non-Place
Towards an Interstitial Approach to Landscape

The history of landscape in the West provides a good illustration of the dynamics at work between place and non-place. This history could, in fact, be perceived as a conquest of non-places, those reputed to be "horrible" or uninhabitable, which have been progressively domesticated, invested with cultural value and transformed into places and landscapes. Art has always played a significant role in this process.

Alain Roger emphasizes this in his theoretical proposition concerning the "artialisation"[1] of land into landscape. From this perspective, landscape is invented and constructed through the artist's sensitivity. In this sense, one can speak of a history of landscape invention. Although the countryside was conceived as landscape in the 15th and 16th centuries by Flemish painters, it was not until the 18th century that writers revealed the significance of mountains, or the 19th century that Baudelaire created his cityscapes or "Tableaux parisiens" in *Fleurs du mal* (1857). Where is landscape in today's urban expanses, in a world that appears to be increasingly limited due to the accelerated development of technology and communications networks? Is landscape still a relevant concept for understanding and placing value on this new territorial condition? And if so, how can artistic exploration contribute to this? Before suggesting any hypotheses, let us return to the notions at hand so as to clarify what they embody in relation to the present context.

I first associated the non-place with wild, inhospitable areas of the past, far off lands that were avoided for centuries or traversed with apprehension. But conditions have profoundly changed since the time when maps were dotted with "empty" areas and unknown lands. Today, urban colonization and the almost complete exploitation of the environment are generating the opposite situation. The notion of non-place is no longer an idea found at the limits of the known, but is something close by, a direct result of our way of life, emerging in the heart of urban sprawl. This is what anthropologist Marc Augé associates with non-places, a result of the present condition of "supermodernity." Identity, relationships, or history do not define the supermodern non-place; it is a space

LUC
LÉVESQUE

in transit or in flux, where intersections do not automatically create meetings. It is a generic space, seemingly without history or identity. Airports, highway interchanges, shopping centres, and the residual spaces linked to them, are some examples of environments that Augé considers non-places.

Augé identifies and describes the emergence of the non-place without so much as announcing or mourning the end of place. However, architecture historian Christian Norberg-Schulz takes a more clearly defined position when he pejoratively designates the contemporary era as the one in which place has been. Etymologically linked to notions of *topos* (Greek) and *locus* (Latin), "place" refers to the idea of a location for welcoming and resting. Consequently, it is also linked to notions of orientation, belonging, and protection. From this point of view, the accelerated changes to urban life experienced during the second half of the 20th century would have contributed to blurring or erasing these attributes. This critical perspective is in some ways justified, but the idealization of place, as a protective enclave or the root of identity, is problematic. Can the issue of "dwelling" really be reduced to the idea of being "at peace in a protected place," as Norberg-Schulz's discourse[2] seems to imply, according to his particular reading of Heidegger? Nothing is less sure. In fact, how can one not be suspicious of such an ideal, when the same argument justifies, for example, the resurgence of luxurious, elitist gated communities, closed to any kind of social friction or intrusion from the outside world. Are we not living in a time when the excesses of comfort in the Western world should be shaken up and questioned instead?

To break this impasse, it seems necessary to give up the privileged relationship that links dwelling with the image of protection associated with archetypal places; just as one must resist the temptation to categorize place and non-place *a priori*. Augé stresses that the notions of place and non-place should be approached as "polarities." Place and non-place do not exist "in pure form," but are inscribed in a palimpsest where place is "never completely erased" and non-place is "never totally completed."[3] It is actually in the "spacing" opened up by this polarization that one will find a catalyst for new attitudes, new combinations of "dwelling" concerned with the implications of our present condition. The spacing in question, involves practices, processes, and temporalities. It is no longer enough to dream of the place or to passively criticize the non-place or generic space. It is in the strategic zone between these poles – the "mi-lieu"[4] – that impure and elusive hybrids are to be imagined, created, and activated.

In this respect, the notion of "interstice" seems to show both the nature of the mutant territory to be occupied and the operational vectors necessary to set it in motion. The

1   Alain Roger, *Court traité du Paysage*, Paris: Gallimard, 1997, p. 16-20. According to Roger, the passage from "land" to "landscape" is dependent on artistic mediations or "artialisations" that directly (*in situ*: gardens, urban design, art interventions, etc.), or indirectly (*in visu*: painting, literature, photography, etc.) enable the territory or "land" to become "visible" and significant at a perceptible level.

2   Christian Norberg-Schulz, *Genius Loci: Towards a Phenomenology of Architecture*, New York: Rizzoli, 1980, p. 22, 189-202.

3   Marc Augé, *Non-Places: Introduction to an Anthropology of Supermodernity*, trans. John Howe, London; New York: Verso, 1995, p. 78-79.

4   Paola Berenstein-Jacques, Alain Guez and Antonella Tufano, "Trialogue : lieu, mi-lieu, non-lieu," Chris Younès and Michel Mangematin, ed., *Lieux contemporains*, Paris: Descartes & Cie, 1997, p. 125-133. [Milieu in French can mean both environment and middle. trans. note]

interstitial condition refers to temporality as well as spatiality, to the notions of breach or gap, as well as relationship and connection. This involves a relationship to the environment that differs from the one that dominated throughout the West's territorial conquests. With the interstice, the conquest in question is not related to the carving up and extensive appropriation of space, but refers to understanding and activating a fluctuating constellation. This constellation of "sites,"[5] calls for the identification and exploration of an intensive field of potientialities which would be the central theme in an emerging interstitial approach to landscape. On a colonized and urbanized planet such as ours, the implication would be to recognize or create gaps in the very midst of proximity.

This change of perspective obviously has an effect on how landscape is invented, with which I began my comments. It implies modes of territorial "artialisation" that are different from those traditionally related to the notion of landscape. Diverging from the prevailing approach to landscape, which for the most part proceeds by contemplating it from a distance, the interstitial approach to landscape brings value to virtualities that subvert the visual "overcoding" of a given milieu. Hence, an interstitial practice tries to reveal a territory's operating and diagrammatic potentialities rather than provide a visual description limited to the image's external qualities.[6] It is difficult to subjugate the interstitial landscape to common territorial configurations or redundant formal codes (as in the case of traditional landscape models, such as the picturesque or the sublime). The interstitial landscape is situational. Although a part of the visual world, it also tends to evade and inflect it. While a *terrain vague* in the city is a landscape figure generally associated with the interstitial condition, the physiognomical characteristics of the *terrain vague* in no way sums up the latter.[7] The interstitial landscape can appear in any given context. If it can interfere, be superposed, or spring up from the most diverse territorial conditions, this is because, as Bernard Cache notes, "reality is a hollow image […] its structure is alveolar. Intervals always remain, and intercalated phenomena always slip into them, even if they finally break the frames of probability apart."[8] It is the potentiality of these intercalated phenomena that stirs up the process of interstitial landscape invention. The "artialisation" of reality, from this perspective, consists in flushing out intervals and introducing them as frameworks for the emergence of new life possibilities.

5   Here I am borrowing Anne Cauquelin's notion of "site" as a hybrid between abstract space and place. Anne Cauquelin, *Le site et le paysage*, Paris: PUF, 2002, p. 83-87.

6   If the iconic characteristic of landscape is to be taken as a postulate, the type of iconicity, moreover, can be a reference to differentiate various modes of landscape. Peirce divides the icons into three sub-classes or hypoicons: images (representing qualities), diagrams (representing relationships) and metaphors (representing parallelisms). This is the classification that I refer to, associating interstitial landscape more with the diagram than the image. Charles S. Peirce, "Syllabus," 1902, in Charles Hartshorne and Paul Weiss, eds., *Collected Papers of Charles Sanders Peirce*, Vol. II (Elements of Logic), Cambridge: Harvard University Press, Book II, 1932, chap. 3, paragraph 277, p. 157.

7   A conceptual approach to the landscape figure of the *terrain vague* might make it possible to avoid the trap of reductive physiognomic clichés. For more developments on *terrain vague* see, Luc Lévesque, "Le terrain vague comme monument," *Inter art actuel*, no. 72, Quebec, 1999, p. 27-29; "Montréal, l'informe urbanité des terrains vagues," *Les Annales de la Recherche Urbaine*, no. 85, Paris, Dec. 1999, p. 47-57; "From Terrain Vague to the Interstitial: Some Trajectories on Landscape Invention" in Stéphane Bertrand, ed., *Reconnaître le terrain: 19 inflexions au terrain vague/Lay of the Land: 19 Perspectives on Vacant Land*, Gatineau: Axénéo7, 2005, p. 47-51.

8   Bernard Cache, *Earth Moves: The Furnishing of Territories*, trans. Anne Boyman, Cambridge Mass.: MIT Press, 1995, p. 23.

A group of transformations affecting the way the frame operates should be pursued here, three of which interest me particularly: tipping over, perforating, and impregnating. By changing the predominate use of the frame – window, canvas or screen – these operations would, through new fields of action, make one aware of meaningful and perceptible relationships to the land.

Tipping the landscape "window,"[9] to a horizontal position is evocatively embodied in *L'élevage de poussière* (Dust Breeding), the famous photograph that Man Ray produced in 1920 of Duchamp's *Large Glass*. Without going into the complexity of this key 20th century work of art, the icon that Man Ray made of it can be interpreted as a diagram for a new interaction with territory. By tipping over the *Large Glass*, Man Ray transforms the vertical plane into a topography in which action and inaction – partial cleaning and entropic accumulation of dust – interact, inflecting the optical control of the "window" into an invitation for topographical exploration. Viewed from this strange angle, the relation to scale is blurred, formlessness cohabits with the determined, the minute can be catapulted into infinity, the visible is inseparable from the tactile, and the foot becomes, in a virtual way, equal to the eye in grasping the perceptible expression of territory. Although the tipped over frame does not rule out contemplation, it certainly calls for direct involvement: participation is necessary for an interstitial approach to landscape to be set in motion.

In this vein, a second operation seems to me important. It concerns perforations or holes. Lucio Fontana is an artist who, since 1949, has developed the "spatial concept" of the hole.[10] For him, perforating the canvas is not an act of destruction or another means of drawing, but a way of "going beyond the frame" in order to open the picture plane to the potential of the infinite space that surrounds and cuts through it. What is important here is not so much the shape that may appear from a cluster of holes, but what they could let pass, the process of "cutting through" they evoke, passing beyond the "painting," holes that one "passes through" instead of looks at.[11] This device suggests a different way of understanding and experiencing the surroundings, an attitude overlapping the dominant scopic system, piercing it and opening it up to other trajectories and becomings. In a sense, the canvas is no longer needed; it is embodied in the framing with which we unconsciously or knowingly cut out reality. But we can learn how to perforate this framing – a visual coding that for more than five centuries has shown us how to see and choose – so that we can explore another range of potentialities.[12] This is one of Fontana's main contributions to the invention of the interstitial landscape. Fontana's perforated surfaces may contain the diagram for an alternative approach to

---

9   On the importance of the pictorial "window" in the invention of Western landscape, see Alain Roger, op.cit., p. 73-76.

10 On the "hole" and the "spatial concept," see, Lucio Fontana et al., "Secondo Manifesto dello Spazialismo," Milan, 1948, in Enrico Crispolti & Rosella Siligato, eds., *Lucio Fontana*, Milan: Electa, 1998, p. 144-147, 257.

11 The device invented by Fontana resembles the "white wall/black hole" system to which Deleuze and Guattari associate the machine of "faciality," the face having the landscape as its main correlate. The challenge here is to "dismantle" or elude "all embracing redundancies" of the face and the landscape, "no longer to look at or into the eyes but to swim through..." as Henry Miller says in *Tropic of Capricorn*. Gilles Deleuze and Félix Guattari, *A Thousand Plateaus: Capitalism and Schizophrenia* trans. Brian Massumi, Minneapolis: University of Minnesota Press, 1987, p. 186-187.

12 To get away from a dominating Gestalt, we could link this perceptive effort to experiments on "anti-form" – "vision of the between-worlds," of "interstices between things, between people" – put forward by Paul Virilio. See, Paul Virilio "Foreword," in *Negative Horizon: An Essay in Dromoscopy*, trans. Michael Degener, London; New York: Continuum, 2005.

urban time-space; a constellation of "holes," shifting, fluctuating and suddenly appearing from the existing normative framework of cities with varying degrees of intensity, duration and intentionality. In regard to the issue of the contemporary reinvention of public space, the notion of constellation suggests a dynamic, circumstantial, and nomadic modality for public place, capable of infiltrating or appearing anywhere and anytime, according to the chosen situations and parameters.

Although holes open up the frame of landscape to include a whole field of virtualities, there remains one more operation necessary to give consistence to the void captured by the perforated plane. This operation, which is central to Yves Klein's exploration, can be referred to as impregnation. Klein was primarily interested in the power of colour to impregnate: "the line perforates space, [...] is always in transit; [...] colour is found impregnating space; it dwells there."[13] Thus, through his monochromes, Klein develops a very particular definition of "dwelling," which no longer has anything to do with roots or the comfort of protective walls and familiar landscapes. This "dwelling" refers, rather, to zones of affective and sensate alterations of space. This radically changes the extensive relationship to territory and modes of landscape invention traditionally dominated by vision. The monochrome is a "landscape of freedom" that no longer "appears to be functionally related to the gaze."[14] Once the painting is dissolved, it is only through his presence that the "painter" impregnates the space with a particular sensibility. "The Void" exhibition in 1958, and "the zones of immaterial pictorial sensibility" in 1959, continue this approach, reorienting attention toward the invisible forces and virtualities inhabiting the void. The figure embodying this process is the porous structure of the sponge, which completes the constellation diagram discussed earlier, and makes it more complex. Sponge and impregnation suggest, in fact, both an understanding of territory through immersion and its occupation by infiltration; it is to become impregnated with the atmosphere of a milieu, or to fill its "pores" as so many receptive areas for dwelling, sites to provisionally activate or alter. For different reasons, during the same era, the Lettriste and Situationist movements experimented with similar programs in the city.[15] Strategies such as psychogeography (the study of the emotional effects of a milieu on an individual) and the construction of situations ("the creation of transitory micro-environments")[16] are in agreement with what the conceptual impregnation field conveys.

13 Yves Klein, L'aventure monochrome, typewritten document, 1960. Posthumous publication in Jean-Yves Mock, ed., assist. Véronique Legrand, Yves Klein (exhibition catalogue), Paris: Centre Georges Pompidou, Musée national d'art moderne, 1983, p. 172.

14 Yves Klein, L'aventure monochrome, op. cit., p. 178: "My monochrome propositions are landscapes of freedom…" Chamonix, 1957; Manifeste de l'Hôtel Chelsea, New York, 1961, op. cit., p. 196.

15 Associated with "the exhaustion of traditional aesthetic branches" – "the void designated" as the "perfect outcome of the Dadaist readymade" – and of a certain Eastern mysticism, Yves Klein is not spared the extreme criticism of the Situationists who reproached him for, among other things, not becoming involved enough in "direct creation with the surrounding life." See, Guy Debord, ed., "L'absence et ses habilleurs" (unsigned text), Internationale Situationniste, no. 2, Paris, December 1958, p. 6-8. In regard to the void and absence, one notes, nevertheless, a small complement to de Chirico and to the perceptible effects of absence ("an empty space creates a time occupied") in the passage in Ivan Chtcheglov's text of 1953, reprinted in the first issue of the Internationale Situationniste. See Ivan Chtchegloff (alias Gilles Ivain), "Formulaire pour un urbanisme nouveau" 1953, Internationale Situationniste, no. 1, Paris, June 1958, p. 15. Published in English in Ken Knabb ed. and trans., Situationist International Anthology, Berkeley: Bureau of Public Secrets, 1981.

16 See Guy Debord, ed., "Définitions," Internationale Situationniste, no. 1, Paris, June 1958, p. 13; Constant and Guy Debord, " La déclaration d'Amsterdam," Internationale Situationniste, no. 2, Paris, Dec. 1958, p. 32. Published in English in Ken Knabb, ed. and trans., Situationist International Anthology, op. cit.

Tipping over, perforating, and impregnating are some of the contemporary operations that can change the nature of the "frames" with which we construct and express our relationship to the land. If landscape in the West has been a preferred way of expressing this relationship, these operations reorient its traditional parameters and contribute to the emergence of an alternative and interstitial approach to landscape. The "old frames" are still there, but there may be new vectors to work with that can open them up. There is always the "spectacle of beautiful landscapes," but there are also new motifs for expressing and giving value to territory, which will in turn enable us to develop different relationships to the environment, especially the city. According to this perspective, the place/non-place relationship is seen not as an opposition between objective spatial categories, but as embodying the poles of a potentially catalytic tension.

Up until this point, I have dealt with these issues from a historical and theoretical point of view, primarily. But what is happening in terms of more recent concrete experimentation? If several conceptual directions opened up from 1940-1960 and even before, are still pertinent today, the idealism that motivated them hardly seems tenable any longer. Utopian visions for radical change have been replaced by projects that approach the paradoxes of our societies in pragmatic ways, while acting on existing conditions in micro-political ways. I have recently had the opportunity to experiment with some of these projects in the context of three manoeuvres[17] produced with the urban exploration workshop SYN-.

Hypothèses d'amarrages[18] in Montreal (2001- ongoing), produces a potential variant of the constellation diagram. This means searching the metropolitan area looking for seldom-used sites that could be occupied. The concept of mooring [amarrage] involves the potential for temporary anchorage in an urban space where flux prevails. The intervention's tactical vector consists in an impromptu, but targeted, dropping off of picnic tables, which enables an unimposing occupation of these chosen sites for an unspecified time period. 19 tables are installed like this on almost as many interstitial sites around the island of Montreal. The table is a "mooring" that makes the stay easier and enables one to "live" the neglected qualities of the site, beyond the distant and superficial visions that one could have of it. There is no attachment, but a relatively stable station in contact with a potentially destabilizing topography left as it is (from the entropy of wasteland to the aseptic polish of civilized residue). The perceived tension between the generic table and the conditions of each site generates the paradoxical comfort of a "mi-lieu" condition. Although the table can be considered an "artialising" device of the interstitial condition, this is not because it enhances a decorative image, but because it prompts one to pierce the screen of clichés to participate in the complex reality of the interval.

17 Concerning the concept of "manoeuvre" see, Alain-Martin Richard, "Matériau manoeuvre. Énoncés Généraux", *Inter art actuel*, no. 47, Quebec, 1990, p. 1-2.

18 *Hypothèses d'amarrages* was launched in summer 2001, in Montreal by SYN- (Luc Lévesque and Jean-François Prost) in the context of *Les commensaux*, 2000-2001, for Centre des arts actuels Skol. See Patrice Loubier and Anne-Marie Ninacs, eds., *Les commensaux : Quand l'art se fait circonstances – When Art Becomes Circumstance*, Montreal: Centre des arts actuels Skol, 2001. For SYN-, visit www.amarrages.com.

Hypothèses d'insertions,[19] in Gatineau (2002), continues the research begun with *Hypothèses d'amarrages* and modifies its parameters. This time, urban topography is approached as a surface to be traveled across that potentially could be activated at almost any point, according to the circumstances. The "holes" here are not so much residual sites resulting from the urban transformation, but situations that activate the spaces in unexpected ways. Small programmatic perforation in the urban setting, this activation inserted into the space and time of the city is a form of interstitial impregnation that temporarily modifies the nature of the insertion site. The vector of the manoeuvre is a ping-pong table on wheels that we moved around in the Hull district of downtown Gatineau while searching for places to play. In the course of five days, approximately 20 sites are tested in this way: deserted parking lots at night or on weekends, the esplanade of a museum, space laid out around office towers, empty lots, a sheltered spot under a highway viaduct, and so on. At the end of the process, the table is integrated into the gallery as a video- and sound installation, giving visitors the opportunity to play ping-pong while viewing the various stages and game situations experimented with in town. Postcards of these situations are also distributed to various locations in the metropolitan area. This iconographic contribution is above all an opportunity to propose a reactivated point of view on Hull's generally unappreciated landscape, as a means of emphasizing its potential for playful use. Once again, the project reveals the futility of deciding visually about the place or non-place character of various urban spaces and the significance of continuing to develop landscape alternatives. From planned "settings" to single-function surfaces and the whole gamut of residue, a field is opened up to activation vectors that go beyond appearances and occupy the underutilized alveolar structure of the urban time-space.

In the same vein, *Prospectus* (2003-2004)[20], is a project carried out within the pedestrian network of Montreal's "indoor city." A controlled environment composed mainly of shopping areas, office spaces and semi-public circulation systems, the "indoor city" is a collection of spaces similar to those Augé associates with the non-place polarity, characterized primarily by a prevalence of people in transit and by controlled accessibility. In this restricted framework, the project's vectors are principally our bodies in action: the white and florescent-orange uniforms differentiate us from the traversed contexts and serve as markers for a subsequent iconographic device. Once again, the goal is to suggest an alternative relationship to the occupied territory: this implies – in a more pronounced way than when working outside – working to destabilize the state of "distraction" and "habit" that generally

19 *Hypothèses d'insertions* was produced during the summer of 2002 by SYN- (Jean-Maxime Dufresne, Luc Lévesque, Jean-François Prost) for the multidisciplinary event *Houseboat/Occupations symbiotiques* organized by Axenéo7, in Gatineau. See Stéphane Bertrand, ed., *Reconnaître le terrain : 19 inflexions au terrain vague/Lay of the Land: 19 Perspectives on Vacant Land*, Gatineau: Axenéo7, 2005.

20 *Prospectus* was produced in 2004 by SYN- (Jean-Maxime Dufresne, Louis-Charles Lasnier, Luc Lévesque, Jean-François Prost) for the Canadian Centre for Architecture's *extra-muros* vitrine in the Quartier International de Montréal. It was presented as part of the 4th Biennale de Montréal, 2004.

SYN- *Hypothèses d'insertions*, Hull/Gatineau, 2002.
photo: SYN-

characterizes the experience of being immersed in architecture.[21] Although this fundamentally means exploring a "rarified" topography to find or open up programmatic breaches, it is also necessary to create distance for reactivating perception and catalyzing a new sensitive/cognitive grasp of things. In this sense, the concept of "hyperbuilding" is proposed to demonstrate the scope and complexity of this reticular urban entity that is both generic and singular. Beyond an apparent banality – its possibly being used as a series of corridors under surveillance, or as a deceptive by-product of the city outside – we would be dealing with a prodigious architectural mass, which, due to its scale and multi-use character, has the capacity to "become city." These are the signs and potentialities of becoming that the project explores as a "stroll" and documented actions inviting discovery and appropriation. Punctuating this itinerary, an audio-visual presentation[22] relates the multiple conditions that may be experienced, as well as the type of occupations that they enable or suggest. Coupled with this device, the prospectuses – containing the "hyperbuilding" plan, index, and reference images – introduce the diagrammatic vectors that move beyond the boundaries of the presentation framework and invite visitors/users to experiment with their own "strolls."

The problem that intervention poses in such a milieu–indoor and mainly under private control – in principle, is the relatively limited margin available for manoeuvring. In the same manner as the two preceding projects, but in an even more limited framework, the main objective is still to test the hypotheses concerning the milieu's porosity while on site, and then through this, suggest or indicate a field of possibilities and potentials. Although it is crucial to experiment in concrete ways with the proposals, the icono-graphic document is important for prolonging the potential effect and time span of the these ephemeral occupations. Here one finds the principle of "*in visu* artialisation" that Roger foregrounds as one of the favoured vehicles for altering the relationship to territory. Landscape "is not just a milieu but a deterritorialized world,"[23] as Deleuze and Guattari maintain; it is what makes the image so effective in the process pertaining to landscape invention. But triggering the interstitial landscape "machine" is not about making territorial assemblages conform to basic aesthetic codes, such as the preferred iconography of traditional landscape modes. To the contrary, it is more about vectors inviting us to pass through the image and directly activate the milieu. Here, our impregnating bodies are the indexical signs that play this role.

Moreover, one would be wrong to limit the processing field of an interstitial landscape to "*in situ*" intervention practices (ephemeral or impromptu) or the "*in visu*." Planned landscape projects that transform a milieu in a more durable way can also set this field

21 On the state of "distraction" and "habit" as conditions for the reception of the architectural environment, see the precursory work of Walter Benjamin, "The Work of Art in the Age of Mechanic Reproduction," 1939, in Michael W. Jennings and Howard Eiland, eds., *Walter Benjamin: Selected Writings*, vol. 4, Cambridge Mass.; London: The Belknap Press of Harvard University Press, chap. XV, 2003, p. 266-267.

22 The audio-visual presentation is composed of 9 monitors, each one illustrating a segment of the "indoor city." These monitors contain sights and sounds experienced in the course of a stroll through the hypothetical "hyperbuilding" that represents the "indoor city." The presentation is structured in nine synchronized series of digital images that record 81 different moments during the stroll. These series of fixed images are spliced together with variable sequences of images that are evocative of the stroll and the exploration.

23 Gilles Deleuze and Félix Guattari *A Thousand Plateaus: Capitalism and Schizophrenia*, trans. Brian Massumi, Minneapolis: University of Minnesota Press, 1987, p. 172.

in motion, operating between the poles of place and non-place. Such is the case in Rotterdam, with the *Schouwburgplein* (Theatre Square) produced in 1997 by the Dutch landscape architect Adriaan Geuze and his West 8 firm. This project has without a doubt, created one of the most interesting public spaces of the last ten years, and deals with several of the themes discussed earlier. The basic commission was to revive the public square – initially designed at the end of the 1960s – built over an underground parking lot in the heart of Rotterdam's commercial and cultural sector. Geuze proposed a slightly elevated platform made up of interwoven coverings – such as steel sheets and grids, along with wood, rubber, stone and epoxy surfaces – and inhabited by a few pieces of unusual urban furniture. By raising the new square 35 centimetres higher than the surrounding streets and accenting its vacuousness through an extreme rarefaction of the lay out, Geuze made a space perceptible that for many years had been passed through without being noticed. The vacuousness that had been the square's main problem for so long, became a perceptible potential through this slight but radical intervention. With this project the tipped-over plane impregnates the void with a dynamic presence, making any idea of filling in, or decoratively arranging, obsolete. Treated in this way, the square is no longer the negative of the built, but instead, to use Nathan Silver's expression, "architecture without buildings."[24]

If this empty plane can destabilize and awaken the senses, create awareness like a field of latent intensity, it above all stimulates participation. It is like a scenic area to be colonized, one that is offered up to passersby daily, challenging them at the same time. The horizontal plane of the platform is transformed intermittently to the rhythm of the various seasonal manifestations that occupy it. On an experiential level, despite an apparent aridity, the *Schouwburgplein* turns out to be a patchwork of varying tactile, audio, and visual sensations. When walked on, the diverse juxtaposed surfaces reveal sounds variously amplified by the void under the support structure. Water and light are highlighted here and there as well. All of these variations make the gaze shift and fluctuate, setting in motion various landscape experiences. These include proximity and the haptic (involving the textural assemblage of the raised floor), as well as distance and the optical (culminating in a view of the downtown skyline, more intensely outlined due to the complete levelling out of the surface). The few elements that punctuate the platform are supplementary devices to activate the appropriation and "artialisation" of the urban landscape. The alignment of the oversized benches with their curved shapes, and the few small counter-like structures placed around the periphery, invite rest and sociability, while the roofs over the access to the underground parking function as ramps for amateur skateboarders. Finally, the four giant hydraulic street lamps, lining the square and varying its brightness at night, remind us that the port of Rotterdam, with its "forest" of cranes, is close by. This is a very unusual space that we are dealing with here: a paradoxical space that exploits, like new intensive materials, the contradictory nature and atmosphere that can be associated with the polarities of place and non-place. This is a well defined site offered for occupation, but also a "tabula rasa" space that may be disconcerting and uncomfortable.

---

24 Nathan Silver, "Architecture Without Buildings," Charles Jencks and George Baird, eds., *Meaning in Architecture*, New York: G. Braziller, 1969, p. 279-285.

If the floating floor accentuates the artificiality and precariousness of Dutch land claimed from the sea, it is also a "microcosm" of the contemporary urban world that it embodies. In this sense, *Schouwburgplein* can be approached as a "garden," one where the main motif is to create and experiment with new relationships, to the present city's urban territories in flux. This garden is no longer a protective enclave, the mirage of a reconstructed Eden, but a moored raft, a potential zone of intensity.

Michel Foucault considers the garden to be the oldest example of "heterotopia in the form of contradictory locations,"[25] a sort of actualized utopia where several types of incompatible spaces are susceptible to being superimposed. This "heterotopic" conception of the garden coincides with this essay's response to the issues and operational potential of the place/non-place polarity.

If the history of Western landscape has been marked by an extensive conquest of non-places, today's world calls for a reinvention of the near, where the apparently irreconcilable conditions of place and non-place are superimposed with varying degrees of intensity. This perspective supposes an alternative form of sensibility, which I have associated with the cognitive, perceptual and expressive field of an interstitial approach to landscape. Making territory significant in this particular way resists the possibly reductive hold of the landscape-image; by being concerned with the intrinsic potential-ities of the interval as a framework for new experiential possibilities. Between place and non-place, a whole field of practices and hybrid compositions are open to exploration. The issue that this position raises is that it is as important to inject a little resistance and challenge into enclaves that are too comfortable, as it is to find new ways to dwell in, and activate, spaces that resist dwelling. This path of "mi-lieux" is one of paradoxical comfort and heterogeneous assemblages.

25 Michel Foucault, "Des espaces autres," lecture at the Cercle d'étude architecturales, March 14, 1967, "The Principles of Heterotopias," *Lotus*, no. 48/49, Milan, 1986, p. 9-17. Foucault takes an interesting direction, associating the garden with a carpet. If the garden is a kind of carpet condensing the complexity of the world, the carpet is itself a light, minimal version of the garden, "a sort of movable garden in space." A vast field is opened up here because there would be many ways to actualize and make the concept of the "carpet" work, depending on the contexts. The "carpet" as a zone of intensity, perforating and impregnating space, being superposed on existing conditions in order to activate new assemblages of dwelling.

Adriaan Geuze/ WEST 8. *Schouwburgplein*, Rotterdam, 1996.
photo: Luc Lévesque

L'art comme non-lieu

L'art, ça se fait là où tu habites; au point de vue artistique, c'est là où on est qu'on fait de l'art[1].

Robert Filliou

Cela commence par un tableau posé sur un chevalet. Je ne sais pas à ce moment qu'il s'agit d'une copie, mais ceci n'a pas d'importance. Ce qui m'intrigue, c'est d'abord deux masses de couleur où le bleu résiste au jaune, et puis ces chaises et ces tables installées sur une terrasse de bistrot. Leur perspective est «irréelle», la torsion dans ces meubles pourtant familiers ne correspond pas à ce qu'un garçon de sept ans sait à propos des chaises et des tables, fussent-elles sur une terrasse d'un pays exotique. À Beattyville, Abitibi, une nature encore primitive encercle le petit village forestier, et le bruit du moulin à scie s'insinue dans le grondement des rapides. Rien que la nature en bataille avec l'industrie des hommes. Et puis il y a cet atelier de mon grand frère au sous-sol familial. Un étonnant endroit aux tablettes remplies de livres d'art et qui sent le peinture et la térébenthine. C'est mon premier contact avec l'art. Bien sûr, d'autres objets singuliers jalonnaient mes ballades dans les trois étages de ma maison au fond des bois, mais aucun ne s'était encore opposé à ma compréhension des choses du monde. Au contraire, ils en constituaient la description cohérente. Mais ici, dans cet antre interdit, j'étais fasciné, aspiré par ce tableau en jaune et bleu, où les personnages sont de simples figurants installés dans leur lumière respective. Si simple et cependant si renversant. Si les autres objets participaient à la réalité du monde et le définissaient par leur seule évidence, celui-ci, un non-objet en quelque sorte, invalidait l'idée même que je me faisais de mon environnement. Il se présentait comme une fissure dans la matérialité de ma courte vie. Un premier vertige. Une brèche d'une amplitude démesurée par rapport à ce petit atelier situé nulle part[2] et qui soudainement contenait le monde. J'y découvrais non pas que Arles existait, puisque rien dans ce tableau ne nommait cette ville, mais bien un nouveau mode de perception, une manière de voir au-delà du regard; ce tableau ouvrait sur une sensibilité pure. Dès lors, plus rien ne serait simplement décoratif, instrumental, utilitaire. Par Van Gogh[3], j'entrais dans le monde des grands. De fait, je venais de découvrir l'amplitude du monde

ALAIN-MARTIN
RICHARD

sensible. J'aurais pu tomber plus mal pour ma première expérience esthétique. En même temps que l'âge de raison, j'atteignais l'âge de déraison.

Cette anecdote vient en quelque sorte invalider le gigantesque appareil des outils de validation de l'art[4]. Et du coup nous rappeler que l'ignorance n'est pas une entrave à l'expérience de l'art[5], puisque nous avons sans doute tous vécu pareil moment. Une voix à la radio, des chuintements d'ondes courtes, la posture vertigineuse d'un camarade de classe jouant Beckett, un mouvement de danse qui attaque le plexus, quelques lignes d'un poète égarées sur une table, un graffiti bouleversant[6], une intonation inattendue chez le chanteur, vos sens saisis par le cristal lumineux de Callas, une fille qui court sur des autos immobilisées à un feu rouge... L'art comme expérience. Tout se joue comme si toujours nous recherchions cela : produire ce renversement, jouir de ce déséquilibre, surfer sur ce «vertige», ce moment de grâce, de déstabilisation, de flottement qui nous touche, l'espace d'un moment.

Pour ce moment, il n'y a donc pas de lieu, il suffit d'une sensibilité, d'un regard, d'une curiosité dans la déambulation. Il suffit de tomber sur ce que nous ne cherchons pas, sur ce que notre conditionnement nous empêche de voir. Ou de ressentir. Dans cet aveuglement au monde se conjuguent plusieurs phénomènes qui participent tous à nous placer dans ce que MacLuhan appelle joliment la «torpeur du quotidien». Cette torpeur engendrée par l'habitude, l'endurcissement aux stimuli, s'ancre évidemment dans une surenchère d'information. Comme si on se protégeait de trop d'information par une fermeture sur soi. Comme si on se mettait sur le pilote automatique pour naviguer dans la vie. Le monde est devenu principalement fait de sons et surtout d'images. Nous vivons perpétuellement dans des images, nous décryptons le monde sensible à travers des écrans. De fait, tout le monde nous est transmis par la télévision et Internet. Lorsque la combinaison image-son se substitue au réel sensible, il y manque cependant toujours le fait de découvrir ce monde à plusieurs, cette espèce de plaisir esthétique qu'on éprouve encore dans la convivialité, et qui satisfait notre instinct grégaire. Tout se joue dans le spectaculaire; dans cette engloutissante société du spectacle décrite et décriée par Debord où tout devient matière à vendre et surtout à faire vendre, où tout converge à nous transformer en consommateur. Consommateur de produits industriels, mais aussi

1   Robert Filliou, «Entretien avec Georg Jappe», Inter n° 87, printemps-été 2004, p. 58-60.

2   Ce nulle part est aujourd'hui littéral. En effet, Beattyville a été effacé en tant que village en 1985. Toutes les maisons détruites ou transportées ailleurs, ma maison ravagée par un bulldozer. Il est plutôt déconcertant de pouvoir affirmer que l'on vient d'un endroit éradiqué de la carte, même si le territoire en porte encore les traces. Ce qui pose déjà la question des lieux de l'art, puisque je découvre l'art en un endroit qui n'existe plus comme tel que dans certains vieux atlas.

3   De fait, il s'agit de Terrasse du Café le soir, Place du Forum à Arles, de Van Gogh. Ce tableau se trouve au Rijksmuseum, Amsterdam.

4   Nous reviendrons plus loin sur les outils de validation.

5   Gilles Lipovetski dit justement : «L'art qui a pour objectif la spontanéité et l'impact immédiat s'accompagne paradoxalement d'une excroissance discursive. Ce n'est pas là une contradiction, c'est le strict corrélat d'un art individualiste dégagé de toute convention esthétique et requérant de ce fait l'équivalent d'une grille de lecture, un supplément-mode d'emploi.» L'ère du vide, Folio (Essais), 1983, 1993 pour la postface, p. 141. J'utilise ici sciemment le mot «ignorance» en opposition au système des spécialistes qui ajoute justement le discours comme une donnée incontournable à la «compréhension» de l'oeuvre. Ce discours s'appliquant surtout de manière systémique aux arts visuels. L'ajout du discours semble dès lors créer une zone tampon entre l'oeuvre et certains spectateurs.

6   Comme le déroutant «Aucune de mes mains ne fait mal», dans le quartier Saint-Roch à Québec.

d'art, de culture, consommateur même de relations humaines, sans parler de prostitution, ou des innombrables et apparemment lucratifs services de conseils en relations humaines, des petites annonces, des cercles de rencontre, etc. La présence de l'art dans cet univers trouble ne garantit plus une expérience esthétique, elle assure tout au plus une esthétisation du monde, mais ne participe plus à y injecter du sens[7].

Le réseau de validation

Mais en marge de cette vaporisation de l'art[8] qui se dissoudrait dans sa trop grande présence, trop grande fusion dans les monuments, l'intégration à l'architecture, les places publiques, les fontaines, les façades, les murales etc., le Québec s'est doté en moins de 20 ans d'un réseau pan-régional de lieux officiels de l'art par le biais des centres d'artistes, des maisons de la culture, des centres culturels municipaux. Bref tout un réseau opérationnel qui assure autant d'espaces de production et de diffusion. Et partant autant de lieux qui servent de système de validation. Dans cette optique, qu'ils soient physiquement localisés dans un édifice ou hors murs, il n'y aurait pas à proprement parler de lieux pour l'art. Il n'y aurait que des espaces de validation de l'art : les revues, les galeries, les centres d'artistes, les ateliers, les musées, les livres bien sûr. Or tout se passe comme si ces lieux, dès leur instauration, fonctionnaient à la fois comme ouvroir et comme repoussoir. Ouvroir parce qu'ils sont un canal où l'art se définit, se construit, se nourrit; repoussoir parce que par définition s'y profile aussi un *modus operandi* tacite qui d'une certaine manière agit comme un encadrement, comme un ensemble de prescriptions. Il faut jouer le jeu, connaître le langage, bref rentrer dans le moule. Il est bien sûr légitime de s'intégrer au clan[9]; on ne pourrait pas tenir longtemps une position de libre acteur dans l'univers culturel, à moins de s'inscrire soi-même hors champ et d'être prêt à vivre sans reconnaissance et, plus important, sans revenu. L'un n'allant pas sans l'autre. Le jury de pairs est là pour nous le rappeler. Or les lieux instaurés de l'art au-delà de leurs outils de communication usuels – affiches, dépliants, communiqués de presse – vivent en autarcie dans les maillons du réseau mondial. L'artiste y trouve ici non seulement reconnaissance, mais surtout un espace de libre expression où il peut faire de la recherche, oser l'improbable, aller au bout de ses intuitions, de ses désirs. Il peut ici en toute impunité, et sans se soumettre au jugement populaire, explorer à satiété le «champ de l'art» et y définir ses procédures. Non seulement il le peut, mais il le doit. Au-delà de ses propres désirs, il doit toujours s'inventer et partant redéfinir l'art.

Or, très rapidement, ce système a soulevé un malaise chez de nombreux artistes, qui dès la fin des années 1970, avec l'instauration de ce réseau, cherchèrent des moyens de réaliser l'art au plus proche de la vie. Bien sûr la présence de l'art dans l'espace public

---

7 Sur cette question de l'encodage du monde à travers le système de l'image, voir *L'artisme considéré comme un des beaux-arts sinon comme le tout*, Michel Guet, *Inter*, n° 87, printemps-été 2004.

8 *L'art à l'état gazeux*, Yves Michaud, Stock, 2003, 204 p. Bien que Michaud tende à banaliser toute expérience récente et toute lecture crédible de l'expérimentation artistique emportant dans un même souffle tout l'art action, Ardenne, Bourriaud et cie, il soulève des questions très pertinentes.

9 «[...] le "sujet" de la production artistique et de son produit n'est pas l'artiste mais l'ensemble des agents qui sont partie liée avec l'art, qui sont intéressés à l'art, qui vivent de l'art et pour l'art, producteurs d'oeuvres considérées comme artistiques (grands ou petits, célèbres, c'est-à-dire célébrés ou inconnus) critiques, collectionneurs intermédiaires, conservateurs, historiens de l'art, etc. Voilà. Le cercle est refermé. Et nous sommes pris à l'intérieur.» «Mais qui a créé les créateurs», exposé présenté à l'école nationale des arts décoratifs en avril 1980, paru dans *Questions de sociologie*, Pierre Bourdieu, Les Éditions de Minuit, Paris, 1984.

était déjà très marquée dans les décennies antérieures, surtout au tournant des années 1960-1970. En effet, à cette époque – nous laisserons aux sociologues le soin de déterminer si la vague des artistes provoque la Révolution tranquille où si c'est cette dernière qui permet aux artistes de sortir dans le réel, éternelle question de la poule et de l'oeuf –, les artistes entendent produire et diffuser un art qui s'inscrive dans le corpus social. Théâtre, spectacle populaire, poésie, arts visuels s'installent dans les lieux publics et s'y construisent en interaction où à tout le moins sur un mode spectaculaire, mais dans des lieux où l'on ne l'attend pas : autobus, église, rue… Dans les années qui suivirent, l'art a opéré un repli à l'intérieur des centres d'artistes que l'on mettait en place. Il était sans doute normal d'expérimenter ces lieux puisqu'ils avaient été créés dans cette intention. Nous notons cependant dans les dernières décennies une tendance forte au Québec à sortir des espaces réservés de l'art pour s'installer dans le paysage. Entre l'art pour l'art, l'art comme expérience et l'art ancré dans une communauté, les lieux de l'art se multiplient, font masse et s'immiscent finalement partout dans le paysage[10].

Entrer dans le paysage

En sortant des lieux de monstration où il s'était lui-même retiré pour mieux se protéger et se valider, l'art des dernières décennies accélère sa réintégration dans le quotidien. L'atelier, le musée, la galerie, le centre d'artistes autogéré ne sont plus considérés comme lieux uniques de l'art, mais tout au plus comme un point de rencontre où il est permis de socialiser autour d'un prétexte qui en vaut bien un autre (une partie de hockey entre amis, par exemple) – l'art investit *l'espace public sensible*[11].

Qu'il soit réalisé et exposé dans l'espace privé de l'art ou dans la rue, et qu'il porte le nom d'installation, de performance, de multimédia, la question se pose toujours de la part de l'art dans la vie sociale. Par où et surtout comment l'art se réalise-t-il? À quel endroit, à quel moment précis, dans quelles conditions y a-t-il art, y a-t-il surtout cet ébranlement de la conscience? Malgré son intrusion dans le paysage urbain, il y a toujours un écart formel entre artiste et public, les deux restant relativement bien définis et cantonnés dans leur position respective. Il y a toujours cette relation de dépendance où le public «consomme» l'art. Il est dans le rôle usuel de celui qui reçoit. Sa relation à l'art est d'abord de l'ordre de la réception ou de la contemplation. Ainsi la visibilité de l'art dans l'espace public n'est pas suffisante pour nommer un paradigme nouveau, il faut encore que la qualité de relation et la modalité d'intervention y soient modifiées. Il faut en quelque sorte que l'objet même de l'art soit investi d'une nouvelle aura.

La reproductibilité technique a profondément modifié l'aura de l'oeuvre d'art, ce que Walter Benjamin associe à l'arrivée de la photographie au 19e siècle. Une des réponses à cet état de fait a été l'art action, déjà un moyen de résister à l'hégémonie de l'image.

---

10 Dans la première étude du CALQ sur *Les expositions d'art contemporain dans les centres d'artistes en arts visuels*, on note sous la chronique «expositions hors murs» que le travail en dehors des lieux usuels de monstration se pratique plus en région que dans les deux villes centre que sont Québec et Montréal. En 2002-2003, 21 projets hors murs impliquaient 176 artistes. Voir le tableau 21. Étude réalisée par Gaétan Hardy et Hélène LaRoche, www.calq.gouv.qc.ca.

11 «Voilà ce que nous entendons par "espace public sensible", tout ce qui peut, en tant que moyen, support, dispositif, réseau, espace ou surface, transmettre un message, une information ou bien encore ce que nous qualifions d'image – qui peut être ni message ni information –, et dont l'accès est public et non privé. Tout ce qui, touchant aux sens, ouïe et vue principalement, nous façonne, nous oriente, nous conditionne.» Michel Guet, op. cit., p. 13.

C'est que par l'art action, on retrouve un art qui n'est pas reproductible : absence de scénario, de texte, absence d'un objet définitif. L'art action laisse des traces, produit des artefacts, est documenté par des photos, de la vidéo; mais la chose elle-même reste insaisissable, elle reste une action, un moment éphémère d'intensité poétique, peu importent ses intentions, peu importe son degré d'«excessivité». L'art action, qu'il se nomme performance ou autre, est de l'ordre de la poésie sans lendemain. Retour à une tradition orale, à un langage du corps primitif, à une scénarisation spontanée et irrévocable, à une description de l'espace, à une proposition formelle aux allures d'interrogation, aux airs d'improbabilité. On le sait, elle se veut la matérialisation de fictions, une manière toujours volontairement inadéquate de resituer l'homme au coeur du problème. À sa manière, l'art action investit un champ d'opération où se débattent à la fois les questions formelles et les questions philosophiques de ce temps.

Ainsi l'art visuel dans ces manifestations polymorphes, installations en salle ou projet in situ, et l'art action dans l'espace privé des musées et centres d'art ou dans l'espace public viennent en quelque sorte modifier le paysage, soit-il rural ou urbain. L'art devient, dans son occupation de l'espace, une présence significative de ce paysage et non seulement un objet de musée. Ce paysage est aussi affaire d'architecture, de projets d'art public, d'exploration et d'investissement des espaces ouverts. Mais il est une autre dérive ici qui me semble pousser plus loin son rapport au monde : l'intrusion dans le paysage humain. En effet, dans la mouvance de la dématérialisation de l'oeuvre d'art se développe au Québec une pratique plus radicale dans son aspect «insertion dans la vraie vie» que l'on nomme «manoeuvre» et autres pratiques infiltrantes[12].

Entrer dans le paysage humain

Le non-lieu de l'art, ou plutôt le lieu par excellence de l'art, me semble être justement l'être le plus culturel qui soit, c'est-à-dire l'homme. Ce constat étonnamment récent vient en quelque sorte remettre l'objet d'art à sa juste place et entraîne un déplacement de perspective[13]. De fait, tout ce travail d'un nombre croissant d'artistes donne l'impression que quelque chose de tout à fait différent se pratique dans les interstices de la toile humaine. Avec les pratiques infiltrantes, les manoeuvres par immixtion ou par meute, il me semble que l'art s'engage dans des pratiques au croisement de multiples désirs : s'immiscer dans le social, sortir de l'image, se déployer dans l'espace et dans le temps, alors que l'activité même (et non pas l'objet usuel comme la sculpture, le tableau, l'installation, le montage multimédia, etc. – non plus d'ailleurs que la stratégie procédurale duchampienne) devient l'oeuvre d'art. Bien sûr cet objet existe en bout de course, mais il n'est au

1 2 L'expression apparaîtra lors d'une table ronde organisée par le 3e Impérial à Granby à l'occasion du projet *Orange*, présenté en octobre 2003. Elle a été suggérée par Martin Dufrasne et entérinée comme une expression opérante par l'assemblée présente.

1 3 Cette prise de conscience semble se refléter dans le développement de l'art action, en affirmation et en accélération depuis l'après-guerre. Sans élaborer ici cette assertion, nommons depuis les années 1950, la pratique de la poésie sonore, les dérives situationnistes, les happenings, la performance, le body art, l'esthétique relationnelle, la manoeuvre, etc.

mieux qu'un objet mémoriel installé dans l'espace, au pire un objet résiduel comme une collection de photos, une vidéo, un catalogue, qui viennent narrer de seconde main ce qui fut fait. Ce serait le volet littéraire de l'action.

S'immiscer dans le social

À propos des motivations quant à ses manoeuvres urbaines ou rurales, Claudine Cotton parle de son désir «d'être plus près du monde», pour situer l'art non plus dans une zone réservée, mais au plus intime d'une communauté donnée. Lorsque Cotton déambule dans la ville d'Amos et qu'elle reçoit un baiser sur son dos nu, baiser qu'elle *fixe* ensuite par un morceau de gomme d'épinette, elle se place en interaction directe avec le public, avec le passant. Elle interpelle non seulement le citoyen, elle lui demande d'utiliser son dos comme une toile, comme un projet d'art en élaboration. Chacun intervient avec tendresse (le baiser) et avec violence (la gomme d'épinette finira par lui brûler la peau). La réalisation du projet repose sur l'intervention directe et active du citoyen. Ce faisant elle met non seulement en branle un projet artistique, elle ébranle le public, elle l'extrait de sa position tempo-raire de citoyen circulant sur la voie publique et l'implique dans un processus auquel il n'aurait jamais songé. Il lui appartient dès lors de faire un choix qui d'une certaine manière bouleversera sa vie. Ainsi l'art ne se déroule plus dans une rela-tion émetteur-récepteur, *l'art prend forme au moment précis où la proposition se réi-fie dans un geste complice.* Elle répétera un projet semblable à Moncton, cette fois avec la captation des battements de coeur des passants. Enregistrés, puis montés comme un choeur de coeurs, cette chorale sera par la suite diffusée par toute la ville. Ce n'est qu'à partir de ces cueillettes que le reste du projet se développera.

Ces deux projets se réalisent avec l'appui et la participation active des citoyens. L'art s'instaure dans le quotidien, mais dans le plus improbable des quotidiens. Ces projets manoeuvriers par immixtion prennent donc appui sur une communauté non préalablement existante et s'y déploient; ils deviennent seulement ce que le désir collectif leur permettra de devenir. En effet, c'est là une des particularités des manoeu-vres : on ne sait jamais préalablement ce qu'elles deviendront. Dans la logique même de leur réalisation, elles n'ont que l'ampleur de la dynamique mise en branle. Ainsi, l'oeuvre d'art est une intention réifiée. Or comme cette intention repose sur la réussite d'un rap-port réel à la proposition de l'artiste, il est impossible d'aborder la manoeuvre comme on aborderait un projet d'art traditionnel. Qu'il s'agisse d'une peinture, d'un multimédia, d'une vidéo d'art, d'une sculpture, d'une performance, d'une installation, l'oeuvre d'art est toute contenue dans l'artiste à travers son concept, ses habiletés, ses intentions, sa capacité de réalisation. Il est le responsable unique du début à la fin, il peut jongler avec les aléas, les accidents de parcours, mais il est le maître d'oeuvre selon la formule con-sacrée. Or dans la manoeuvre, le processus inclut un matériau imprévisible : l'humain. En s'immisçant dans l'environnement, en pénétrant dans le paysage humain, non seule-ment l'artiste amenuise-t-il la distance entre lui et le «public», mais il s'abolit d'une cer-taine manière dans le processus. Une fois qu'il l'a mis en mouvement, il devient un sim-ple outil, un opérateur. La manoeuvre se déroule en dehors de lui, elle vit sa propre logique, sa propre synergie. Il convient de réduire au minimum l'écart entre l'objet et le regardeur. Comme l'objet est ténu, et que l'action collective l'emporte, le regardeur devient à la fois le matériau et l'«objet» de la manoeuvre.

Rompre l'image

En rupture d'image et dans la lignée du détournement – pratique développée et promue par les situationnistes –, certains projets manoeuvriers tentent d'installer l'art en marge de celle-ci ou plutôt à l'intérieur de celle-ci comme pour en interroger la substance, et partant pour l'extraire à son vide. Encore une fois, la préoccupation des artistes de la manoeuvre ne repose pas sur le projet de créer un objet formel adéquat aux esthétiques contemporaines, mais plutôt de s'élaborer comme une interrogation dans l'univers sensible, et s'inscrire pour ainsi dire dans la «matérialité diffuse» d'une situation donnée. Cela aura pour effet de perturber, de détourner cette situation. Prenons deux exemples réalisés dans Alica en 2001.

Christian Barré dans *Réfléchir par hasard pour un espace public agile* approche des sans-abri, s'en fait des complices, parvient à les faire applaudir devant sa caméra. Cette vidéo montée sera gravée sur un mini cd, lequel sera ensuite déposé sur 42 Mercedes circulant dans les rues de Montréal. À Saint-Raymond, Doyon-Demers, devenus socio-esthéticiens, louent un local au centre-ville, s'adressent aux Veuves de chasse, ces femmes dont les maris sont partis abattre l'orignal ou la perdrix, en rassemblent finalement quelques-unes pour un repas intime, les équipent d'un appareillage de captation et de diffusion vidéo et les laissent re-construire, ré-fléchir la perception intime de leur situation.

Le *standing ovation* des sans-abri et les réunions des veuves de chasse sont des projets où les artistes ne produisent plus des images nouvelles, mais s'insèrent directement dans la substance de cette image. Alors le projet se situe au croisement de l'art et du politique parce qu'il y a eu «un geste posé entre la vie et l'art, ou du moins ce qu'il peut en rester[14]». Qu'applaudit le sans-abri lorsqu'il se tient devant la lentille et dirige ses applaudissements vers la caméra, sinon un monde potentiel, un spectateur indéfini, une situation où il semble a priori étranger, mais dont il est de fait le seul acteur. Que font les veuves de chasse dans leur accoutrement électronique sinon se révéler à elles-mêmes la situation où elles se trouvent? Par un effet de rétroaction, elles sont à la fois le matériau et l'«oeuvre» et, en bout de course, les seuls acteurs, voire les seuls récepteurs de ce projet parce qu'ils sont intégrés dans la substance même. Dans un cas comme dans l'autre, on constate que l'image résiduelle ne donne que très peu d'information sur la chose elle-même; à la limite, elle ne dit même rien de l'essentiel de la manoeuvre.

En périphérie restent les questions du rôle de l'artiste comme machiniste d'une pure fiction qui pourtant prend appui sur la réalité sociale des individus qui s'y agitent. Contrairement aux provocations des années 1960-1970, où le public devait participer à tout prix[15], les pratiques

---

1 4 Christian Barré sur sa manoeuvre *Réfléchir par hasard pour un espace public agile*, dans Alica, op. cit., p. 53.

1 5 Cette tentation à la provocation faisait partie d'une attitude combattante, d'une critique appliquée au réel, bref de stratégies activistes qui avaient pour but de réveiller le spectateur. Cette pratique fut assez courante au théâtre, où certains spectateurs se mettaient à gueuler contre le texte en cours, invitant le public à dénoncer ce qui s'y disait; ou alors on jetait un filet de pêche sur le public pour illustrer son aliénation; ou des acteurs se lançaient au-dessus du public, suspendus à des câbles et menaçant de s'écraser dans la salle, etc.

infiltrantes sont plus subtiles et surtout tentent d'ouvrir un espace qui ne viendrait pas d'une seule dynamique «participative», mais bien d'un besoin d'ouvrir des brèches dans les consensus sociaux. Il s'agit de placer l'art dans un espace non équivoque au coeur même de l'esthétique comme sensibilité collective.

Se déployer dans l'espace et dans le temps

De toute évidence, les pratiques infiltrantes et la manoeuvre s'installent puis se dilatent dans le temps et l'espace. Ce temps pris en compte dans l'élaboration et le déroulement du projet devient dès lors une composante même de la manoeuvre. La manoeuvre serait donc aussi un art du temps, pas comme dans les arts médiatiques qui jouent constamment avec la perception du temps, le triturent, le court-circuitent, le renversent, le télescopent, en font le matériau de base comme dans les travaux des premières heures de la vidéo. Non, ici le temps est considéré dans son écoulement, tel qu'il se présente dans le rapport exact des relations assumées entre manoeuvriers et protagonistes. Comme dans tout art action, le temps est une donnée incontournable. On comprendra que pour rencontrer la communauté de Roxton Pond dans son projet *Butinage et Bucolique*, Claudine Cotton ait besoin de temps, car toute «collecte de matériaux joue un rôle déterminant» puisque dans cette manoeuvre, elle agit «avec l'intention de ravir la poésie de ces gens de la terre pour en gaver son projet[16]». Or la collecte ici se faisait à travers un système de narration mis en place dans une résidence transformée en Couette et café. Dès lors temps d'implantation, temps d'apprivoisement, temps de rencontre, temps de discussion, temps de captation.

Que l'on comprenne bien : il faut bien sûr du temps pour réaliser quelque projet que ce soit, mais ici la nuance est que le temps constitue une des composantes même du projet d'art. C'est dans sa matérialité que le projet se construit et existe. Le temps n'est pas une donnée préalable, n'est pas qu'une durée de gestation ou de préparation comme dans tout travail; non, le temps est ici la garantie première, l'assise qui permet à la manoeuvre de se déployer. Sans cette condition d'étalement, elle n'existerait pas. Car le temps réel est celui du projet lui-même, dans la forme visible quoique évanescente, il est son propre écoulement. Nous aurons bien sûr d'autres formes visibles à la manoeuvre, mais comme je le mentionnais plus haut, ces formes sont surtout des structures mnémoniques.

Cet étalement s'applique aussi à l'espace et suppose qu'il y a une infiltration dans les espaces ouverts. En effet, dans ces projets, le matériau essentiel étant l'autre, il doit se construire dans l'espace même de cet autre. Ainsi le lieu de l'art est précisément l'endroit ou plutôt les endroits où ces contacts se produisent. Nous sommes alors très loin des espaces réservés et spécialisés, nous sommes plutôt dans tous les espaces possibles. Il n'y a de lieu d'art que dans notre position envers cet autre avec qui la manoeuvre se fait oeuvre.

16 Voir «Une vision atomique des choses», Jean-Claude Rochefort, *SupraRural 2000-2001*, 3e Impérial, 2003, p. 17.

Claudine Cotton, *Butinage et Bucolique*, 2001.
photo : Geneviève Therrien

Il me semble y avoir dans ces pratiques manoeuvrières et infiltrantes un questionnement radical non seulement de la place de l'art comme activité culturelle, mais aussi de sa validation finale sur le terrain. Ces pratiques réintroduisent finalement les questions de fond quant aux valeurs sociétales qui nous gouvernent. On note ici une préoccupation éthique qui va très au-delà de l'art pour l'art. On y voit plutôt le risque inhérent aux pratiques sur le terrain, en dehors des espaces sécurisants de l'art officiel, aussi marginaux soient-ils. Les artistes quittent l'atelier et le centre d'artistes ou le musée, ils marchent comme des funambules sur la mince ligne de la vie et de l'art et où leurs concitoyens sont à la fois acteurs et spectateurs. Dans cette conjoncture d'étalement du temps et de l'espace, dans cette ouverture vers l'autre et son inclusion comme protagoniste actif du projet d'art, bref dans son insertion dynamique dans le paysage humain, ces pratiques me semblent non seulement une amorce de réponse à la critique de la société du spectacle telle que formulée par les situationnistes, mais elles apparaissent surtout comme une modalité visant à s'extraire du cercle vicieux de la consommation. Mais ce qui apparaît comme tout à fait jouissif dans ces pratiques, c'est que l'ébranlement du consensus, la faille dans le tacite, la rupture dans la torpeur opèrent de l'intérieur. Il y a immixtion non seulement dans le corps social, ne fusse que dans une petite cellule de ce corps social, mais aussi intrusion dans la modalité même de fonctionnement de chaque individu qui s'y implique et à la limite s'y invente. Ainsi la proposition formelle devient poésie du vivant et tente de s'inscrire dans une nouvelle esthétique du monde où la part d'éthique joue un rôle déterminant. Puisqu'il y a collusion pour ainsi dire entre artiste et public – où ni l'un ni l'autre ne sont plus ce qu'il y paraît –, l'art est comme abstrait du système de validation usuelle, il est préalable à toute critique, il se confirme dans sa réalisation même qui, elle, est tributaire de tous les acteurs. On rejoindrait ainsi une des conditions que Dewey propose dans son étude sur l'art contemporain, à savoir l'assise de l'art dans un milieu. Cette notion aux antipodes de l'art pour l'art prendrait en charge une préoccupation éthique, au moins dans sa recherche de modalité d'existence dans le social[17].

Terrasse du café le soir...

En voulant résoudre le problème formel «de peindre la nuit», Van Gogh magnifiait dans la zone limitrophe où le jaune fréquente le bleu, la proximité de l'obscur et de la luminosité. Étrangement, lorsqu'on observe cette toile, on y trouve des formes humaines évanescentes, presque sans substance, à tout le moins sans personnalité. Ces silhouettes assises dans la lumière du luminaire qui révèle la terrasse ou celles en mouvement dans la nuit semblent issues de cette lumière. C'est la part de noirceur qui le dispute à la clarté, ce sont des êtres potentiels qu'on voudrait palper. Les pratiques infiltrantes, plus d'un siècle plus tard, veulent entrer dans la toile et cohabiter avec ces ombres pour inventer avec elles un art du vivant.

17 «Repenser l'art comme expérience permet de sortir de cette impasse (artiste comme artisan qui contrôle tout le processus) en combinant ces principes contraires comme moments nécessaires et complémentaires de l'expérience. Car l'expérience, comme le souligne Dewey, implique à la fois une attitude réceptive et une action productive, absorbant et reconstruisant en retour ce dont on fait l'expérience et où le sujet de l'expérience donne forme et se forme lui-même.» *L'Art à l'état vif*, Richard Shustermann, Les Éditions de Minuit, Paris, 1992.

S'il fut un temps où l'on pouvait facilement dire «ceci est une oeuvre d'art» sans trop de risque de se tromper, on a vu que cette définition s'est élargie jusqu'à sa dissolution au cours du siècle dernier. Il me semble cependant qu'une tendance forte qui se dégage dans les pratiques récentes repose précisément sur une collusion du vivant. En effet, si dans les rencontres fortuites, dans les échanges, dans les collisions, il y a toujours au minimum deux parties, alors cette collision peut devenir, pour de nombreux artistes, collusion. Ce serait une manière de resituer l'art et sa charge poétique au centre même de la mouture sociale. Dans ce nouveau rapport, il me semble que la dimension du je-nous qui n'est ni une relation d'ascendance de l'artiste sur le public, ni une abolition totale de soi dans le corps collectif, il me semble que cette relation où le projet d'art se dessine dans le rapport direct au monde est des plus engageantes. Y aurait-il dès lors dans la substitution d'un lieu de l'art par la reconnaissance d'un non-lieu de l'art une porte ouverte sur un rapport éthique au monde?

Ce rapport se trouve implicite dans les projets manoeuvriers ou infiltrants. En effet, dans la suspicion générale envers le religieux, surtout à cause des monothéismes et leur tentation fasciste, il reste à trouver des modalités existentielles où les modèles dominants sont sinon éradiqués, du moins constamment affaiblis et instables. Dans une époque de terreur généralisée, il est tout à fait normal que les questions formelles de l'art soient reléguées au second plan et que l'art se déplace dans un non-lieu où il puisse retrouver la base même de son ignorance, de son insuffisance. Par cette fissure dans le vase clos se trouve justement une infiltration, comme si la vie soudainement parvenait à entrer dans le champ de l'art et à y cohabiter.

Art happens where you live.
From an artistic point of view,
one makes art where one is.[1]

Robert Filliou

This starts with a painting on an easel. I do not know at this moment if it is a copy, but that doesn't matter. What intrigues me first of all are the two masses of colour – the yellow that contrasts with the blue – and then those tables and chairs set up at an outside café. The perspective is "unrealistic." This twisting of the furniture, though familiar, does not correspond to what a boy of seven knows about tables and chairs, even if they are at an outside café in an exotic country. In Beattyville, Abitibi, virgin forests still surround the small lumber town, and the sound of the sawmill blends with the roar of the rapids; just nature in conflict with man's ingenuity. And then there is my older brother's studio in the basement of the family home, an amazing place that smells of paint and turpentine, with shelves filled with art books. This is my first contact with art. Of course, other singular objects marked my wanderings through our three storey house deep in the woods, but none as yet had contradicted my understanding of the things of this world – on the contrary, such objects were a coherent description of it. But here, in this forbidden lair, I was fascinated by this blue and yellow painting in which the figures are only extras, placed in their respective light. So simple and yet so stunning. If the other objects participated in the reality of the world, and defined it by their simple existence, this painting, a non-object in some ways, invalidated the notions I had about my environment. It appeared as a crack in the materiality of my short life. Dizzy for the first time. A breach of inordinate magnitude in this small workshop situated nowhere.[2] A space that suddenly contained the world. Here, I would not discover that Arles existed, because nothing in this painting named the city, but rather a new way of perceiving, of seeing beyond the gaze. The painting awakened sheer sensitivity. From then on, nothing would be merely decorative, instrumental, useful. Through Van Gogh,[3] I entered into the world of the greats. In fact, I had just discovered the magnitude

Art as Non-Place

ALAIN-MARTIN
RICHARD

of the perceptible world. I could have done worse for my first aesthetic experience. I had reached the age of irrationality while at the same time reaching the age of reason.

In a way, this anecdote contradicts the enormous machine that is used to validate art.[4] But it also reminds us that *ignorance* is not a hindrance to experiencing art,[5] since without a doubt we have all experienced a similar moment: a voice on the radio, the hissing of short waves, the dizzying postures of a classmate playing Beckett, a dance movement that gets you in the gut, a few lines of poetry left lying on a table, an overwhelming bit of graffiti,[6] a singer's unexpected intonation, your senses grabbed by Callas' crystal-clear voice, a girl running on cars stopped at a red light, etc. Art as experience. Everything is played out as if we were always looking for this: producing this revolution, being thrilled by this unbalance, surfing on this "dizziness," this moment of grace, of uncertainty, of wavering that touches us. The space of a moment.

But this moment has no place. Sensitivity, looking, and curiosity suffice while strolling around. It is enough to come across what we are not looking for, what our conditioning prevents us from seeing – or feeling. In this blindness to the world, several phenomena intertwine and work together to draw us into what Marshall McLuhan appropriately named the "habitual torpor." This torpor, created by habit and resistance to stimuli, is no doubt anchored in an overabundance of information. It is as if we try to protect ourselves from too much information by closing in on ourselves; like being on autopilot while navigating through life. The world is basically made up of sounds and images. We perpetually live in images, deciphering the perceptible world through screens. In fact, today the whole world is transmitted by television and the internet. When the sound-image combination acts as a substitute for reality, it nevertheless closes off the possibility of discovering the world with others, the sort of aesthetic pleasure that we experience when we are in good company, and which satisfies our need for social interaction. Everything is played out as a spectacular event. In this overpowering "society of the spectacle," which is so well described and discredited by Guy Debord, everything is for sale and everyone is a consumer; a consumer not only of industrial products, but of art and culture, even human relations (not to mention prostitution), or the innumerable

---

1 Robert Filliou, *Entretien avec Georg Jappe* in *Inter* no. 87, spring-summer 2004, p. 58-60.

2 This "nowhere" is literal today because Beattyville was wiped out in 1985. All the houses were destroyed, or transported elsewhere. A bulldozer ravaged my house. It is disconcerting to say that I come from a place that has been wiped off the map, even if traces of it still remain in the land. This already raises the issue of place in art, because I discovered art in a place that no longer exists, (except in some old atlases).

3 This is *Terrasse du Café le soir, Place du Forum in Arles* by Van Gogh. This painting is in the Rijksmuseum, Amsterdam.

4 We will return to validation tools later in the text.

5 Gilles Lipovetski rightly says, "Art that has the objective of spontaneity and immediate impact is paradoxically accompanied by a discursive development. This is not really a contradiction. It is the strict corollary of an individualistic art freed of any aesthetic conventions, requiring therefore the equivalent of a reading guide, a how-to manual." *L'ère du vide*, Folio (Essais), 1983, 1993 from the postscript, p. 141. Here I consciously use the word *ignorance* in opposition to the specialists' system that precisely adds discourse as an essential element to the "understanding" of a work. This discourse especially applies to the visual arts. The addition of discourse seems consequently to create a buffer zone between the work and unschooled spectators who doubt their ability to "understand" what they see, or to appreciate it beyond the discourse that supports it.

6 Like the disconcerting *"Aucune de mes mains ne fait mal (none of my hands do no wrong),"* in the Saint-Roch quarter in Quebec City.

services provided by consulting firms, classified ads, encounter groups and so on. The presence of art in this troubled environment no longer guarantees an aesthetic experience or necessarily contributes to increased understanding. At best it ensures the world is aesthetically pleasing.[7]

The Validation Network

On the fringe of this vaporization of art,[8] which has become ubiquitous due to art's increased transformation into monuments, its integration into architecture, public spaces, fountains, facades, murals, and so on, in less than 20 years Quebec has created a pan-regional network of official art sites, consisting of artist-run centres, Maison de la culture complexes, and municipal cultural centres. This network of institutions makes it possible to produce and present diverse forms of art, while at the same time serving as a validation system. From this point of view, whether artworks are situated in buildings or outside, there are not, strictly speaking, places for art; there are only places where art is validated, such as magazines, galleries, artist-run centres, workshops, museums, and of course, books. So, everything happens as if these places have functioned as workplaces and backdrops from the moment of their inception: workplaces, because they are a channel through which art is made, interpreted, and promoted; backdrops, because a tacit *modus operandi* has emerged that to a certain extent acts as a framework, dictating how things should be done. One has to play the game, know the language; in short, fit the mould. It is, of course, legitimate to integrate into the clan.[9] One cannot be free in the cultural world for very long, unless he or she wants to keep to oneself and is ready to live without recognition – or more importantly, without revenue (they go together). A jury comprised of our peers is there to remind us that the places for art – apart from the standard forms of communication, such as posters, pamphlets, and press releases – are self-sufficient within the context of the world network. In such places artists not only find recognition, but above all, they find spaces for free expression, where they can carry out research, approach the improbable, and take their intuitions/desires to the extreme. Here, they can explore the "field of art" to the fullest, and define its procedures without being judged by the status quo. It is not only a question of what they can do, but what they must do. Beyond their own desires, artists must continually reinvent themselves. In the process they redefine art.

Since the late 1970s this system has rapidly created a malaise for many artists, who with the introduction of this network, searched for ways to produce art that is closer to life. Of course, the presence of art in public spaces was already very noticeable in previous decades, especially during the 1960s and 70s. In fact, during this period artists decided

---

7   Concerning this question of encoding the world through a system of images, see *L'artisme considéré comme un des beaux-arts sinon comme le tout*, Michel Guet, *Inter*, no. 87, spring-summer 2004.

8   *L'art à l'état gazeux*, Yves Michaud, Stock, 204 pages, 2003. Although Michaud tends to downplay all recent experiences and credible readings of artistic experimentation, dismissing Action Art in the same breath and the texts of Paul Ardenne, Nicolas Bourriaud, etc., he does raise some pertinent issues.

9   "[…] the "subject" of artistic production and its product is not the artist but the totality of agents who are dependant on art, who are interested in art, who live from art or for art, producers of works considered art (great or small, famous, that is famous or unknown) critics, collectors, intermediaries, curators, art historians and so on. There it is. The circle is closed. And we are caught inside." "But who created the creators," paper presented at the Ecole nationale des arts decoratifs in April 1980, published in *Questions de Sociologie*, Pierre Bourdeau, Les Editions de Minuit. Paris, 1984.

to produce and present art that was directly related to social issues. (We will leave it up to sociologists to determine if this wave of artists caused the Quiet Revolution, or if the latter simply made it possible for artists to 'come out' – the eternal question concerning the chicken and the egg.) Theatre, popular shows, poetry, and visual artworks were presented in public places, and were specifically designed to create interaction (or at least to be spectacular). These projects were presented in unexpected places, such as buses, churches, and in the street. In the years that followed, art withdrew from public space and positioned itself within the various artist-run centres being established. Experimentation was common in these centres because they were created specifically for that purpose. However, it is important to note that in Quebec during the last few decades there has been a strong tendency for experimental work to leave spaces such as this, which are reserved for art, and move into the landscape. Between art for art's sake, art as lived experience, and art anchored in the community, the places for art grew in number, became a ground for the work, and eventually infiltrated the landscape[10].

Entering the Landscape

After leaving the venues where it had been placed for protection and validation, contemporary art has integrated itself into everyday life. Studios, museums, galleries, and artist-run centres are no longer considered the only places for art. At most, they offer a pretext for all kinds of social interaction (just as going to a hockey game with friends would be, for example). Contemporary art occupies the *perceptible public space*.[11]

Questions concerning the role of art in society will continually be asked, whether art is created and exhibited in a private art space or in the street, or is called an installation, performance, multi-media event, etc. But where and how in particular is art produced? In which place, at what precise moment, under what conditions is there art? Above all, does it disturb the conscience? Despite art's introduction into the urban landscape, there is always a formal distance between the artist and the public because they both maintain their respective positions. In traditional approaches to viewing art, there is always a relationship of dependence in which the public "consumes" the work. The public's relation to art is first of all to receive or contemplate it. Therefore, the visibility of art in a public space is not enough to create a new paradigm. The quality of the relationship, and the ways in which art intervenes, must be modified. To some extent, the object itself needs to be granted a new aura.

The aura of the artwork was profoundly transformed because of changes in technologies used to reproduce artworks. Walter Benjamin associated this with the arrival of photography in the 19th century. One of the responses to this state of affairs was Action Art, a practice that provided artists with a way of resisting the hegemony of the image. In

---

10 In the first CALQ study on *Les expositions d'art contemporain dans les centres d'artistes en arts visuels*, one notes under the heading "expositions hors murs" that work is presented outside the usual exhibition places more often in the regional areas than in large urban centres such as Quebec City and Montreal. In 2002-2003, 21 projects created outside the usual places for art involved 176 artists. See Table 21. Study carried out by Gaétan Hardy and Hélène LaRoche, www.calq.gouv.qc.ca.

11 "What we mean by 'perceptible public space' is everything that, as a medium, device, network support or surface, can transmit a message, a piece of information or even what we call an image – that may be neither a message nor information – and where access is public, not private. Everything concerning the senses – seeing and hearing in particular – that forms us, orients us, conditions us." Michel Guet, op. cit., p. 13.

Action Art, one finds an art that cannot be reproduced: there is no presence of scenario, text, or physical object. Action Art leaves traces, produces artifacts, and is documented with photographs and video, but the thing itself remains imperceptible. It is an action, an ephemeral moment of a poetic intensity, whatever its intentions or degree of "excessiveness." Whether or not Action Art is called a performance, it is like poetry with no tomorrow. It offers the return to an oral tradition, a primitive body language, a spontaneous and unalterable event; it's a description of space, a formal proposal with the look of a question, an air of improbability. We know that it is supposed to be the materialization of fiction, a deliberately inadequate way of resituating the subject at the heart of an issue. In its way, Action Art occupies a field of operation where formal matters and philosophical issues of the day are debated.

Visual art, in its various forms (installations in galleries or site-specific projects) and Action Art (in the private space of museums and art centres, or in public spaces) are modifying the rural and urban landscape. As art comes to occupy these spaces, it becomes a significant presence in the landscape and not just a museum piece. Landscape, in this sense, encompasses architecture, public art projects, and the exploration/occupation of open spaces. And this gesture seems to push art's relationship to the world even further, implicating it in the human landscape. In fact, in response to this movement towards the dematerialization of the artwork, artists from Quebec have developed quite radical practices concerned with art's "insertion into real life." These practices are called manoeuvres and *infiltrating practices*.[12]

Entering the Human Landscape

The non-place of art, or its place *par excellence*, resides in the most cultural being there is: the human being. In a way, this surprisingly recent observation has just recently situated the art object in its rightful place, bringing about a change in perspective.[13] In fact, the work of a growing number of artists gives the impression that something completely different is happening in the interstices of the human web. With infiltrating practices and interfering manoeuvres, it seems to me that art is entering into practices that reflect multiples desires – the desire to interfere in social life, move beyond the image, or expand in space and time – while the act itself becomes the artwork. As a result, the artwork isn't found in the object, such as a sculpture, painting, installation, multi-media work and so on (nor for that matter in the conceptual strategies of Duchamp). Of course, at the end of the day there will be an object, but at best it will be a souvenir installed in space, and at worst it will be nothing more than residue, such as a collection of photographs, a video, a catalogue, etc. – stuff that reductively re-presents what has been done. This is referred to as the literary aspect of the action.

---

12 This expression came up at a round table discussion that *3ᵉ Imperial* organized in Granby for the project *Orange*, presented in October 2003. Martin Dufrasne suggested the phrase and those attending the discussion agreed that it was an effective expression.

13 This awareness seems to be reflected in the development of Action Art, since the post-war years. Without elaborating on this assertion here, since the 1950s, we have witnessed the practice of sound poetry, Situationist dérives, happenings, performance, body art, relational aesthetics, the manoeuvre, etc.

Christian Barré, *Réfléchir par hasard pour un espace public agile*, video, 2001. picture : courtesy of the artist

Interfering in the Social

Regarding the underlying motivation for her urban and rural manoeuvres, artist Claudine Cotton speaks of her desire "to be closer to people." To do this she situates her work in the heart of a given community, rather than the places traditionally set aside for art. When Cotton strolls through the town of Amos (Quebec) and receives kisses on her back by individuals passing by (kisses that she eventually "fixes" permanently to her body through the use of spruce gum), she places herself in direct contact with the public. With this project she not only challenges the citizens, she asks them to use her back as a canvas, a work in progress. Citizens participate in the work with the tenderness of a kiss and the violence of spruce gum (the gum ends up burning her skin). In doing this, Cotton not only sets an art project in motion, she disturbs the public. From her temporary position on a public road, she draws people into a process that they never would have imagined otherwise. From the moment they meet the artist, each citizen will have to make a decision that may in some way, change their life. Here, art no longer occurs in a transmitter/receiver relationship; *it takes shape at the exact moment in which the proposal crystallizes into a shared act.* Cotton carried out a similar project in Moncton (New Brunswick), where she recorded the heartbeats of passersby, and put them together as a chorus of hearts. This chorale, which was just the starting point for the piece, was broadcast throughout the city.

Produced with the support and participation of the citizens, Cotton's pieces drew art into daily life, into the most improbable of everyday happenings. These projects, performed through a strategy of interference, took root in a community that did not exist beforehand, and then expanded, becoming only what the collective desire allowed them to become. In fact, a peculiarity of manoeuvres is that one never knows beforehand what they will become. The manoeuvre is always limited by the dynamics set in motion. A manoeuvre is a materialized intention. Because this intention depends on the quality of the viewer's relationship to the artist's proposal, it is impossible to approach the manoeuvre in the same way one would a traditional art piece. Whether it is a painting, multi-media presentation, art video, sculpture, performance, or installation, the work of art is part of the artist through his or her concept, intentions, and ability to carry things out. The artist is the only one responsible from beginning to end, juggling with chance and accidents along the way (the *maître d'oeuvre*, as the expression goes). In the manoeuvre, the process includes unpredictability: the human being. By interfering with the surroundings and entering into the human landscape, not only does the artist reduce the distance between him/herself and the "public," but in a way negates oneself in the process. Once the process is set in motion, the artist becomes a simple tool, an operator. The manoeuvre takes place outside of the artist; it has its own logic, its own synergy. It makes sense to reduce the distance between object and the onlooker to a minimum. Because the object is held, and the collective action carries it, the onlooker becomes both the material and the "object" of the manoeuvre.

Breaking with the Image

Some manoeuvre projects are at odds with the image and fall within the tradition of detournement (a practice the Situationists defined and promoted). Such projects attempt to situate art in the margins of the image, to question its substance, and reveal its lack of meaning. Once again, the concern of artists producing manoeuvres is not to create a formal object suitable for contemporary aesthetics, but rather to develop ways of questioning the tangible world that involve them in the "diffused materiality" of a given situation. This would have the effect of disturbing or even detourning the situation. Let us look at two examples produced for Alica in 2001.

For *Réfléchir par hasard pour un espace public agile,* Christian Barré approached a group of homeless people and made them his accomplices by convincing them to applaud in front of a video camera. The video was then transferred onto a mini-CD and projected onto 42 Mercedes Benz cars that circulated throughout Montreal. In St. Raymond, social-aestheticians Hélène Doyon and Jean-Pierre Demers rented a room on the town's main street, and put out a call for *Hunting Widows* (women whose husbands were off hunting moose or partridge). Doyon-Demers then gathered a few of the women together for a quiet dinner, and set them up with equipment to make (and view) a video. The video provided the hunting widows with an opportunity to reflect on their situation and reconstruct their perceptions.

The standing ovation of the homeless and the meetings of the hunting widows are projects in which the artists no longer produce new images, but rather, insert themselves directly into the substance of the image. Such projects are located at the intersection of art and politics because there is "a gesture made between life and art, or at least what is left of it."[14] While standing in front of the lens, the homeless person is a stranger and the only actor. But who is he clapping for when he directs his applause at the camera, if not the potential viewer, an undefined spectator? And what are the hunting widows doing with their electronic accoutrements, if not reflecting on the situation in which they find themselves? Through an effect of retroaction, the homeless and the hunting widows end up being both the material and "the work." They are the only actors and the only receivers of the given project, because they are integrated into its very substance. In both cases, one notes that the residual images give very little information about the work. Ultimately, they do not even say anything essential about the manoeuvre.

On the periphery, questions remain about the role of the artist as the instigator of a pure fiction, an actor that nevertheless needs the support of the social realities of others. Contrary to the provocations of the 1960s and 1970s, where the public had to participate at all costs,[15] infiltrating practices are subtler, and above all, try to open a space that does not come from a unique "participatory" dynamic, but from a need to create fissures in the social consensus. It is about placing art as collective process in a non-equivocal aesthetic space.

Unfolding in Time and Space

Quite obviously, infiltrating practices and manoeuvres are set up and then unfold in time and space. Time is taken into account in the development of a project, and then becomes a component of the manoeuvre. The manoeuvre, therefore, is also an art of

---

14 Christian Barré on his manoeuvre *Réflechir par hasard pour un espace public agile,* in Alica, op.cit. p. 53.

15 Such provocations reflect a combative attitude to criticism applied to reality, in short, activist strategies that endeavoured to wake the spectator up. This practice was quite common in the theatre, where certain spectators started yelling about the text, inviting the public to denounce what was being said, etc. Someone even threw a fishnet over the public to illustrate its alienation. And actors suspended from cables threw themselves on top of the public, threatening to crash into the room, etc.

time. Time in the manoeuvre is very different from time in the media arts. The media arts constantly play with the perception of time, manipulating it, short-circuiting it, telescoping it, reversing it, even using it as raw material (as in the first hours of working on a video). With the manoeuvre, time is considered in its flow, as it is presented in the relationship between the creator of the work and the protagonists.

As in all Action Art, time is an unavoidable given. To meet the Roxton Pond community for her project *Butinage et Bucolique* (2001), Claudine Cotton needed time, since any "gathering of material plays a determining role." In this manoeuvre, she was acting "with the intention of taking the poetry of these people of the land to inspire her project."[16] The gathering incorporated a narrative structure, and took place in a residence that had been transformed into a Bed and Breakfast. From then on there was a time for setting up, socializing, and recording.

It should be made clear that it obviously takes time to realize any project, but here the complexity resides in the fact that time itself is one of the components of the art project. The project is constructed and exists in time's materiality. Time is not a preliminary given, just a period of gestation or preparation like in any work. No, time here is the first guarantee, the ground that enables the manoeuvre to unfold. Without this condition of spreading out, the project would not exist. Because real time is that of the project itself, in a visible though fleeting form, it is its own passing. The manoeuvre will also have other visible forms of course, but as I mentioned earlier, these are above all mnemonic structures.

This "spreading out" also applies to space, and implies an infiltration into open spaces. In fact, in the projects I have discussed, the basic material is the other, and therefore the art must be created in the other's space. As such, the place of art is precisely the site, or rather the sites, where these contacts occur. Human beings are far from specialized, reserved spaces. We are in all possible spaces. The only place for art is in our position towards this other with whom the manoeuvre becomes the work.

It seems to me that radical questions are being addressed in these manoeuvres and infiltrating practices; questions not only concerning the place of art as a cultural activity, but also about its overall validation in the art milieu. In the end, these practices reintroduce basic questions regarding the societal values that govern us. Here one recognizes an ethical concern that goes well beyond art for art's sake. Instead, we see the risk inherent in marginal practices that position themselves outside of the official spaces where art is shown. With manoeuvres and infiltrating practices artists leave the studio, artist-run centres, or the museum: they move like tight-rope-walkers on the fine line of life and art, where their fellow citizens are both actors and spectators. In this matrix of unfolding time and space, this opening toward the other who participates as an active agent in the art project and forces its

16 See *Une vision atomique des choses*, Jean-Claude Rochefort, SupraRural 2000-2001, 3e Impérial, 2003, p. 17.

dynamic insertion into the human landscape, these practices reveal more than an initial response to the criticisms of the "society of the spectacle," as formulated by the Situationists. Above all, they offer a way of getting out of the vicious circle of consumption. What is absolutely brilliant about these practices is that the upsetting of consensus, the fault in the tacit *modus operandi*, and the break in the habitual torpor all stem from the inside. We find interference not only in a small cell of the social body, but also an intrusion into how everyone who gets involved functions. As such, the formal proposition becomes living poetry and endeavours to be part of a new world aesthetic where ethics plays a determining role. Due to the collusion, so to speak, between the artist and the public – neither one nor the other continues to be what they were – art, in a sense, is isolated from the usual validation system. It precedes criticism, and is confirmed in the act of production, which is dependant on all the players. This corresponds to one of the conditions that Dewey proposed in his study of contemporary art: the placing of art in a setting. This notion, which is antithetical to art for art's sake, harbours an ethical dimension that pertains to the search for ways of existing in the social.[17]

Terrasse du Café le soir...

In wanting to resolve the formal problem "of painting the night," Van Gogh accentuated the passages where darkness is close to the light, the edges where the blue meets the yellow. Surprisingly, when we look at this painting, we find evanescent human forms, virtually without substance, or at least without character. These silhouettes, sitting under the lamps that illuminate the terrace, or those moving in the night, seem to stem from this light. These potential beings that one would like to touch are the product of darkness that struggles with light. More than a century later, infiltrating practices would like to enter the painting and cohabit these shadows in order to invent a living art.

If there was a time when one could easily say "This is a work of art," with little risk of being wrong, we now know that definitions of art have broadened during the last century. It seems to me, nevertheless, that a strong tendency has emerged in recent practices, resting precisely on collusion with the living. In fact, if in chance meetings, or exchanges and collisions, there is always a minimum of two parties, this collision can become collusion for many artists. This would offer a way to reposition art and its poetic meaning at the centre of the social mix. In this new relationship, the I-we dimension doesn't seem to be that of an artist's superiority over the public, nor a complete negation of self in the collective; it seems to me that the most engaging aspect of this relationship is when art takes shape in direct contact with people. By substituting a "place of art" with the recognition of a "non-place of art," does this not open the door to an ethical relationship with the world?

17 "Rethinking art as experience is a way out of this impasse (the artist as craftsperson who controls the whole process), combining as necessary these contrary principles and complementary moments of the experience. Because experience, as Dewey emphasizes, involves both a receptive attitude and a productive action, absorbing and reconstructing in return what is made of experience and where the subject of experience gives form and is itself formed." *L'Art à l'état vif*, Richard Shustermann, Les Éditions de Minuit, Paris, 1992. Our translation.

This relationship is implicit in manoeuvres and infiltrating projects. In fact, in the overall suspicion of religion, especially due to monotheisms and their fascist tendencies, one must look for existential modes in which the dominant models, if not eradicated, are at least weakened and destabilized. In an era of generalized terror, it is quite normal that formal issues in art are considered of secondary importance, and that art is moved to a non-place where the very basis of its ignorance and insufficiency can be recalled. An infiltration is found in this crack in the seclusion, as if life suddenly managed to enter into the field of art and coexist there.

Lieu de poursuivre?
Réflexions sur le Critical Art Ensemble et l'affaire Kurtz

En l'absence de tout territoire à partir duquel on pourrait agir, aucune stratégie n'est envisageable, et l'on n'a d'autre choix que de voler sous le radar, en répondant à des situations spécifiques[1].
Steve Kurtz

[…] la plupart des gens qui voient notre travail, hormis ceux du monde de l'art, ne le perçoivent pas une seconde comme étant de l'art[2].
Steve Kurtz

Conforme à l'unique mélange de candeur et de cynisme qui le caractérise, le monde de l'art contemporain se plaît à imaginer que l'art peut désormais avoir lieu partout. S'il y a des lieux qui lui sont habituels sinon réservés (galeries, musées), il n'y aurait plus de lieux qui lui sont pour ainsi dire inaccessibles. Ce narcissisme («je suis partout») prend plusieurs formes : pour certains, après avoir annexé à son propre champ tous les coins et recoins du vécu, l'art aurait à ce point colonisé ce monde que plus aucun territoire ne lui résisterait désormais; pour d'autres, à peine moins candides mais légèrement plus cyniques, l'art ne saurait plus prétendre appartenir à un régime visuel supérieur aux autres activités et configurations symboliques, telles que la mode, la publicité : l'*artialisation*, pour reprendre le terme de Montaigne, ne serait qu'un vecteur parmi d'autres de l'esthétisation généralisée du réel à l'ère du capitalisme post-industriel. Or s'il est vrai que bien des artistes ont cherché à arracher l'art aux lieux qui lui étaient exclusifs – une partie de leur oeuvre consistant à produire elle-même un milieu pour ne pas devoir subir les contraintes d'un lieu d'exposition homologué –, s'imaginer que l'art a lieu où et quand il veut relève d'un voeu pieux ou d'une consternante naïveté épistémologique.

En réalité, bien sûr, l'art n'a pas lieu partout, et ne peut avoir lieu que si certaines conditions sont respectées – il incombe au monde de l'art de les reconnaître ne serait-ce que pour les contester. Il passe aujourd'hui pour une évidence que, pour avoir lieu, les pratiques artistiques visuelles doivent être visibles; elles doivent même jouir du plus haut coefficient de visibilité artistique possible. Dans l'art, être c'est non seulement être perçu (*essi ist percipi,*

STEPHEN
WRIGHT

selon la formule de Berkeley), c'est être perçu comme tel. En l'absence de tout dispositif de cadrage susceptible de distinguer l'art de la simple réalité, les objets et activités en tous genres répugnent à changer de statut perceptuel et ontologique pour devenir de l'art. Or depuis une dizaine d'années émergent un nombre croissant de pratiques qui, bien qu'informées par une compétence et une intentionnalité artistique, dégagent un si faible coefficient de visibilité artistique qu'elles demeurent imperceptibles en tant qu'art. Quels sont les dispositifs qui régissent l'apparaître de l'art – du moins selon les conventions aujourd'hui en vigueur? On peut identifier trois présupposés normatifs : que l'art a lieu dans une oeuvre, c'est-à-dire que l'art se manifeste dans le monde nécessairement et presque naturellement sous forme d'*oeuvre*; que l'art a lieu par l'intermédiaire de l'*auteur*, sa présence corporelle et son autorité créative – exprimées par la signature – garantissant l'authenticité artistique de la proposition; que l'art a lieu devant ces agrégats homogénéisés de spectateurs qu'on range sous la catégorie désormais plurielle de *publics*. S'interroger sur les lieux et non-lieux de l'art, c'est donc en même temps se demander : qui a le droit de faire de l'art? Qui, autrement dit, est investi de l'autorité requise pour s'assurer de l'adhésion du spectateur? Car, en fin de compte, sans l'adhésion du public au caractère artistique de la proposition, validant ainsi sa prétention à la reconnaissance («ceci est de l'art») par une suspension volontaire de l'incrédulité, l'art ne peut avoir lieu.

Chercheurs sans qualités

Heureusement, un nombre croissant d'artistes et de collectifs d'artistes remettent en question la nécessité pour l'art de se conformer à ces contraintes normatives : à la place de l'oeuvre d'art, certains privilégient le processus artistique comme porteur de sens, récusant la subordination du faire à toute finalité extrinsèque; certains (souvent les mêmes), loin de s'en tenir à l'autorité du seul artiste, valorisent le coautorat, généralisant la responsabilité du processus créatif à l'ensemble de personnes qui y prennent part; certains (presque toujours les mêmes), au lieu de pratiquer un art dont la légitimité dépend de la reconnaissance du spectateur, refusent cette division du travail conventionnelle (sujet$_1$ produit objet destiné au sujet$_2$), lui préférant un art non pas soustrait aux exigences de l'espace public, mais d'un coefficient de visibilité négligeable. Ces pratiques relativisent les positions d'autorité et affaiblissent les attributs des experts de l'expression.

Envisager un art sans oeuvre, sans auteur et sans spectateur a une conséquence immédiate : l'art perd sa visibilité en tant que tel. Pour des pratiques qui se situent dans la lignée des arts visuels, et surtout pour les institutions normatives qui les gèrent, le problème n'est pas négligeable, car s'il n'est pas visible, il échappe à tout contrôle, à toute prescription, à toute réglementation, en somme à toute «police». Dans une perspective foucaldienne, on dirait que l'enjeu d'une police de l'art est une question de visibilité. Selon la définition désormais classique de Jacques Rancière :

[...] *la police est, en son essence, la loi (généralement implicite) qui définit la part ou l'absence de part des parties [...]. La police est ainsi d'abord un ordre des corps qui définit les partages*

1 Entretien avec Robert Hirsch, «The Strange Case of Steve Kurtz: Critical Art Ensemble and the Price of Freedom», *AfterImage*, mai-juin 2005.

2 Ibid.

entre les modes du faire, les modes d'être et les modes du dire, qui fait que tels corps sont assignés par leur nom à telle place et à telle tâche; c'est un ordre du visible et du dicible qui fait que telle activité est visible et telle autre ne l'est pas; que telle parole est entendue comme du discours et telle autre comme du bruit[3].

La police artistique agit tacitement, ses sourdes injonctions ne devenant perceptibles qu'avec le passage du temps, lorsque les contours d'une époque commencent à se profiler. L'analyse de Rancière ne s'applique pas qu'à l'art, mais plus généralement à la partition du réel entre lieux et non-lieux de savoir, de visibilité et de légitimité, nous aidant à mieux voir comment des actes et des mots se distribuent selon une ligne définie a priori. Cette ligne de partage entre pratiques admises et déconsidérées, entre paroles requises et récusées, entre lieux et non-lieux, est particulièrement évidente dans le domaine de la science, devenue l'institution d'autorité régissant la production des connaissances dans nos sociétés laïques.

Étayons ces réflexions plutôt spéculatives en nous penchant sur le travail du Critical Art Ensemble (CAE) – collectif d'artistes états-uniens fondé en 1987 et composé de huit membres ayant des compétences diverses –, dont le projet fondamental a toujours été d'exposer cette ligne de démarcation pour la ligne de conflit qu'elle n'a jamais cessé d'être; de contester l'ordre sémiotique qu'elle soutient; d'ébranler l'autorité des tenants historiques de la prise de parole (les professionnels du savoir ou de l'expression); et surtout de confronter l'économie sémiotique contemporaine, qui a enrôlé les mots et les savoirs de tous les domaines, à un savoir et une parole en excès, difficiles à cantonner et impossibles à contenir. Si le capitalisme cognitif signe la prolifération des savoirs et des mots, il s'agit pour le CAE de les autonomiser, de les arracher à leurs lieux de spécialisation, pour que le capitalisme, comme à son habitude, rencontre une résistance là même où il construit les conditions de sa nouvelle productivité, se confrontant à des contradictions qu'il introduit par son propre développement. Par ses écrits théoriques – souvent conçus et rédigés sous forme de manifestes – et ses interventions performatives, le collectif entend participer à la production d'un discours public et informé, en «ouvrant des bases de connaissances et en dissolvant les frontières de spécialisation» (MI, 34, 65)[4]. Sa mission : «développer des tactiques et des outils de résistance contre des tendances autoritaires d'une situation culturelle donnée[5].»

Lieux et non-lieux de résistance culturelle

Le CAE a joué un rôle de premier plan dans l'émergence des pratiques qui allaient être connues sous le terme générique de «médias tactiques» et dans l'orientation de cette mouvance vers une forme d'«interventionnisme recombinatoire». Pendant près d'une décennie, l'Ensemble a consacré son énergie à repenser les liens entre l'art et l'activisme dans le domaine quasi invisible du cyberespace. Selon son analyse, la rue – lieu efficace

---

3   *La Mésentente*, Paris, Galilée, 1995, p. 52.

4   Le Critical Art Ensemble a fait paraître cinq livres, tous entièrement disponibles en ligne sur le site du groupe, www.critical-art.net. Dans ce qui suit, les citations reprises dans *The Electronic Disturbance* (1994), *Electronic Civil Disobedience and Other Unpopular Ideas* (1996), *Digital Resistance. Explorations in Tactical Media* (2001), et *The Molecular Invasion* (2002) seront indiquées par la seule abréviation du titre entre parenthèses, suivie du numéro de page.

5   Steve Kurtz, entretien avec Robert Hirsch, loc. cit.

de désobéissance civile, de contestation et de résistance populaires jusqu'à dans les années 1970 – est tombée désormais sous l'emprise du spectacle. «La stratégie fondamentale de résistance demeure identique : s'approprier les moyens autoritaires et les détourner contre eux-mêmes. Cependant, pour que cette stratégie soit efficace, il faut que la résistance – à l'image du pouvoir lui-même – se retire de la rue. Le cyberespace comme lieu et comme appareil de résistance reste encore à réaliser.» (ECD, 25) Avant de se pencher sur les lieux et non-lieux éventuels de l'art, le CAE a donc commencé en identifiant ceux de son adversaire – ceux du capital transnational[6]. «Le lieu du pouvoir – et le site de résistance – se trouvent dans une zone ambiguë sans frontières […]. La résistance au pouvoir nomade doit avoir lieu dans le cyberespace plutôt que dans l'espace physique.» (TED, 11, 25)

Cette réflexion sur le caractère difficilement localisable du pouvoir aujourd'hui était déterminante pour les tactiques d'action nomade que le CAE allait expérimenter par la suite. Par «actions nomades», le groupe entend les interventions qui ne dépendent pas de la médiation d'un lieu homologué ou d'un cadre légitimant. Membre fondateur du collectif, Steve Kurtz a défini les cinq principes sous-jacents aux tactiques du CAE :

spécificité *(le choix du contenu et des médias appropriés à partir des exigences spécifiques d'un public donné dans le contexte de sa vie quotidienne);* nomadicité *(la volonté de se confronter à n'importe quelle situation et de se déplacer sur n'importe quel lieu);* amateurisme *(la volonté d'essayer n'importe quoi, ou, ce qui revient au même, de refuser toute spécialisation);* déterritorialisation *(l'occupation d'un lieu qui prévoit l'abandon de celui-ci, ou l'anti-monumentalisme);* et contre-induction *(la reconnaissance que tout système de connaissance a ses limites et contradictions internes, que tout système de connaissance a une puissance d'explication dans un certain contexte, et que la contradiction est productive en général). Notre pratique ne concerne que le processus – le processus de résistance. Nous n'avons en tête aucune cause finale… Le CAE interagit avec le temps vécu en devenir dans une tentative de promouvoir la différence[7].*

L'art critique, tel que le conçoit et le pratique le CAE, est pour ainsi dire un phénomène clair-obscur : il cherche à éclairer mais en sacrifiant partiellement sa propre visibilité en tant qu'art, son efficience critique étant inversement proportionnelle à sa visibilité artistique. D'une part, cette approche est nécessitée par le cadre dans lequel le groupe intervient. Mais d'autre part, c'est une question tactique. Le CAE a rejeté la désobéissance civile électronique (qu'il avait prônée dans ses premiers écrits) dès lors que de telles pratiques furent décrétées illégales, moins pour des raisons morales que pour des raisons tactiques. Le groupe préconise toujours des actes de contestation qui se situent dans des non-lieux juridiques, des zones floues non encore assujetties à la législation.

À la lumière de ses textes et interventions, le CAE ressemble, pour ainsi dire, à un groupe d'«expérimentateurs-sans-qualités», indifférents à la distinction conférée par l'appartenance

6   À cet égard, on peut se demander si la notion même de «non-lieu», telle que l'utilise un Marc Augé, est autre chose qu'une traduction métaphorique du changement radical dans l'architecture du pouvoir délocalisé à l'époque du capitalisme transnational.

7   Steve Kurtz, entretien avec Ryan Griffis, «Tandom Surfing the Third Wave. Critical Art Ensemble and Tactical Media Production», www.lumpen.com/magazine/81/critical_art_ensemble.shtml.

à une discipline constituée, et plutôt soucieux d'arracher l'art à «l'ordre oculaire de la passivité». (ECD, 107) Le CAE a produit une critique incisive du monde de l'art, exprimant sa frustration devant le fait que la résistance finit invariablement comme une simple «ressource pour exploitation "artistique".» (TED, 19) La mise entre guillemets du mot «art» – effet rhétorique qu'on rencontre à plusieurs reprises dans les textes du CAE – met en évidence la distance critique que maintient le collectif à l'égard de ce qui est désigné conventionnellement par ce terme, mais elle ne l'annule pas. *Molecular Invasion* (2002), une initiative réalisée dans le cadre du projet de «sabotage biologique flou», est emblématique de la manière par laquelle le CAE déplace l'art sur le champ de la science tout en introduisant la science dans le cadre de l'art, dans un geste d'extra-territorialité réciproque. Le projet consistait à montrer comment, par un procédé de rétro-ingénierie biochimique, on pourrait inverser les effets du célèbre herbicide «Roundup» sur les plantes génétiquement modifiées (OGM) «Roundup Ready» développées par Monsanto. «Tout organisme possède un lien faible, et c'est précisément ce trait-là qui est censé lui conférer sa force. En ciblant la gène ou le processus biologique qui modifie l'organisme, *on transforme un trait d'adaptabilité en un trait de susceptibilité.*» (MI, 111) Et c'est précisément ce que le CAE s'est employé à démontrer lors d'une performance agrobiologique participative, en utilisant des produits chimiques non toxiques capables de cibler les enzymes vulnérables de colza, de maïs et de soja génétiquement modifiés.

Les interventions du CAE sont toujours le fruit d'une collaboration participative qui ne donnent lieu à aucune oeuvre; en effet, le groupe décrit les oeuvres d'art comme des «produits stratégiques», destinés à subordonner l'espace où se situe leur propre coefficient de visibilité. Selon le CAE, même les écrits théoriques doivent «résister aux yeux des médias» (DR, 27), soulignant que «la réussite d'un projet dépend de l'abandon du contrôle du lieu utilisé» (ECD, 50). À cet égard, l'analyse critique de ce que le groupe appelle le bunker est particulièrement intéressante : «Le *bunker* assure la sécurité et la familiarité en échange de l'abandon de toute souveraineté individuelle. Il peut fonctionner comme un agent séduisant proposant une illusion crédible de choix de consommation [...].» (TED, 27) Manifestement, le monde de l'art, et l'architecture sociale et physique de ses lieux homologués, constitue une sorte de bunker, quel que soit le discours de «résistance» qu'il se gratifie de promouvoir aujourd'hui. Et si séduisant soit-il, un bunker demeure un «lieu de manufacture d'une élite culturelle complice» (TED 29).

Recombinaisons extra-disciplinaires

En termes de méthodologie, le CAE se positionne aussi en dehors de toute discipline constituée et autorisée. Son approche est fondée sur ce que le groupe appelle la «recombinaison[8]» des savoirs – scientifiques, artistiques, extra-disciplinaires. «Participation, processus, pédagogie et expérimentation» sont les éléments-clés de sa méthodologie de recombinaison. Il s'agit d'un art arraché à la police du monde de l'art, et d'une science affranchie d'une culture d'experts. Affirmant qu'«aucun agrégat social n'est désigné comme

8 «L'époque est à la recombinaison : corps recombinés, genres recombinés, textes recombinés, culture recombinée.» (TED, 84)

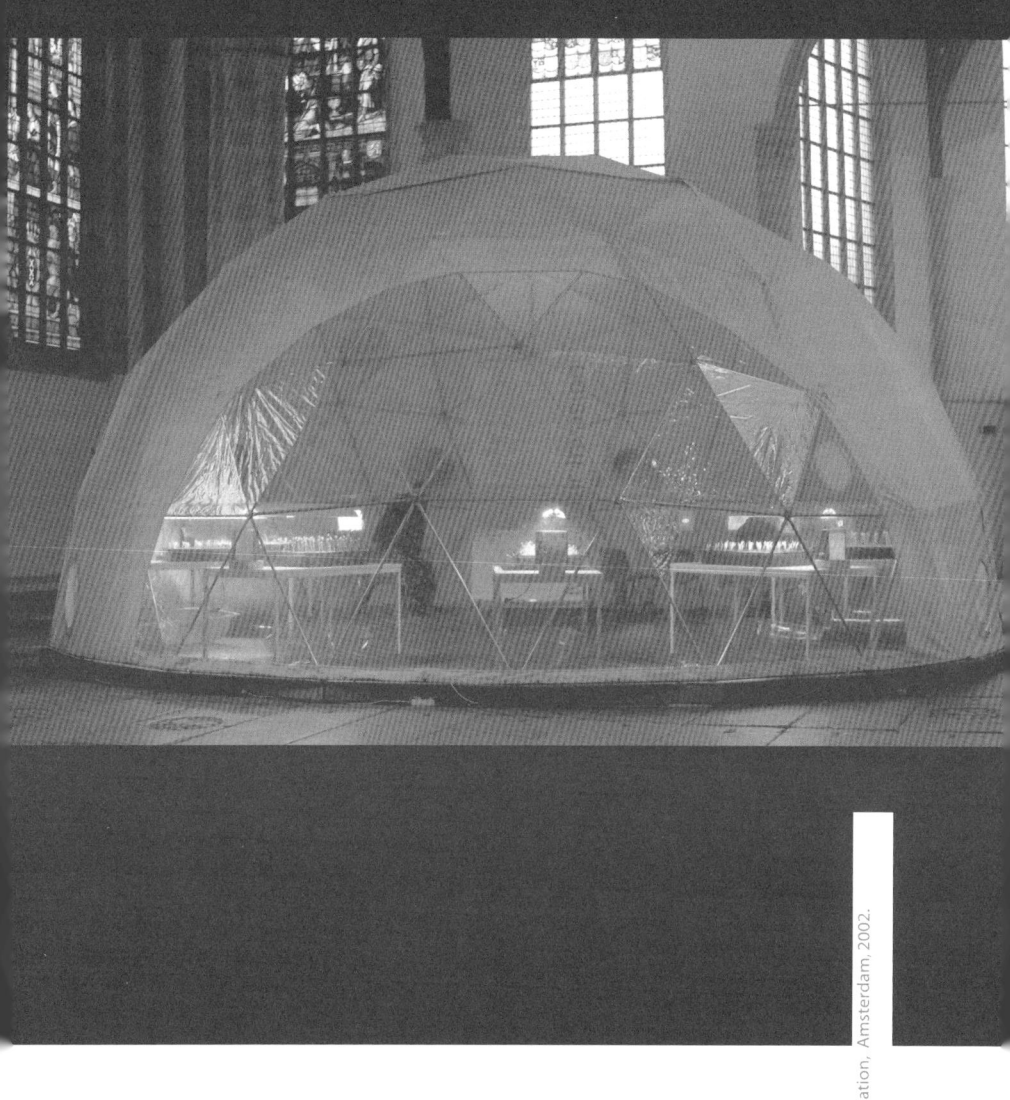

Critical Art Ensemble, *Molecular Invasion*, Installation, Amsterdam, 2002.
photo : CAE

public ni comme participants» (ECD, 51), le groupe réserve une critique particulièrement acerbe à la notion d'auteur, lui préférant un modèle de collaboration fondée non pas sur la similarité mais sur la différence (DR, 72)[9]. C'est à travers la notion de recombinaison que le CAE critique les valeurs conventionnelles sous-jacentes à l'art aujourd'hui, proposant – du moins implicitement – un art sans oeuvre, sans auteur et sans spectateur. Un art sans lieu propre.

Le CAE a donc toujours revendiqué, sans forcément l'exprimer en ces termes, un statut *extra-disciplinaire* pour l'art comme pour d'autres formes de production de connaissance. Ceci est particulièrement évident dans ses interventions de «biologie contestataire» fondées sur une mise à l'épreuve réciproque des savoirs artistique et scientifique. Depuis 1996, le CAE s'est tourné vers les sciences de la vie – en raison du rôle redoutable que celles-ci se sont vu attribuer dans la colonisation du vécu –, développant un programme de «biorésistance» susceptible de «ralentir, détourner, ébranler et perturber» des pratiques biotechnologiques qui menacent la vie et l'environnement, que le groupe désigne sous le terme d'«invasion moléculaire» (MI, 12). «Désormais, les vecteurs de pouvoir du capital peuvent se manifester dans la chair de tout être vivant[10].» À une science astreinte à une logique de rentabilité et de stratégie militaire, le CAE propose le modèle qui se veut contagieux *du scientifique amateur et citoyen*, cherchant à permettre aux gens de profiter des connaissances, matériaux et processus d'une science démythifiée[11].

Bien plus encore que l'art, la science est un lieu d'*anesthésie épistémologique*, pour reprendre le terme de Jean-Pierre Darré, qui l'emploie pour dénoncer le «racisme de l'intelligence» et plus exactement le processus d'aseptisation du savoir qui ne souffre plus discussion et qui paraît valoir en soi et pour soi. Darré dénonce les mécanismes d'exclusion qui font prévaloir un langage (celui de l'expert) à l'encontre des autres, dans ce qu'il appelle la «construction sociale des inférieurs conceptuels[12].» Le CAE refuse cette assignation subalterne tout comme il trouve contraire à l'intérêt public que la science soit tenue en otage par une convergence d'intérêts qui donne lieu à une culture d'experts – reliant technocrates, professeurs et patrons d'entreprises – appartenant tous à une sorte de *communauté épistémique*, caractérisée par un arrière-plan partagé de nature intellectuelle, mais surtout axiologique et idéologique. Le CAE s'applique à démythifier l'autorité de la science et, pour ce faire, sa tactique fondamentale est d'intervenir dans des lieux flous, encore indéterminés par la législation, d'investir des lieux liminaux, d'y intervenir un temps, et puis de passer à autre chose – technique qui lui permet de garder l'initiative, allumant un nouveau feu avant même que le précédent ne soit éteint. Ce principe est sans doute lié à la nécessité de contagion : car

9   La recombinaison est fondamentale à un art sans auteur : «ce n'est pas tant que le concept d'auteur soit mort, c'est qu'il a simplement cessé de fonctionner. L'auteur est devenu un agrégat abstrait [...]». (TED, 96)

10 Steve Kurtz, entretien avec Robert Hirsch, loc. cit.

11 Voir le texte de Beatriz da Costa, collaboratrice du CAE de nombreux projets,»Amateur Science, A Threat After All», http://locative.net/tcmreader/index.php?endo;dacosta. Et celui de Claire Pentecoste, «Reflections on the Case by the U.S. Justice Department against Steven Kurtz and Robert Ferrell». www.caedefensefund.org/reflections.html.

12 *La Production de connaissance pour l'action*, Paris, Maison des Sciences de l'Homme, 1999, p. 71.

les pratiques expérimentales développées par le CAE n'existent socialement que si elles sont imitées – que si elles s'avèrent contagieuses. Il ne s'agit pas de contester le potentiel de l'expérimentation; mais si l'art veut, enfin, retrouver une valeur d'usage, il doit se donner les moyens d'être contagieux.

L'art devrait-il bénéficier d'un non-lieu?

Le CAE ne s'est jamais fait d'illusions quant à la détermination du pouvoir à défendre ses intérêts. «L'actuelle stratégie d'État semble être de coller une étiquette de criminel à tout ce qui n'optimise pas la progression du pancapitalisme et l'enrichissement de l'élite» (DR, 40), écrit-il en 2001. Et un an plus tard : «Nous ne voulons pas faciliter la tâche au spectacle capitaliste de coller aux résistants une étiquette de saboteurs ou pire d'éco-terroristes.» (MI, 98) À la lumière de ce qui est arrivé à peine deux ans plus tard à l'un des membres fondateurs du CAE, ces phrases paraissent terriblement prémonitoires. Le matin du 11 mai 2004, Steve Kurtz s'est réveillée à côté du corps inanimé de sa femme, Hope Kurtz, elle aussi membre fondatrice du CAE, dans leur maison à Buffalo. Une autopsie pratiquée par le médecin légiste cantonal a révélé qu'elle était morte d'une crise cardiaque. Or, comme sa mort était inattendue, la police municipale s'est présentée à la maison et, lors de cette enquête de routine, s'est intéressée au matériel scientifique dont le laboratoire mobile d'extraction d'ADN utilisé par le CAE dans ses performances, ainsi qu'à une étagère de livres consacrés à l'épidémiologie et à l'histoire de guerre biologique qui, aux yeux des agents de police, semblaient potentiellement séditieux et sans doute incompatibles avec les affirmations répétées de Kurtz qu'il s'agissait de matériel de recherche artistique. Le lendemain, Kurtz fut placé en garde à vue par des agents du FBI et du détachement spécial anti-terroriste. Relâché un jour plus tard, il ne pouvait toutefois rentrer chez lui, puisque le FBI avait ordonné que toute la rue soit bouclée et la maison scellée. Pendant 36 heures, des agents fédéraux perquisitionnaient au domicile, saisissant du matériel informatique et scientifique, des documents, une partie de sa bibliothèque ainsi que son passeport; même le cadavre de sa femme était soumis à une deuxième autopsie à la demande du FBI (qui a fini par confirmer les conclusions de la première). Ensuite, pendant trois jours, une équipe d'agents habillés en combinaisons de protection ont analysé la maison pour déterminer la présence de toxines. Six jours après la mort de sa femme, les autorités ont déclaré qu'il n'y avait rien de dangereux ni d'illégal, et Steve Kurtz fut autorisé à rentrer chez lui... Pour excessive qu'elle puisse paraître, la réaction de la police peut se comprendre dans l'ambiance sécuritaire généralisée; c'est la suite qui est extraordinaire – au point de suggérer que nous assistons à un véritable changement de paradigme quant à la manière par laquelle le régime américain entend gérer son rapport au symbolique : par une criminalisation de certaines pratiques para-artistiques.

Pendant les six semaines à venir, dix personnes – membres du CAE ou associés à lui – furent assignées à comparaître devant le grand jury fédéral qui instruisait une procédure sur de possibles infractions à la loi relative aux armes biologiques, étendue aux termes des nouvelles lois votées au nom de la lutte contre le terrorisme (le USA PATRIOT Act, à savoir «Uniting and Strengthening America by Providing Appropriate Tools Required to Intercept and Obstruct Terrorism Act»)[13]. La véritable question est de savoir si l'art – et

---

13 Les détails scientifiques de l'affaire ainsi que ses implications pour la recherche scientifique sont présentés par Margaret Kosal, «Art or Bioterrorism? Implications of the Kurtz Case for Research» Science and for Limiting Terrorist Threats», www.inesap.org/bulletin24/art26.htm.

plus encore les activités para-artistiques ouvertement critiques de l'autorité – devrait bénéficier, comme on dit, d'un non-lieu. De façon générale, en droit, on nomme *non-lieu* l'abandon d'une action judiciaire en cours de procédure si la juridiction d'instruction estime que l'infraction n'est pas établie et déclare qu'il n'y a pas lieu de poursuivre la procédure. Si en France c'est le juge d'instruction qui peut décider d'un non-lieu, auquel cas le procès n'a pas lieu; aux États-Unis, le non-lieu est prononcé par le Grand Jury, l'instance populaire qui détermine, suite à l'interrogatoire du prévenu par le procureur, si les éléments rassemblés par l'enquête justifient une action plus avant, s'il y a motif à inculpation.

Le procureur n'a pas réussi à persuader le Grand Jury d'inculper Steve Kurtz pour bio-terrorisme, comme initialement prévu; mais il est tout de même parvenu à le faire inculper pour fraude postale – un délit fédéral passible de 20 ans de prison – en insistant sur un détail relatif à la violation des termes d'un contrat de propriété intellectuelle. Robert Ferrell, professeur de biologie moléculaire à l'Université de Pittsburgh – et collaborateur de longue date du CAE – fut lui aussi inculpé pour fraude postale. Selon les termes de l'inculpation (disponible en ligne sur le site du CAE Defense Fund[14]), Ferrell aurait permis à Kurtz d'obtenir un échantillon de bactérie (d'une souche si inoffensive qu'elle est souvent utilisée dans les laboratoires de lycées) sans payer les 256 $ pour la licence. Le CAE avait l'intention d'utiliser les *Serratia marcescens* dans une simulation de guerre biologique : à cause de sa couleur rose foncée, l'organisme est facile à observer et permet de simuler des agents biologiques mortels – le programme américain d'armes biologiques offensifs l'avait utilisé aux mêmes fins au début des années 1950[15]. L'autre «agent biologique» (pour reprendre la terminologie de l'inculpation) saisi chez Kurtz était une variante non pathogène d'*E. coli* qui, comme le *S. marcescens*, est strictement sans danger et ne figure sur aucune liste de substances contrôlées. L'*E. coli* avait été employé par le CAE dans un projet intitulé *GenTerra* (2001), où des membres du groupe, se faisant passer pour des techniciens de laboratoire travaillant pour une entreprise fictionnelle de bio-technologie, interagissaient avec le public en effectuant des expériences relatives aux organismes génétiquement modifiés (OGM). Une partie du matériel saisi chez Kurtz – et toujours conservée comme preuve – avait été utilisée dans le cadre du projet *Free Range Grain* (2002) consacré à l'identification d'aliments génétiquement modifiés : les membres du public étaient invités à amener des graines ou des aliments qu'ils avaient chez eux ou qu'ils avaient achetés au supermarché, pour les faire analyser afin de détecter s'il y avait ou non des gènes exogènes – preuve de contamination transgénique.

Ce qui est contagieux et ce qui ne l'est pas

Kurtz et Ferrell avaient sans doute violé les conditions du contrat de transfert matériel, Ferrell ayant en effet cédé du matériel à Kurtz sans que celui-ci soit un utilisateur déclaré. Mais l'échange d'échantillons entre membres de la communauté scientifique est une

---

14 www.caedefensefund.org.

15 Voir Margaret Kosal, loc. cit.

Critical Art Ensemble, *GenTerra*, St. Norbert Art and Culture Center, Winnipeg, 2001.
photo : CAE

pratique aussi répandue que l'échange de fichiers par courriel; et si, techniquement, elle est interdite au même titre que celle qui consiste à échanger des logiciels brevetés, elle est aussi peu dangereuse. Certes on assiste depuis quelques années à une extension démesurée de la notion de propriété intellectuelle; et si les poursuites engagées contre Kurtz et Ferrell ne peuvent que contribuer à la privatisation des connaissances en cours, ce phénomène n'explique pas le zèle du procureur : il serait matériellement impossible de poursuivre devant une cour fédérale chaque rupture de contrat de trois sous. Il doit s'agir d'autre chose. Steve Kurtz lui-même soulève l'hypothèse suivante : «Supposez que notre seul objectif en utilisant des organismes vivants était de faire quelque chose de joli; supposez que nous représentions la bio-technologie comme quelque chose de convivial absolument sans danger. Nous aurait-on poursuivis? Bien sûr que non! Ils auraient adoré[16].» De quoi peut-il donc s'agir sinon d'une tentative de discipliner un art dissident qui ne respecte pas «l'ordre des corps qui définit les partages entre les modes du faire, les modes d'être et les modes du dire», pour reprendre les termes de Rancière; un art qui ne respecte pas son rôle d'inférieur épistémique dans la production et la diffusion de l'information bio-technologique; un art qui apparaît sous forme de science, et qui rend celle-ci visible à elle-même.

Le projet du Critical Art Ensemble a toujours consisté à retirer l'art – un certain art critique – de l'économie de rareté, qui fonde les privilèges symboliques de l'art dans la société. Ce serait hautement paradoxal si, au nom de la nécessité de défendre Kurtz contre l'acharnement d'un procureur idéologiquement motivé et soutenu par un gouvernement autoritaire, l'on venait à réinsérer sa pratique dans le sérail de l'art. Après tout, ne peut-on légitimement se demander si le travail du CAE relève encore de l'art? Ne s'agit-il pas plutôt d'une activité qui, bien qu'informée par des compétences artistiques et nourrie de son histoire, se situe sur un terrain si éloigné des préoccupations du monde de l'art, que le nom «art» ne lui correspond plus? Mais les conventions actuelles n'ont aucun monopole sur la définition de l'art – ni sur les circonstances où il peut avoir lieu. Et c'est là l'essentiel : l'art du Critical Art Ensemble représente un devenir possible de l'art, un devenir qu'on peut espérer véritablement contagieux, et c'est l'éclosion de ce devenir-là qu'il y a tout lieu de poursuivre. Au fond c'est de cela qu'il s'agit : chercheurs sans qualités, le CAE continue de ménager au coeur même de nos existences collectives des lieux sans qualités, des respirations tactiques – zones floues et à délaisser aussitôt –, des brèches transitoires dans l'ordre rationnel, encore préservées de toute discipline idéologique ou morale.

---

16 Cité par Stan Cox, «The $256 Question», www.alternet.org/story/23601/.

FUN AND
GAMES AND
MURDER!

National

By Any
Media
Necessary

Critical Art Ensemble, collage extrait de *Digital Resistance*, 2003.
image : courtoisie de CAE

Art Under the Radar
Reflections on the Critical Art Ensemble and the Kurtz Affair

Without the asset of a territory to work from, strategy is off the table, and we are left only with the choice of flying under the radar, responding to specific situations.[1]

Steve Kurtz

[...] most of the people who aren't from the art world who see our work never for a minute perceive it as art.[2]

Steve Kurtz

In keeping with its hallmark blend of artless naiveté and been-there-done-that artfulness, the world of contemporary art likes to imagine that art can now take place anywhere. Though there are places where it is at home, or more than at home (galleries, museums), there are supposedly no longer any which are off limits. Such delusions of ubiquitous grandeur have a variety of cultural underpinnings: for some, having annexed onto its own domain every nook and cranny of human experience, art has now colonized the life-world to such an extent that there is simply no place left to resist its sway; for others, slightly less ingenuous but somewhat more cynical, art can no longer lay claim to belonging to a visual regime different from and superior to a whole host of other symbolic activities and configurations, including fashion or advertising. Society's *artialisation* – to use Montaigne's apt expression – is merely part of the now general aestheticization of experience that is part and parcel of post-industrial capitalism. However, while it is certainly true that many artists have sought to wrest art from those places formerly exclusive to it – a significant part of their work consisting in producing its own milieu rather than submitting to the constraints of some ratified exhibition place – to imagine that art just takes place whenever and wherever it pleases in a stratified society such as ours is to indulge in wishful thinking, or to dumb oneself down to a distressing level of epistemological naiveté.

For of course art does not take place everywhere, and can in fact only take place if certain implicit conditions of possibility are fulfilled – and the onus is on the artworld to recognize them, if

STEPHEN
WRIGHT

only in order to challenge them. For instance, it goes almost without saying that for art to take place at all, it must be visible; indeed, it should enjoy the highest coefficient of artistic visibility possible. In art, being is not only being perceived (*essi ist percipi*, as Berkeley put it), but being perceived *as such*. So self-evident does this appear, that it scarcely seems to bear mention, for in the absence of the framing devices separating art from mere real things, objects and activities of whatever description obstinately refuse to change their perceptual and ontological status to become art. The past decade, however, has witnessed the emergence of an increasing number of practices, which, though informed by artistic competence and intention, have such a low coefficient of artistic visibility as to be imperceptible as art. We *see* something, but not as *art*. What, then, are the determinant framing devices that dictate the conditions under which art appears in the world – at least under current conventions? Three normative assumptions form a sort of implicit compact: that art necessarily and almost naturally manifests itself in the world in the form of an *artwork*; that art takes place through the intermediary of an artist, whose bodily presence and creative authority – upheld by the signature – guarantee the artistic authenticity of the proposition, underwritten by *authorship*; that art takes place before homogenized aggregates of visual consumers that make up the institution of *spectatorship*. Questioning the places and non-places of art thus involves at the same time raising the question as to *who* is authorized to do art. Who, in other words, is invested with the authority required to insure the acquiescence of the spectator? For ultimately, if the spectator fails to adhere to the artistic nature of the proposition, thus validating its quest for recognition ("this is art") through the voluntary suspension of disbelief, art cannot take place at all.

Investigators Without Qualities

Fortunately, a growing number of artists and artists collectives are questioning the need for art to conform to these normative constraints. In the place of the sacrosanct artwork, some are favouring an art which remains open and process-based, showing scant concern for the usual criteria of showing and disseminating, refusing to subordinate process to any extrinsic finished product. Others (often the same), in an attempt to challenge the artist's authority, have come to advocate co-authorship, broadening responsibility for the creative process to all those taking part. And then there are those (invariably the same) who instead of contributing to an art whose legitimacy relies on recognition by the spectator, refuse this conventional division of visual labour (whereby subject$_1$ produces an object for delectation by subject$_2$), preferring interventions, which, though not exempt from the exigencies of the public sphere, have only a negligible coefficient of art-specific visibility. Such practices undermine positions of authority and diminish the remit historically attributed to experts of expression.

Envisaging an art without artwork, without authorship and without spectatorship has an immediate consequence: art ceases to be visible as such. For practices whose self-understanding stems from the visual arts tradition – not to mention for the normative institutions governing it – the problem cannot just be overlooked: if it is not visible, art

---

1   Interview with Robert Hirsch, "The Strange Case of Steve Kurtz: Critical Art Ensemble and the Price of Freedom", in *Afterimage* (May-June, 2005).

2   Ibid.

eludes all control, prescription, and regulation – in short, all "police." In a Foucauldian perspective, one might argue that the key issue in policing art is the question of visibility. As Jacques Rancière put it in his now classic definition,

...the police is, in its essence, the law which, though generally implicit, defines the part, or lack of part, of the parties involved. [...] The police is thus above all a bodily order that defines the partition between means of doing, means of being, and means of saying, which means that certain bodies are assigned, by their very name, to such and such a place, such and such a task; it is an order of the visible and the sayable, which determines that some activities are visible and that some are not, that some forms of speech are heard as discourse while others are heard as noise.[3]

The art police acts tacitly, its hidden injunctions only becoming perceptible with the benefit of hindsight, when the shape of an era or movement slowly comes into focus. Rancière's analysis applies not only to art, but more generally to the partition of the real between places and non-places of knowledge, visibility, and legitimacy. It also enables us to better see how actions and words are distributed in keeping with a line that has been defined *a priori*. This line of partition between practices that are admitted and those that are discredited, between what must be said and what cannot be said (socially mandatory and forbidden speech), between places and non-places, is nowhere so con-sequence-laden as in the realm of science, which has become the institution of authori-ty overseeing the production of knowledge in our secular societies.

Let's flesh out these somewhat speculative remarks by looking at the work of the Critical Art Ensemble (CAE), an American artists collective, founded in 1987 and made up of eight or so members with a variety of skill backgrounds. The CAE's basic project has always been to draw attention to this demarcation line as the line of conflict which it has always been; to contest the semiotic order that it upholds; to undermine the authority and enti-tlement of professionals of knowledge and expression; and above all, to confront the contemporary semiotic economy – which has enrolled words and knowledge in every domain – with informed speech in excess, making it hard to stifle and impossible to contain. The hallmark of cognitive capitalism is the proliferation of knowledge and speech, and the CAE has set out to autonomize both, to wrest them from their places of specialization, so that capitalism will – as it always does – encounter resistance in the very place it is building up the conditions of its new productivity, bringing upon itself the very contradictions introduced by its own development. Through their theoretical writings (often in the form of manifestos) and performative interventions, the collective has sought to take part in producing an informed public discourse by "opening the know-ledge bases and dissolving boundaries of specialization." (MI, 34, 65)[4] "The mission has always been very simple," explains founding member Steve Kurtz: "develop tactics and tools of resistance against the authoritarian tendencies of a given cultural situation."[5]

3 *La Mésentente* (Paris: Galilée, 1995), p. 52. Our translation.

4 The Critical Art Ensemble has published five books, all of which can be freely downloaded from the group's website, www.critical-art.net. Throughout my essay, excerpts from *The Electronic Disturbance* (1994), *Electronic Civil Disobedience and Other Unpopular Ideas* (1996), *Digital Resistance. Explorations in Tactical Media* (2001), and *The Molecular Invasion* (2002) will be indicated in parentheses by the abbreviation of the title followed by the page number.

5 Steve Kurtz, interview with Robert Hirsch, art. cit.

Places and Non-Places of Cultural Resistance

The CAE played a leading role in the emergence of a loose assortment of practices which would come to be grouped under the generic term of "tactical media," and in nudging that movement in the direction of what could be described as "recombinant interventionism." During its first decade of existence, the Ensemble devoted much of its energy to rethinking the links between art and activism in the era – and in the quasi invisible realm – of cyberspace.. In the group's analysis, the street – an effective place of civil disobedience, popular protest, and resistance up until the 1970s – had fallen into the clutches of spectacle by the 1980s. "The fundamental strategy for resistance remains the same – appropriate authoritarian means and turn them against themselves. However, for this strategy to take on meaning, resistance – like power – must withdraw from the street. Cyberspace as a location and apparatus for resistance has yet to be realized." (ECD, 25) In other words, before even contemplating the potential places and non-places of art, the CAE began by identifying those of transnational capital.[6] "The location of power – and the site of resistance – rest in an ambiguous zone without borders. [...] Nomadic power must be resisted in cyberspace rather than in physical space." (ED, 11, 25)

This reflection on the elusive and shifting locus of power today was determinant for the nomadic action tactics which the CAE would subsequently develop. The term "nomadic action" refers to interventions which do not depend on the mediation of a duly validated site or legitimating framework, and is premised on five tactical principles:

specificity *(deriving content and choosing media based on the specific needs of a given audience within their everyday life context);* nomadicality *(a willingness to address any situation and to move to any site);* amateurism *(a willingness to try anything, or negatively put, to resist specialization);* deterritorialization *(an occupation of space that is predicated upon its surrender, or anti-monumentalism);* and counterinduction *(a recognition that all knowledge systems have limits and internal contradictions, and that all knowledge systems can have explanatory power in the right context, and that contradiction in general is productive). Our practice is about process only – the process of resistance. We have no final cause in mind. [The] CAE interacts with the becomings of lived time in an effort to expand difference.*[7]

Critical art, as envisioned and practiced by the CAE, is something of a twilight enterprise: it sheds light but only by partially sacrificing its own visibility as art, its critical efficacy being inversely proportional to its artistic visibility. On the one hand, this approach is made necessary by the frameworks in which the group intervenes, and its fields of preference, such as real-time research on transgenic organisms. But on the other hand, it is a tactical question. The CAE repudiated electronic civil disobedience (which it had considered a viable option in earlier texts) as soon as such practices were deemed unlawful, less on moral grounds than for obvious tactical reasons. The group advocates acts of protest in places still protected by negative freedom (where in the absence of a law prohibiting something it remains legal), in fuzzy zones not yet under the sway of legislation.

---

6   In this respect, one is inclined to wonder if the very notion of "non-place," as used by Marc Augé, is really anything more than a metaphorical translation of the radical shift in the architecture of delocalized power in the age of transnational capital.

7   Steve Kurtz, interview with Ryan Griffis, "Tandem Surfing the Third Wave. Critical Art Ensemble and Tactical Media Production", in www.lumpen.com/magazine/81/critical_art_ensemble.shtml.

In light of its texts and interventions, the CAE might be described as a group of "experimenters without qualities," indifferent to the distinction conferred by belonging to an established discipline, and intent on extricating art from what they nicely refer to as "the ocular order of passivity." (ECD, 107) The CAE has developed an incisive critique of mainstream art world practices, expressing frustration at the fact that resistance invariably ends up as a mere "resource for 'artistic' exploitation." (TED, 19) Quotation-marking the word "art" – a rhetorical device one encounters more than a few times in the CAE's various texts – underscores the critical distance which the collective maintains with regard to what is conventionally designated by the term, without cancelling it out.

"Molecular Invasion" (2002), an initiative developed within the framework of the "fuzzy biological sabotage" project, is emblematic of how the CAE catapults art into the field of science while displacing science into the framework of art, in a gesture of extraterritorial reciprocity. The project consisted in showing, by means of biochemical reverse engineering, how the effects of the Monsanto Corporation's infamous "Roundup" herbicide on genetically modified (GMO) "Roundup Ready" crops could be tampered with and potentially turned around. "Any offending organism has its weak link, and it is precisely the same trait that supposedly makes it strong. The gene(s) or biological process that modify the organism can be targeted, and *turned from a trait of adaptability into one of susceptibility.*" (MI, 111) That, in a nutshell, is the CAE's modus operandi: home in on the contradiction inherent in any system, poke at it, and let it fester – publicly. And that is precisely what the CAE did in the course of a full-fledged, participatory agrobiological performance, using non-toxic chemical products capable of targeting the vulnerable enzymes of genetically modified crops of canola, corn, and soybean.

Like all the CAE's interventions, this project stemmed from teamwork and was not geared toward producing an artwork; indeed the group typically describes artworks as "strategic products," intended to subordinate the space they occupy to their own coefficient of visibility. According to the CAE, as with their interventions, theoretical texts should "resist the eyes of the media," (DR, 27) stressing that "the success of the work is dependent upon the relinquishing of control of a given area." (ECD, 50) In this respect, the group's critical assault on what it refers to as the "bunker" is particularly interesting: "The bunker guarantees safety and familiarity in exchange for the relinquishment of individual sovereignty. It can act as a seductive agent offering the credible illusion of consumptive choice…." (TED, 27) Clearly, the artworld, like the social and physical architecture of its official spaces, constitutes a sort of bunker, in spite of the discourse of "resistance" which it is so intent on promoting. And however alluring their appearances, bunkers remain "locations to manufacture a complicit cultural elite […] or sites of manufactured continuity." (TED, 29)

Recombinant Extra-Disciplinarity

In terms of method too, the CAE positions itself outside of any constituted and authorized discipline. The group's approach is premised on what it calls the "recombinant"[8] use of extra-disciplinary scientific and artistic knowledge. "Participation, process, pedagogy

---

8 "This is the age of the recombinant: recombinant bodies, recombinant gender, recombinant texts, recombinant culture." (TED, 84)

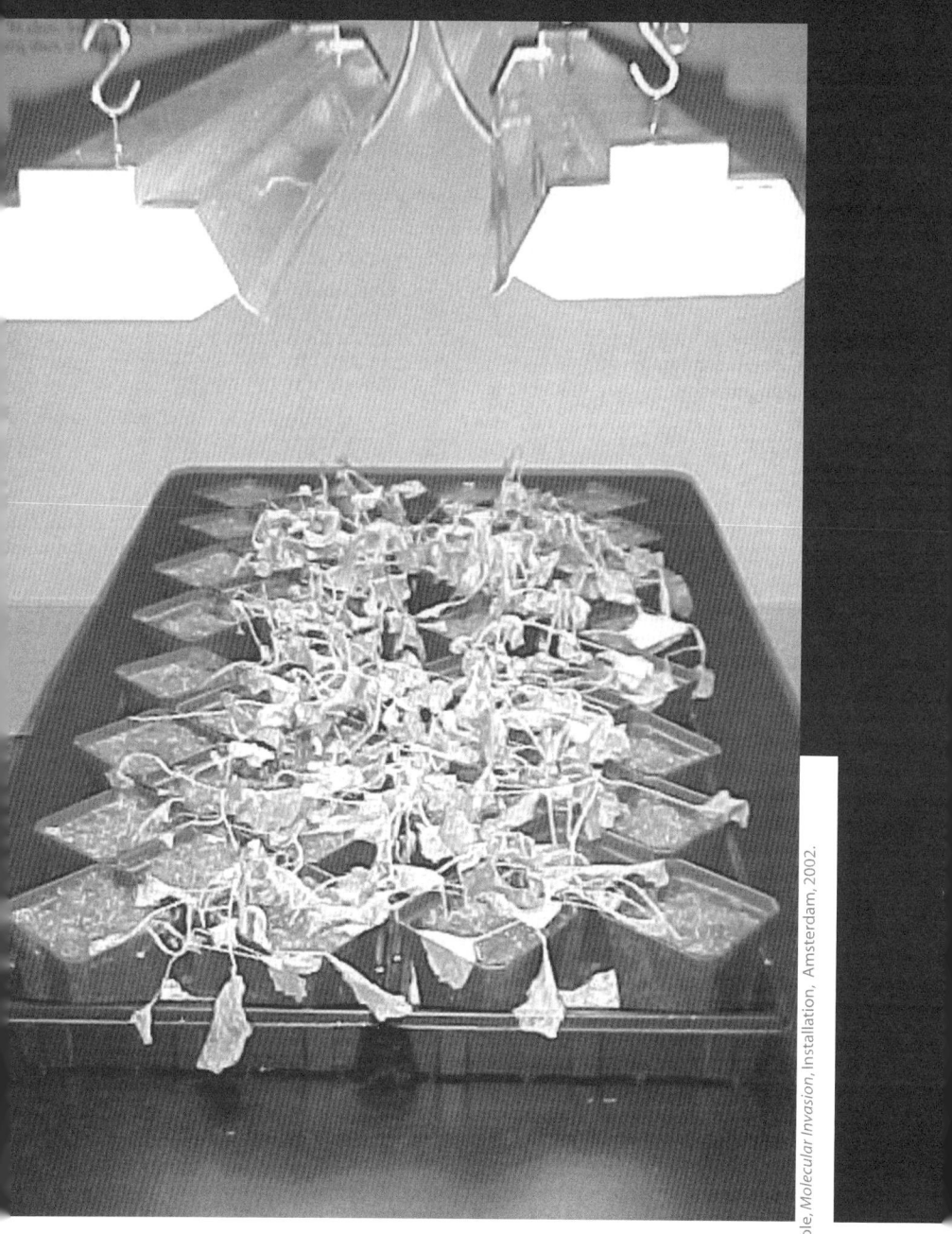

and experimentation" emerge as the watchwords of this recombinant methodology, which generates a form of art freed from the policing of the art world and a form of science liberated from a culture of experts. Asserting that "no social aggregate is designated as audience or participants," (ECD, 51) the group has formulated a particularly acerbic critique of the notion of authorship, in favour of a collaborative model of art production, founded upon difference rather than similarity. (DR, 72)[9] By seeing critical culture as, fundamentally, a place of recombinant energies and materials, the CAE is able to provide an alternative to the conventional values underpinning art today, proposing – at least implicitly – an art without objecthood, authorship, or spectatorship. An art freed from any place it has to call its own.

The CAE has therefore always laid claim to an extra-disciplinary status for art and other modes of knowledge production, without necessarily expressing it in those terms. This becomes particularly clear in the group's "Contestational Biology" interventions, which are explicitly rooted on a two-way crossover of artistic/scientific knowledge and know-how. Since 1996, the CAE has shifted its focus toward the life sciences; a logical choice given the formidable role that biotech practices have come to assume in the colonization of every aspect of life and the environment. The group has developed a programme of "bioresistance," bent on "slowing, diverting, subverting, and disturbing" what they starkly refer to as the "molecular invasion." (MI, 12) "Now capitalist power vectors can manifest themselves in the flesh of all living things."[10] In the place of scientific institutions increasingly beholden to cost-benefit agendas, profit-making, or military strategy, the CAE has put forth a freely infectious model of an amateur, citizen-based science, enabling people to engage with the knowledge, materials, and processes of demystified scientific inquiry.[11]

To an even greater extent than art, science is a place of epistemological anaesthesia, to use the term that Jean-Pierre Darré coined to denounce the "racism of intelligence," and more precisely, the sterilization and decontamination processes to which knowledge is subjected in order to produce a form of science that brooks no further discussion and whose legitimacy appears self-evident. Darré points up the mechanisms of exclusion which allow one language (that of the expert) to prevail over all others, in a process he condemns as the "social construction of conceptual inferiors."[12] The CAE spurns any such subaltern assignation and considers, contrary to the public good, that scientific experimentation be held hostage by a convergence of

9   Recombinance provides the practical and theoretical underpinnings of an art without authorship: "the concept of the author did not so much die as it simply ceased to function. The author has become an abstract aggregate." (TED, 96)

10   Steve Kurtz, interview with Robert Hirsch, art. cit.

11   See the essay by Beatriz da Costa, collaborator on many of the CAE's projects, "Amateur Science, A Threat After All", http://locative.net/tcmreader/index.php?endo;dacosta. And that of Claire Pentecoste, "Reflections on the Case by the U.S. Justice Department against Steven Kurtz and Robert Ferrell", http://www.caedefensefund.org/reflections.html.

12   La Production de connaissance pour l'action (Paris: Maison des Sciences de l'Homme, 1999), p. 71. Our translation.

particular interests, giving rise to a capital-intense culture of experts – bringing together technocrats, academics and investors – all of whom belong to a sort of *epistemic community*, sharing a common intellectual and above all axiological and ideological background. The CAE is intent on demystifying the authority of science, and to this end its basic tactic has been to target fuzzy areas still unsaturated by legislation, to occupy liminal zones, intervening briefly before moving on to something else. By relinquishing everything but the initiative, the group stays one step ahead, setting new fires even before the previous ones have been put out. The underlying principle here is doubtless linked to the (still under-theorized) need for contagion in tactical media work: the experimental practices developed by the likes of the CAE exist socially only if they are imitated – if they prove contagious. There can be no doubting the potential inherent in experimentation per se; but if art is, albeit belatedly, to acquire some operative use-value, it must find ways to make itself infectious.

Does Art Have Any Place in Court?

The CAE has never had any delusions as to power's will and means to defend its self-interests. "Current state strategy seems to be to label as criminal anything that does not optimize the spread of pancapitalism and the enrichment of the elite," they wrote in 2001. (DR, 40) And a year later: "We do not want to make it easy for capitalist spectacle to label resisters as saboteurs, or worse, as eco-terrorists." (MI, 98) In light of what one of the CAE's founding members would face just two years later, these remarks appear terribly prescient. On the morning of 11 May 2004, Steve Kurtz woke up next to the lifeless body of his wife, Hope Kurtz, another founding member of the CAE, in their home in Buffalo. An autopsy carried out by the county coroner would subsequently reveal that she had died of heart failure, but because her death was unexpected, local police visited the Kurtz home and, in the course of a routine investigation, came upon the science equipment in the couple's home studio, including the mobile DNA extraction lab (which the CAE used in its science performances), as well as a shelf full of books devoted to epidemiology and the history of biological warfare. All of this seemed, in the eyes of the police constables, potentially seditious and quite incompatible with Kurtz's insistence that it was artistic research material. The following day, Kurtz was held for extended questioning by agents from the FBI and the Joint Task Force on Terrorism. He was released a day later, after obtaining a lawyer, but could not return home because the FBI had cordoned off Kurtz's street and ordered his house seized and sealed. Over the next 36 hours, federal agents searched his home, seizing computer and scientific material, documents, part of his library, and his passport; his wife's body was subjected to a second autopsy at the insistence of the FBI (the results only confirming those of the previous one). Then, for three days, a team of agents in hazmat suits scoured the house for biohazards. Six days after his wife's death, Kurtz was allowed to return to his home, it having been determined there was nothing dangerous or unlawful. Though clearly unwarranted, the police's overreaction would be just another bizarre story engendered by the atmosphere of general insecurity in the United States, were it not for what happened next – which is extraordinary to the point of suggesting that we may be witnessing a veritable paradigm shift in how the American administration intends to manage the symbolic order: by criminalizing certain art-related practices.

Over the following six weeks, ten people – members and associates of the CAE – were subpoenaed to appear before the federal grand jury investigating Kurtz for possible violations of The Biological Weapons Statute, expanded under the recent USA PATRIOT Act (Uniting and Strengthening America by Providing Appropriate Tools Required to

Intercept and Obstruct Terrorism Act).[13] Fundamentally at issue here is whether *art* – and more broadly, *art-related* activities openly critical of authority – has any *place* at all standing accused in a court of law. Under American law, it is up to a body of citizens known as a grand jury to decide if the charges brought against a defendant have any place in court – if there are, in other words, grounds to proceed to trial. If after review of the prosecutor's evidence, a majority of grand jurors find it insufficient to indict and thus refuse to endorse the written indictment submitted to it for its approval, they return a "no bill" (as opposed to a "true bill") also known as a "bill of ignoramus" (meaning, literally, "we know nothing of it"), in which case no criminal trial takes place.

The prosecutor initially sought to indict Steve Kurtz for bioterrorism, but the grand jury could not be persuaded to go that far; however, the prosecutor was able to have Kurtz indicted for wire and mail fraud – a federal offence which carries a maximum sentence of 20 years in jail – by focusing on a technicality having to do with the breach of a purchase agreement on a patented sample, which Kurtz had obtained through the mail from Robert Ferrell, a professor of molecular biology at the University of Pittsburgh – and long-standing collaborator on CAE projects – who was also indicted on the same charges. According to the indictment (available online on the CEA Defence Fund's website)[14], Ferrell mailed Kurtz a sample of bacteria (of a strain so harmless that it is regularly used in high-school science labs) without having him pay the $256.00 licensed-user fee. The CAE intended to use the Serratia marcescens for a biological war simulation performance: because of its bright pink colour, the organism's spread is apparently easy to track, making it possible to simulate more lethal biological substances (the same reason the American offensive biological weapons programme used it in wide-scale tests the early 1950s).[15] The other "biological agent," to use the prosecutor's terminology, seized in Kurtz's home, was a non-pathogenic variant of endogenous E. coli, which like the S. marcescens, is strictly harmless and does not appear on any list of controlled microorganisms. The E. coli had been used by the CAE in a project entitled "GenTerra" (2001), in which members of the group, dressed up as lab technicians working for a fictional biotech company, interacted with the public by doing experiments on genetically modified organisms (GMOs). Much of the other material seized from Kurtz's home – and still held as evidence – had been used in the "Free Range Grain" project (2002), which had to do with the identification of genetically modified food: members of the public were invited to bring in seeds or food products from their homes, or that they had bought at the supermarket, and analyze them in order to detect the presence of any non-native genes – proof of transgenic "contamination."

What's Contagious and What's Not

Kurtz and Ferrell may well have breached the conditions of the material transfer agreement (MTA), and Ferrell no doubt allowed his former colleague to obtain patented material even though Kurtz was not a registered customer. But sample-sharing between

---

13 The scientific details of the case, as well as its potential implications for future scientific research, are well laid out by Margaret Kosal, "Art or Bioterrorism? Implications of the Kurtz Case for Research Science and for Limiting Terrorist Threats," www.inesap.org/bulletin24/art26.htm.

14 www.caedefensefund.org

15 See Margaret Kosal, art. cit.

Mission Statement

FAQ

Bacteria Basics

Problems and Solutions

Bacteria in Action

Transgenic Myths

Risk Assessment

MENU

GenTerra
Transgenic Solutions for a Greener World

"...An example of accidental release in the U.S. is that of the gypsy moth, Lymantria dispar, one of North America's most devastating forest pests. The species originally evolved in Europe and Asia and has existed there for thousands of years. In either 1868 or 1869, the gypsy moth was accidentally introduced near Boston by E. Leopold Trouvelot. ..."

Problems and Solutions in Biological Environmental Resource Management

During the 19th century, the idea emerged that environmental resources could be artificially controlled through introducing alien species into ecosystems. In truth, such introductions have occurred for centuries on both an intentional and unintentional basis. During the age of world colonization by the West, various species were being transported from ecosystem to ecosystem at an alarming rate. Throughout history there are many examples of such transferences, although they primarily involved viruses and other parasites jumping from host to host as they went from one culture to another. Indeed, one would think that such occurrences would have made people more cautious, given the catastrophes that befell many cultures during times of hybridization. Instead, alien biological resources were believed of use as a means to solve environmental problems, and thus members of the scientific community is as widespread a practice as file-sharing by email; and though technically prohibited in the same way exchanging licensed software is, it is equally as harmless. Certainly, the past several years have seen a staggering extension of intellectual property rights; and though the prosecutor may hope to make an example of Kurtz and Ferrell, by setting a new benchmark in upholding private property legislation in the realm of science, this alone cannot account for his dumbfounding zeal: it would be materially impossible to drag every nickel-and-dime breach of an MTA before a federal court. Something else is at stake here. Kurtz himself puts forth the following thought experiment: "Suppose we were using living organisms just to make something pretty, that we were making biotech seem safe and fun. Would we be prosecuted? No way! They'd love that."[16] At stake, then, is an attempt to *discipline* a dissident art practice which does not respect "a bodily order that defines the partition between means of doing, means of being and means of saying," to use Rancière's terms; an art which does not respect its role as an epistemic inferior in the production and distribution of biotech information; an art which appears in the form of science, and which makes the latter visible to itself.

The Critical Art Ensemble's project has always consisted of liberating art – a certain critical art – from the economy of scarcity that ensures art's symbolic privileges in society. It would be highly paradoxical if, in defending Steve Kurtz against malicious and ideologically motivated prosecution, one ended up bringing the group's practice back into the fold of art – into the seraglio of privilege. After all, couldn't one legitimately question whether the CAE's work falls within the purview of art at all? Isn't it rather an activity, which, though informed by artistic competence and fomented by its fascinating history, situates itself on a terrain so far from the current preoccupations of the artworld that it is beyond the scope of the word "art" in any meaningful sense? Those are fair questions, but the obvious rejoinder puts them immediately to rest: current conventions have no monopoly over the definition of what art is or isn't – nor over the circumstances as to where and when it can take place. And that is the crux of the issue: art as practiced by the Critical Art Ensemble represents a possible becoming for art, a becoming which will hopefully prove contagious, and there is surely every reason to pursue the opening-up of that fissure. Which is exactly the point: investigators without qualities, the Ensemble's members work to open up places without qualities, tactical breathing spots – fuzzy zones to be occupied then relinquished – at the very core of our collective existences, transitory breaches in the rational order, still unfettered by ideological or moral discipline.

16 Steve Kurtz, quoted by Stan Cox, "The $256 Question", www.alternet.org/story/23601/

COUNTDOWN
5 ART CAUSE FOR ALARM?
MSNBC

FBI Raid at Steve Kurtz's place, May 12, 2005.
picture: CAE

L'art est partout, définitivement, l'institution aussi

Disons-le abruptement : si l'on excepte le réseau (Web) et, afférente à celui-ci, la création numérique véhiculée sur Internet (une forme d'expression vieille de dix ans bientôt...), il n'y a concernant l'art des années 1960 à nos jours aucun «lieu» (d'expression, d'implantation) à proprement parler «nouveau». Et encore l'art «en réseau» n'est-il que le développement factuel – permis par la technologie émergente – de formules artistiques «en déplacement» rodées depuis le tout début du 20ᵉ siècle, avant de s'y banaliser : le courrier décoré de Raoul Haussmann avant le mail art, le copy art et le fax art. Bref, poser la question du «lieu de l'art» en en interrogeant l'éventuelle nouveauté a toutes les chances en somme de déboucher sur cette réponse attendue, programmée par les faits : la routine, en tout et pour tout.

Le parti de l'«illimitation»

Il y a à cette routine une explication logique : l'artiste, de longue date, a choisi le lieu d'expansion de son art. Et a choisi, ce faisant, d'«illimiter» ce lieu : les surréalistes, élisant la marche comme objet d'art, se rendent à l'église Saint-Julien-le-pauvre; Filliou et Patterson promènent la Galerie Légitime dans un chapeau; le même Filliou, à Düsseldorf, se couche sans autre forme de procès sur un trottoir pour y réaliser son film *Düsseldorf est un meilleur endroit pour dormir*, dont il est l'unique acteur; Marinus Bœzem signe le ciel d'Amsterdam de son nom en utilisant un avion et des fumigènes, ou signe de sa main un polder, qu'il s'approprie; Nicolas Uriburu colorise en vert des segments de fleuves tels que le Rio de la Plata ou la Seine; Jean Vérame, Richard Long, Michael Heizer se retirent dans de lointains déserts et y composent à même la roche des formes diverses; Giovanni Anselmo se contente pour sa part de prendre la pose le long des flancs du Stromboli, au lever du soleil; Daniel Spœrri organise des repas dans des galeries d'art; et Gunther Brus, à l'occasion d'une de ses Actions Ana, une auto-exposition de peinture dans les rues de Vienne, son corps maculé de blanc promené entre les passants...

Autant le reconnaître, au risque de décevoir les tenants récents du genre «Art au dehors» : il y a bien longtemps qu'on ne compte plus

PAUL
ARDENNE

les réalisations artistiques qui recourent pour se déployer, eût dit Foucault, aux «espaces autres», et notamment à l'espace public. Parades dadaïstes et happenings féministes de COUM Transmissions ou de Suzanne Lacy, projections lumineuses de rue de Dan Graham, Krzysztof Wodiczko, Tony Oursler, du groupe Dunes... et installations sur la chaussée de Tadashi Kawamata, David Hammons ou Antonio Gallego composent à ce registre une liste fournie, de surcroît non limitative, qui valide sans forcer le statut hétérotopique de l'art moderne puis postmoderne. L'ouverture de cette liste, la fécondité des oeuvres qui la constituent résultent de ce postulat, que systématisera un Daniel Buren avec sa théorie de l'in situ : l'art ne peut prétendre être émancipé qu'à créer son propre lieu d'expansion, au lieu de le subir.

Déposséder l'institution

La maturité de l'art, à cet égard, se doit d'être jaugée au regard d'une graduelle remise en cause, aussi motivée que voulue libératrice : celle du *locus* institutionnel, à savoir la galerie d'art, le centre d'art, le musée d'art contemporain, considérés par nombre d'artistes comme autant de contre-lieux à déclasser d'office parce que lieux du pouvoir, de la sujétion et de l'esclavage de l'art. Remise en cause, faut-il insister, impérative, sans laquelle l'artiste ne peut prétendre à un autre statut que celui de pourvoyeur d'esthétique et, sur le marché des biens culturels, de maillon (parmi d'autres) de la grande chaîne aimantée *marchanderiale*.

C'est le refus de ce destin de collaborateur de l'économie de la marchandise (ce destin de traître, estimeront les plus radicaux des artistes engagés pour la libération tous azimuts de l'art : Gustav Metzger, John Latham, Supports Surfaces un temps, quelques membres de Fluxus, dont certains s'abandonneront pourtant, tel Ben habilement avec ses «produits dérivés» de type t-shirts ou plats décorés, aux sirènes du commerce) qui va guider la plupart des démarches de «relocalisation» de l'art. Tantôt les artistes se tenant dans l'orbite de l'institution mais en la mettant – autant que faire se peut – sous contrôle, contribuent à la création de musées : le musée d'art moderne de Lodz, le MoMA à New York, pour les plus fameux. Tantôt ils s'appuient sur des galeries amies, expérimentales, où montrer la création nouvelle importe plus qu'en écouler les produits et en tirer un profit matériel : galerie J à Paris pour les Nouveaux réalistes. Tantôt ils créent des lieux propres, lieux pour artistes, d'expérimentation, sans finalité mercantile, où se fédère un communautarisme de combat, de dissidence et d'excentrement : le restaurant-galerie-oeuvre *Food*, par Gordon Matta-Clark, Caroline Gooden et leurs amis à New York en 1972, le vaste mouvement des *artists run spaces* dans les années 1990. Tantôt, enfin, ils choisissent de «flotter» dans l'espace concret, de ne pas se fondre dans l'espace humanisé et culturalisé autrement qu'en passant, de manière éphémère, sans velléité d'inscription : André Cadere et ses *Bâtons*, l'art parasite, l'art mobile, etc.

Le cas de l'art conceptuel fournit à ce propos un exemple mémorable, quoique *in fine* malheureux, d'inversion du code. L'artiste, cette fois, décide de «piéger» le *locus* institutionnel de l'art, il cherche à renverser à son profit l'économie du pouvoir symbolique attaché par tradition à l'art. C'est le sens des *Closed Galleries Pieces* de Robert Barry, voyant ce dernier inviter le public à des vernissages programmés dans des galeries fermées. Faute d'une confrontation à des «oeuvres» proprement dites, ce même public est bien obligé de réfléchir à ce qu'est un vernissage, à ce qu'il représente de valeur conditionnée, à son caractère mondain, à la place qualifiée et non innocente que lui, public, est sommé d'occuper dans ce type d'événement. C'est le sens, encore, des multiples interventions d'un Michael Asher dans les musées nord-américains, visant toujours à démasquer la fonction récupératrice et instrumentalisante du lieu d'art, cet élément-clé de la consolidation du pouvoir symbolique dominant au profit du capital (l'art contemporain utilisé par ses détenteurs ou ses monstrateurs comme image de marque flatteuse, comme expression d'une inscription dans le mouvement, la mode, le présent assumé). Le risque, en l'occurrence, c'est cette récupération évoquée plus avant, et qui fut le lot tragique d'artistes à l'origine peu suspects d'une intégration sans condition dans le système de l'art établi. Le destin de l'art conceptuel, paradoxal, se révélera ainsi quelque peu funeste. Pour l'histoire, ce dernier devient en effet un art de musée par excellence, une figure de style ne pouvant être regardée, pensée et comprise qu'à l'aune de la question de la muséification et de l'institutionnalisation de l'art, une formule artistique perdant bientôt toute charge de sédition, à la fin avalée par cette institution à l'excès «structurante» et législative dont elle avait pourtant à l'origine fait son adversaire principal, sinon son fonds de commerce. Les *statements* du dernier Lawrence Wiener, affichés sur les cimaises de tous les musées modernes du monde, ne sont pas sans ambiguïté. En apparence, de la poésie murale, un jeu de langage : des mots en lettrage majuscule simplement placardés sur un fond blanc. En réalité, la même chose plus, sans doute, le signe d'une dépendance au musée, cet espace montrant et régissant avant tout autre et plus que tout autre la visibilité de l'oeuvre d'art.

Se faire et se maintenir visible : fatalité de la trahison

Le problème d'office posé par l'«illimitation» du lieu de l'art est, pour l'artiste, le suivant : rester visible en dehors du lieu institutionnalisé. Il est patent, en la matière, que la plupart des formules artistiques «hors-lieu» demeurent invisibles ou peu s'en faut, faute de publicité, faute de médiatisation, faute de ces grandes orgues au pouvoir magnétique aptes à aspirer le chaland comme un aimant la limaille. Et ce, au point de ruiner parfois la carrière historique de certains artistes dont l'oeuvre fut sans conteste respectable en soi et mémorable au regard de la création de leur époque. Jean Clareboudt, qui travaille à coloriser des fragments de désert, vaut bien Nancy Holt. Mais lui n'a pas bénéficié des puissants relais médiatiques ayant pour finir valorisé le land art nord-américain comme une formule singulière, lors même qu'il était en son temps l'expression d'un earthwork parmi d'autres. Et qui pour se souvenir, dans un registre artistique proche, de Jean-Ludovic Kaufner, un pionnier pourtant du land art et de l'art participatif, mais à la tâche loin de tout, indifférent, sa vie durant, à la question de la reconnaissance?

La règle fondamentale du *Esse est percipi* («être, c'est être perçu»)? En termes de réception de l'oeuvre, eu égard nommément à son avenir esthétique, une telle règle importe plus qu'aucune autre. Warhol, qui en savait quelque chose, arguait avec raison que «ce qui n'est pas vu n'existe pas». Médiatiser l'art «hors lieu», hélas!, commande un dispositif absurde, et aberrant : remettre au centre une forme de création s'accommodant fort bien de la périphérie tout en ayant choisi d'y prospérer, au départ du moins. Fatal si non soumis à amendement (à trahison), ce déficit potentiel de la médiatisation de l'art «hors lieu» explique le retournement courant de nombre d'artistes que leur situation prolongée à la marge finit par indisposer. De là les liens que ceux-ci ont soin de tisser bientôt avec la critique et avec les «passeurs» en tous genres (le commissaire, cet animateur culturel autoproclamé arbitre de l'histoire de l'art); dans cette perspective : intégrer l'espace officiel de monstration ou, dit autrement, mettre l'art de type «hors lieu» dans le «sur-lieu» (ou le lieu «sûr», pourrait-on dire en jouant sur le mots) que représente la surface d'accueil institutionnelle. Le retournement précoce d'un Daniel

Daniel Buren, *Photo-souvenir: Dominant-Dominé*, détail, travail in situ capcMusée d'art contemporain, Bordeaux 1991.
photo : © D.B - ADAGP

Buren se révèle à cet égard d'une logique infaillible. Les créations de Buren, dès avant les années 1980, abandonnent la rue, leur première zone d'expansion, pour virer à l'opération de décor en cadre institutionnel signalé. Des créations prétendument subversives, dont l'intrusion censée constituer une remise en jeu des pouvoirs (mais qui peut être assez naïf pour y croire?) sanctifie en réalité l'abandon de l'artiste à la maîtrise d'ouvrage et à son employeur expositionnel. Ainsi, de Buren, la formidable installation *Dominant/Dominé* que l'artiste français réalise voici dix ans au CapcMusée d'art contemporain de Bordeaux, et dont le titre semble d'ailleurs constituer un aveu implicite, quoique ambivalent. Cette oeuvre monumentale prend la forme d'un gigantesque miroir incliné à la dimension même de l'espace d'exposition, miroir réfléchissant les voûtes de celui-ci – le magnifique entrepôt de denrées coloniales Lainé, réhabilité par les architectes Valode et Pistre –, et dont le reflet intensifie la présence au-delà toute espérance. Où l'argument du «hors-lieu», dans ce cas, n'en est plus un, devient un simulacre, mime la dissidence, s'allonge sous le Père, bref, se prostitue à la norme expositionnelle courante. Si l'artiste montre, c'est bel et bien l'institution, jouant le rôle du maître, qui encadre.

Le temps des artistes dehors-dedans

Les années 1990, à bien des titres, ont intronisé l'exemple significatif – et non sans logique – de l'artiste «dehors-dedans». Jusqu'à la caricature bien souvent. On ne reviendra pas en ces lignes sur diverses déviances propres à la période, souvent analysées d'ailleurs par les observateurs du monde de l'art : l'esthétique relationnelle version *nineties*, les postures caricaturales d'artistes «politiques», alors, tels que Wodiczko, Gerz ou Tiravanija, devenus de pseudo-agitateurs institutionnels, etc. Ce qu'on indexera, plutôt, c'est la posture dorénavant assouplie de l'artiste, à la fois dure (par le propos) et consentante (par le choix de la médiation de son oeuvre), une posture devenue justifiable dans une culture postmoderne, c'est-à-dire marquée par l'effondrement des affrontements frontaux au profit, sinon des combats micropolitiques, du moins de la culture du compromis.

Non que bien des artistes répugnent à «illimiter» le lieu de déploiement de leur art, la plupart n'ont cependant d'autre objectif – compréhensible – que d'exister. Et pour cela, de gagner les faveurs de l'institution «montrante», celle qui gère galeries et centres d'art contemporain. Ce choix de l'assujettissement peut paraître méprisable, il n'en est pas moins cohérent au regard de cette évidence : l'art, en la majeure partie de ses composantes poétiques, reste une production pour l'oeil, pour le regard, vouée comme telle au visuel et à son corollaire esthétique, la *vitrine* (on se souvient, à ce propos, des liens organiques tissés par les architectes du MoMA, à la fin des années 1930, entre musée et grand magasin, l'un comme l'autre des temples de l'exhibition). La reconnaissance, à cette aune, se quantifie comme le maximum de surface de vitrine acquis et conservé. Ceci admis, la collaboration avec l'institution devient inévitable, impérative même, non forcément pour le pire. Il faut le rappeler, toujours – contre une certaine sociologie un temps en vogue (Nathalie Heinich, notamment) pour qui l'art contemporain, sa nature poétique et intrinsèquement personnelle mise au rancart, s'est un peu vite vu compacté sous l'espèce d'un jeu d'influences, de réciprocités et de défis entre différents acteurs plus ou moins solidaires et le public –, rappeler, donc, que l'institution de l'art, sans conteste, est méritante, qu'elle sait aussi se tenir à un minimum de neutralité, rendre grâce à l'art tel qu'il se fait sans obligatoirement l'instrumentaliser, en user à sa gloire et à son profit. L'artiste «dehors-dedans» est le rejeton de cette situation voyant l'acteur institutionnel (parfois) revenu de ses velléités de domination et se contenir dans son rôle de médiateur (à peu près) équitable. Rejouant de manière désymbolisée et fonctionnelle l'articulation *site-non site* de Robert Smithson, il utilise volontiers la vitrine pour y afficher, si l'on peut dire, de l'art «non vitrine», au risque d'alliances qui peuvent passer mal ou paraître à la limite de l'acceptable en termes de déontologie. Alain Declercq, sans préavis, intervient de nuit en inondant de lumière, au moyen de projecteurs, des demeures bourgeoises, suscitant la panique de leurs habitants. Cette action, cependant, se fait dans le cadre très officiel du Mois de la Photo de Montréal. Le même crée pour le centre d'art de Brétigny-sur-Orge, près de Paris, la copie d'un fourgon de police, qu'il met à la libre disposition des spectateurs : pour conduire ce véhicule illicite exposé dans un centre d'art de la banlieue parisienne, il faut toutefois signer au préalable une décharge dédouanant, en cas d'usage concret, et l'artiste et l'institution d'accueil de l'oeuvre. Plus douteux : parce que la Suisse, son pays, s'est donné en 2004 au nationaliste Christoph Blocher, Thomas Hirschhorn décide dans la foulée avec tambours et trompettes de ne plus y exposer (lors même que c'est l'inverse qu'il conviendrait de faire, soit dit en passant, en ne quittant pas le navire). Or l'exposition dénonciatrice que monte Hirschhorn au Centre culturel suisse de Paris, *Swiss-Swiss Democracy*, où il fustige avec force les travers de la démocratie directe version suisse, est financée en réalité par la Confédération helvétique, outre par divers *sponsors* tels que Nestlé. Où la morale n'est pas tout à fait sauve, pour le moins...

Placement

Certaines pratiques «dehors-dedans», assurément, sont plus crédibles : celles, entre autres, de Santiago Sierra ou du tandem Laurent Tixador-Abraham Poincheval (de ce dernier, le *Club des aventuriers*, notamment : les artistes, inlassables voyageurs, se lancent d'incroyables défis – aller à pied d'un point à un autre d'un territoire donné sans dévier de la ligne droite –, les réalisent puis organisent des tables rondes dans les institutions d'art pour présenter celles-ci, en parler publiquement, recueillir à leur propos une éventuelle parole critique). Dans ce cas, l'artiste instrumentalise à son tour la structure artistique, mais sans haine : parce qu'elle est là, parce qu'elle a des moyens, parce qu'elle est une chambre d'écho médiatique, parce que l'on peut l'utiliser à son gré, pour ce que l'on est et pour ce que l'on fait. Et parce que la structure artistique est aussi, *last but not least*, le lieu de la dé-solitude de l'artiste – ce lieu même où ce qu'il a accompli en aparté, dans une interrogation solipsiste, trouve l'opportunité du partage (sensible, esthétique, intelligible).

Ce que l'on retiendra de la navigation de l'artiste entre zone hors cadre et institution, plus largement, c'est l'espérance d'un placement, au double sens du terme (le placement comme on dit du malade qu'on le «place»; le placement financier). L'important, on l'a compris, ce n'est plus tant pour l'artiste de dire où sont le centre et la marge (ils tendent d'ailleurs de plus en plus à ne pas se confondre, au bénéfice du centre, omniprésent, protéiforme, envahissant) que de trouver où faire loger les productions de ce qui reste jusqu'à nouvel ordre le lieu essentiel de l'art – le corps même de l'artiste.

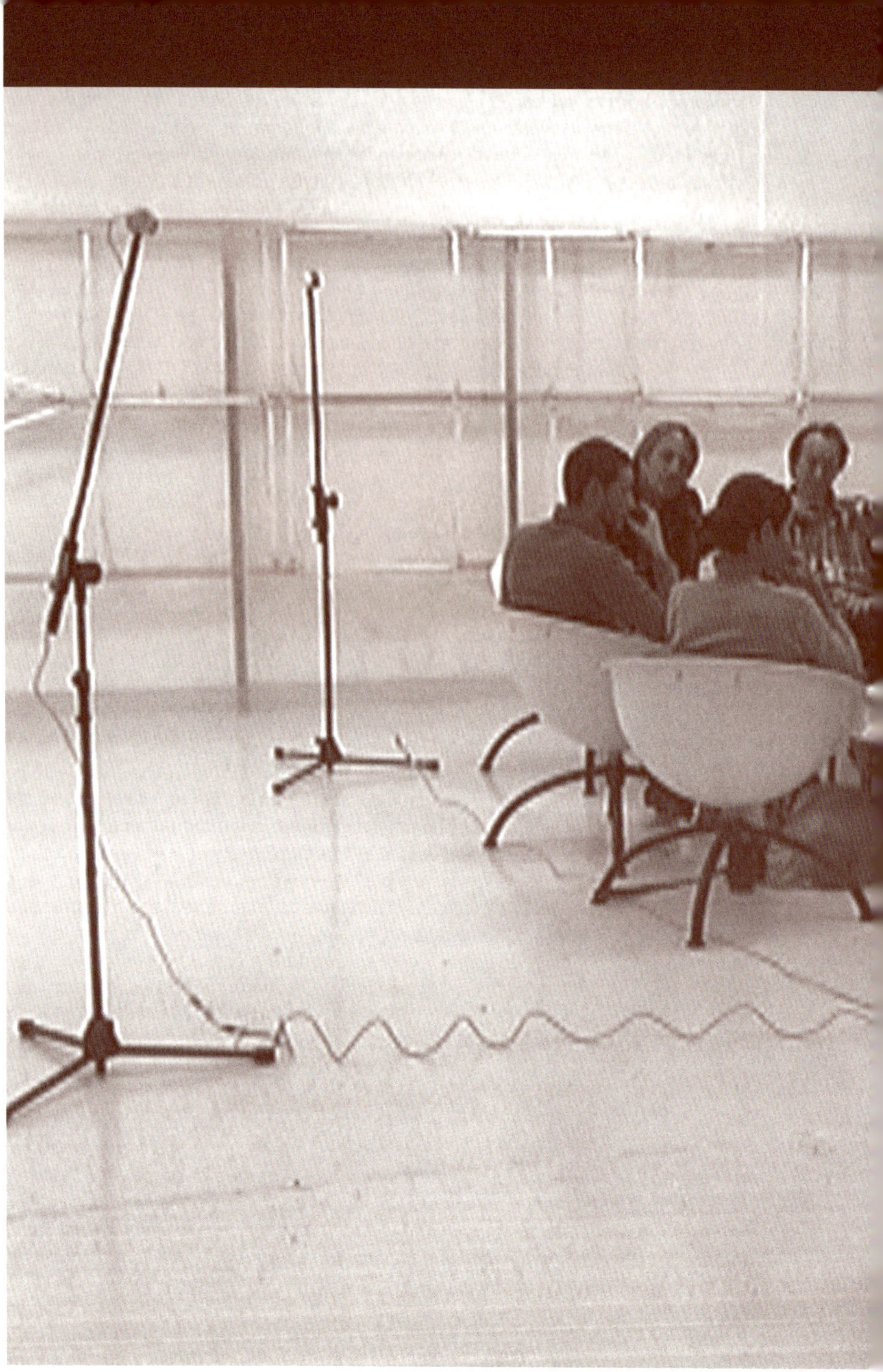

Laurent Tixador et Abraham Poincheval, *Club des aventuriers n° 2*, 2004.
photo : courtoisie des artistes

Art is Everywhere and Here to Stay
The Institution As Well

Let's be blunt: With the exception of the internet, and all that pertains to it, such as digital art (a form that is almost 10 years old), no "place" for the expression of art has been "new," strictly speaking, since the 1960s. And isn't art "on the net" simply the logical development – thanks to emerging technologies – of art forms that have been "on the move" since the beginning of the 20th century? For example, look at the decorated letters created by Raoul Haussmann before mail art, copy art, and fax art. In short, questioning the "place of art" by examining any possible "newness" has every chance of receiving a predictable answer, dictated by the facts: a routine exists for everything.

The "Unlimited" Aspect

In art, there is a logical explanation for falling into a routine: mature artists choose the places where they develop their work, and in so doing, make these places "limitless." The Surrealists chose walking as an art form, and made their way to the church at Saint-Julien-le-pauvre. Filliou and Patterson strolled around while wearing hats for *Galerie Légitime*. In Düsseldorf, Filliou also lay down on a sidewalk to make his film *Düsseldorf est un meilleur endroit pour dormir*, in which he was the only actor. Marinus Bœzem signed his name in the skies over Amsterdam using a plane and smoke makers, and he also made a work simply by inscribing his signature on an appropriated polder. Nicolas Uriburu put green colouring in parts of the Rio de la Plata and Seine rivers. Jean Vérame, Richard Long, and Michael Heizer journeyed to faraway deserts to make their work in the rocks. Giovanni Anselmo simply took a break on the flanks of Stromboli at sunrise. Daniel Spœrri organized meals in art galleries. And for one of his Actions-Ana, Günther Brus covered his body with white pigment and exhibited himself as a painting while walking through the streets of Vienna.

At the risk of disappointing recent supporters of the "Public Art" genre, we might as well admit that artists have been presenting their works in "other spaces" for so long that we have lost count of projects that depend on public space. (On the subjects of "other

PAUL
ARDENNE

spaces" and "heterotopia" see Michel Foucault.) Dadaist parades, feminist happenings by COUM Transmissions or Suzanne Lacy, light projections in the streets by Dan Graham, Krzyzstof Wodiczko, Tony Oursler or the Dunes group, roadside installations by Tadashi Kawamata, David Hammons or Antonio Gallego... This list is far from exhaustive, but it easily validates the heterotopic status of modern and postmodern art. The profound impact that these works have had, bares a direct relation to Daniel Buren's claim that art can only be emancipated when it creates its own place; it cannot be subjected to one.

Dispossessing the Institution

The maturity of art must be measured from the standpoint of a gradual questioning that is as justified as it is liberating. The institutional loci – the art gallery, artist-run centre, and contemporary art museum – which are considered to be counter-places by numerous artists, will eventually lose their status because they are seats of power and subjugation – slavery for art. Questioning, it must be stressed, is imperative. If the artist doesn't ask questions, he or she can only claim the status of an aesthetic producer operating in the cultural marketplace; he or she is just another part of the great, magnetized mercantile chain.

To resist this destiny, the process for "relocating" art must be guided by a rejection of the market economy. Turning one's back on the cultural marketplace is highly regarded by radical artists committed to the all-out liberation of art: Gustav Metzger, John Latham, Supports Surfaces (for awhile), some members of Fluxus (although a few gave into the sirens of merchandising; for example, Ben with his clever "derivative products": t-shirts and decorated plates). Some artists who have made their work in an institution's sphere of influence, and have kept things under control for as long as possible, eventually contributed to the creation of museums: the Modern Art Museum in Lodz, and MoMA in New York, to name the most celebrated. At other times, artists sought the support of friendly experimental galleries, where showing new work was more important than selling products or making a profit. A good example of this is the Nouveaux réalistes at Galerie J in Paris. Artists also create their own centres, places where they can experiment without commercial objectives, where community spirit fosters debate, dissidence, and decentering. Good examples of this are the restaurant-gallery-work Food (1972) by Gordon Matta-Clark, Caroline Gooden and their friends in New York; and the artist-run centre movement that flourished in the 1990s. There are also artists that choose to "drift" in concrete space, without the slightest regard for representation or documentation. These artists fleetingly pass through the overly humanized and culturalized spheres (see the works of André Cadere and his Bâtons, parasite art, and mobile art, for example).

Conceptual Art supplied a memorable example of resistance to the cultural market-place, although in the end, it unfortunately returned to type. With conceptualism, the artist decided to "entrap" the institutional locus of art, and also tried to displace the symbolic power attached to artistic traditions. This was the idea behind Robert Barry's Closed Gallery Pieces, in which he invited the public to scheduled openings in closed galleries. Confronted with "works" such as this, the public was forced to think about what an opening represents, what a packaged entity and its fashionable character mean. They were also made to reflect on the skilled and sophisticated place that "the public" assumes when participating in this type of event. This was also the idea behind numerous interventions that Michael Asher made in North American museums, always aiming at unmasking the instrumentalizing function of art institutions. Practices such as Asher's revealed that these institutions are geared towards appropriating the artist's gesture, consolidating symbolic power, and using financial/cultural capital to their advantage. For example, look at how contemporary art is used by its owners and/or exhibitors as a brand image, a way to be part of the in-crowd, fashionable and up to date. The risk in this case is that the co-opting of art-works has become the tragic condition of artists who at one time couldn't have imagined that their work would eventually be integrated into the estab-lished art system. Paradoxically, the destiny of Conceptual Art was in some ways fatal. Within the context of art history, conceptualism actually became an art of the museum par excellence, a "figure of speech" only to be looked at, thought about, and understood in terms of issues pertaining to the museifica-tion and institutionalization of art. This is an artistic formula that would soon lose any sense of sedition, swallowed up in the end by an excessively admin-istrative and legislative institution that was at one time its principal adversary, if not its central reason for being. Lawrence Wiener's most recent statements, displayed on the walls of modern art museums around the world, are ambigu-ous. In appearance, his work is wall poetry, a play on language: words in capital lettering merely posted on a white background. In reality, it is a sign of dependence on the museum, the space that above all else governs an art-work's visibility.

Becoming and Remaining Visible: The Inevitability of Betrayal

The "limitless" place of art forces artists to address the problem of remaining visible when working outside of the institutional loci. It is patently obvious that in this field most "out-of-place" artistic forms remain invisible, or almost so, because of a lack of publicity and/or media attention. These important cultural organs have a magnetic power that enables them to suck up customers like a magnet attracts filings – to a degree that at times, ruins the historical legacy of artists whose works were highly respected and of vital importance to the art of their era. The work of Jean Clareeboudt, a lesser known artist who transformed parts of the desert, is of equal value to that of Nancy Holt. Even though Clareeboudt (and others) were creating earthworks at the time, for some reason he did not benefit from the powerful media attention that identified North American Land Art as a singular form. Does anyone remember Jean-Ludovic Kaufner, a pioneer of Land Art and participatory work who practiced through-out his life far from everything, indifferent to matters of recognition?

In terms of art's reception, especially with regard to its aesthetic development, the fundamental rule of *Esse est percipi* ("being, is to be seen") is more important than any other. Warhol knew something about this, and argued that, "Whoever is not seen does not exist." In the end, representing "out-of-place" art in the media depends on the absurd and aberrant strategy of positioning a creative work in the centre of power – a centre that adapts very well to the periphery, because the periphery is where it began. Fatal if not amended (the betrayal), this potential shortcoming of mediated "out-of-place" art explains the current move to the centre of many artists whose prolonged situation on the margin ends up alienating them. Once their works are positioned in the centre, the relationships that they have carefully created with critics and other intermediaries (such as the curator, the self-proclaimed cultural arbiter of art history) are integrated into the official presentation space. In other words, "out-of-place" forms are put "in place": the "safe" space the institution represents. In this respect, Buren's premature turnaround reveals an infallible logic. His works following the 1980s have abandoned the street, their first area of creation, and have become decoration for renowned institutions. These

Michael Asher, *Sans-titre*, 1988.
photo: Fred Pedram, courtesy Roger Pailhas Gallery, Marseilles

allegedly subversive pieces, supposedly re-appropriate institutional power. (Who is naïve enough to believe that?) In fact, such works only sanctify the artist's willingness to give control of his work over to the institution. Therefore, the title of the installation *Dominant/Dominé*, a piece the French artist presented ten years ago at the CapcMusée d'art contemporain de Bordeaux (the former Lainé warehouse for colonial produce, restored by the architects Valode and Pistre), seems to be an implicit and ambivalent confession. This monumental piece consisted of a gigantic tilted mirror, the same size as the exhibition space, that simply reflected the building's arches. (This piece increased attendance beyond all expectation.) Here, the argument for a "non-place" no longer exists: the work became an enactment, mimicked dissidence, fell in line, and when you get right down to it, prostituted itself to the exhibition norm. In cases such as this, the artist might create the work, but the institution plays the role of controlling master.

The Time for Outside-Inside Artists

In many ways, the 1990s established – with reason – significant examples of the artist positioned "outside-inside," often to the point of caricature. I will not return here to the various divergent paths taken during this period – the 1990s version of relational aesthetics, for instance; or the caricatural stance of "political" artists, such as Wodizsko, Gerz, or Tiravanija, who eventually became institutional pseudo-agitators – many of which have been analyzed by observers of the art world. Instead, I will index contemporary artists' flexible position, both difficult (in intention) and consenting (in the choice of the work's mediation), which has become justifiable in postmodern culture, and is marked by the collapse of head-on confrontations of the kind that support micro-political battles and a culture of compromise.

Although many artists are reluctant to "limit" the place where their art is displayed, most are kept busy just trying to exist, which is understandable. In doing this they usually win the favour of the "exhibiting" institutions, or those who manage galleries or contemporary art centres. This acceptance of subjugation may seem contemptible in postmodern society. Nevertheless, it is consistent with the following evidence: in most of its poetic manifestations art remains a creation for the eye, an object to be looked at, and is therefore dedicated to the visual and its aesthetic corollary, the *window*. (On this subject, note the organic relationship that the architects of MoMA created between museums and department stores at the end of the 1930s, both being temples of display.) Recognition, in this sense, is qualified as maximum visibility, acquired and conserved. Accepting this, collaboration with the institution becomes inevitable, imperative even, and isn't necessarily a bad thing. We must remember this always, contrary to certain lines of socially oriented thought, that have been in fashion for a while (most notably in the work of Nathalie Heinich), in which the poetic and personal nature of contemporary art was thrown on the scrap heap or reduced to a set of influences, exchanges, and/or challenges between committed actors and the public. Many art institutions certainly deserve the power they have, and manage to retain some degree of neutrality, making art what it has become without necessarily using it for its own glorification and profit. The "outside-inside" artist is an offshoot of this situation; a situation in which the institutional actor doesn't dominate or control, but assumes the more or less equitable position of mediator. Replay in a functional and non-symbolic manner, Robert

Smithson's expression site/non-site, in which he willingly used a window to display what can be called "non-window" art. Such an approach risks creating alliances that may be misunderstood, or seem to be at the limit of what is acceptable in de-ontological terms. In one of his projects, Alain Declercq waited until nightfall and then without warning, flooded bourgeois homes with light. This action, which created panic in the residents, was presented within the official context of the *Mois de la Photo de Montréal*. In a project for the art centre in Brétigny-sur-Orge near Paris, Declercq made a functional copy of a police paddy wagon and placed it at the disposal of spectators. Before driving this illicit vehicle, viewers had to sign a release form that freed both the artist and the institution of any responsibility when the paddy wagon was used. More questionable is Thomas Hirschhorn's decision never to show in Switzerland (the country of his birth), after the nationalist Christoph Bocher took power in 2004. The exhibition *Swiss Swiss Democracy* Hirschhorn presented at the Centre culturel suisse de Paris, forcefully denounced the failings of Swiss democracy. Given that the exhibition was financed by the Swiss Confederation, and other sponsors such as Nestlé, ethical standards are not exactly intact, to say the least.

Placement

Some "outside-inside" practices are undoubtedly more credible than those just mentioned: the work of Santiago Sierra, or the tandem Laurent Tixador-Abraham Poincheval, for instance. In *Club des aventuriers*, Tixador and Poincheval give each other incredible challenges, such as going on foot from one place to another while keeping in a straight line. They often produce the work, organize round table discussions in art institutions that present it, talk about it publicly and initiate its critique. With this approach the artists willingly use the art system because it is there, has the resources, is a media echo chamber, and can be used as one wishes, to support what one does and who one is. And last but not least, the art system is a place where the artist is no longer alone. It is the place where what is accomplished through solipsistic questioning, finds the opportune time for sensitive, aesthetic, and intelligent sharing.

On a broader level, what we retain when artists navigate between the outside world and the institution, is the hope of an "investment" – "investing in a place" as well as financial investment. The main objective for the artist, is not so much to point out where the centre and margins are (they seldom tend to merge, which benefits the invasive, protean and omnipresent centre). Artists must find the essential place of art – the artist's body – and hold onto what remains of art for the time being.

Détournements, infiltrations, perturbations, Éléments pour une nouvelle pratique situationniste

Retenir comme axe d'intervention le paradigme situationniste dans le thème général des lieux et non-lieux de l'art? Ou comment garder présent à l'esprit les motivations du courant et l'analyse critique que le mouvement faisait des pratiques artistiques de son temps, analyse qui substituait à une logique du *topos* celle de stratégies formelles.

Investir d'autres lieux, des «hors-lieux», ne relève plus aujourd'hui ni de la provocation, ni de la subversion. La présence de l'artiste et de son corps dans l'espace public, posture diogénique propre à l'art d'attitude, ne saurait valoir ipso facto comme résistance. Si une telle équation a pu opérer au long du 20e siècle, le nôtre commençant avalise plutôt dans la lassitude ce type d'actions, parfois proches de l'animation culturelle[1].

D'où un constat, en apparence contradictoire : la pratique artistique à l'âge contemporain ne cesse de s'étendre, de repousser ses frontières, le champ économique et l'espace virtuel constituant les deux dernières tendances, tout en s'épuisant, dans une conquête dont le geste reste prométhéen, mais dont le sens, à la différence de Prométhée lui-même et des avant-gardes historiques, n'est nullement transgressif. C'est pour sortir de cette contradiction apparente qu'il est intéressant d'analyser le contexte contemporain à la lueur du débat lancé par les situationnistes à la fin des années 1950. Ils reprochent aux avant-gardes en général, et au surréalisme en particulier, «le systématisme inexorable de leur pratique et de leur critique[2]». Un systématisme, disent-ils, qui les voue à devenir un style, puis une idéologie dominante, via les mouvements successifs de l'intégration institutionnelle et de sa récupération par la société bourgeoise.

L'exemple étonnant – si l'on songe que l'on est en 1958 – donné par les situs dans le premier numéro de *L'Internationale Situationniste* est celui de la reprise des techniques de l'écriture automatique dans la pratique du *brainstorming* : «Rien, cependant, écrivent-ils, ne constitue un si net retournement des découvertes subversives du surréalisme que l'exploitation qui est faite de l'écriture automatique, et des jeux collectifs fondés sur elle, dans la

ALINE
CAILLET

méthode de prospection des idées nommées aux États-Unis *brainstorming*. [...] En une séance de durée limitée, un nombre limité de personnes ont toute liberté d'émettre des idées, le plus d'idées possibles, bizarres ou pas, sans aucun risque de censure. La qualité des idées importe peu. [...] La quantité fait place à la qualité[3]».

Le caractère pérenne d'une telle critique ne peut manquer de frapper. Le livre de Luc Boltanski et d'Eve Chiapello, *Le nouvel esprit du capitalisme*, paru en 1999, qui a eu un fort retentissement dans le milieu de l'art – français du moins – et qui a provoqué quelques angoisses chez les artistes, en pointant que les catégories critiques mises en avant dans l'art d'attitude des années 1960 – les schèmes de la convivialité, de la sincérité et de la proximité notamment – se retrouvent digérées dans les manuels de *management* des années 1980, ne dit pas, 40 ans après, autre chose. C'est cette méfiance face à ce destin inexorable de l'intégration[4] – esthétique, culturelle – de toute critique qui fait d'elle une «étiquette factice qu'utilise la publicité pour battre la réclame d'un nouveau style[5]», qui conduit les situs à mettre en avant la pratique du détournement de réalités déjà existantes. Un choix qui répond à une utilité pratique très simple : sa «facilité d'emploi et les virtualités inépuisables que constitue le réemploi[6]», dans la mesure où il existe une infinité de détournements possibles à partir d'un même objet. Un choix qui s'avère seul à même d'éviter le triple écueil de l'épuisement de la forme, de la pétrification en style et de l'intégration.

«Toutes les formes de l'expression commencent à tourner à vide et se parodient elles-mêmes[7]» et «la libération des formes artistiques a partout signifié leur réduction à rien[8]». Un même danger guette toute pratique «du dehors» cherchant à investir de «nouveaux lieux», cherchant à faire de l'art là où il n'est pas a priori attendu ou bienvenu. Toutefois, éclairée à la lumière de la critique situationniste, de cette dialectique d'intégration ou d'absorption inévitable du non-lieu en lieu, qui mine de l'intérieur toutes ses potentialités critiques et subversives, se dégagent une issue et une stratégie possible. La pratique du détournement, prônée en lieu et en place de la création et du concept de style, vise précisément à affirmer qu'il n'existe rien qui soit ou ne soit pas un objet/lieu[9]

1   Voir à ce sujet, Paul Ardenne, *L'art dans son moment politique*, et tout particulièrement, «L'ex-situ comme lieu commun», Bruxelles, La lettre volée, 1999, p. 117-127.

2   «Amère victoire du surréalisme», *IS*, n° 1, juin 1958, dans *Documents relatifs à la fondation de l'IS*, Paris, Allia, 1948-1957, 1985.

3   Ibid.

4   «Le monde moderne a rattrapé l'avance formelle que le surréalisme avait sur lui.», IS n° 1, juin 1958 dans *Documents relatifs à la fondation de l'IS*, Paris, Allia, 1948-1957, 1985.

5   Gianfranco Marelli, *L'amère victoire du situationnisme*, Arles, Éditions Gulliver, 1998, p. 84.

6   «Le détournement comme négation et comme prélude», *IS*, n° 3, décembre 1959, dans *Documents relatifs à la fondation de l'IS*, Paris, Allia, 1948-1957, 1985.

7   «Le détournement comme négation et comme prélude», *IS*, n° 3, décembre, op. cit.

8   «Le sens du dépérissement de l'art», *IS*, n° 3, décembre 1959, op. cit.

9   Nous recourons volontairement à cette superposition objet/lieu. Si, tel qu'il est appréhendé par les situs, le détournement semble s'entendre comme détournements d'objet ou de citation en littérature, rien n'interdit en effet de l'étendre à une attitude, à une façon d'être ou de faire, ou à une situation. Car le détournement chez les situs se définit avant tout par sa fonction pragmatique et stratégique, par son sens politique, plutôt que par sa structure formelle. Ainsi, par détournement, nous entendrons désormais toute pratique artistique qui s'appuie sur une réalité déjà existante dont elle détourne, c'est-à-dire littéralement, par son action, change le cours et la destination, cette pratique s'incarnant le plus souvent dans les oeuvres citées ici dans un geste.

ou non-lieu de l'art. La marque de l'art est celle du mouvement perpétuel – figuré par l'idée que la marque distinctive du détournement est d'être lui-même voué à son tour à son propre détournement – et d'un déplacement qui ne soit jamais assignation à résidence. L'enjeu, tant artistique que politique, n'est donc pas tant d'étendre les prérogatives de la sphère artistique[10] que de créer des situations artistiques là où cela est nécessaire, par la formulation d'un nouveau langage utilisant tous les moyens et objets de la communication de masse. C'est ce en quoi le détournement ne relève pas d'un style caractérisant la production situationniste, mais d'un usage, constituant «une trace du parcours qui conduit, comme nous le savons, au dépassement de l'art par la réalisation de situations[11]».

Les artistes dont il va être ici question ont tous pour point commun d'investir ce qui, à première vue, sont des non-lieux de l'art : la télévision, un jardin public, des ambassades, l'ONU, un commissariat de police, des magasins dépôts-ventes... Toutefois, l'intérêt et le sens de ces pratiques ne résident pas à proprement parler dans l'investissement, l'appro-priation, ou la conversion, de ce qui serait un *non-lieu* de l'art. Il s'agit bien plutôt, par recours à des stratégies formelles relevant soit du retournement, soit du détournement de situations données et pré-établies et à des tactiques d'infiltration, de porter par l'art, au moyen de l'art, la lumière sur la situation originale. L'ultime action/fonction du détournement se caractérisant alors par un renversement de perspective.

Qu'est-ce qu'un lieu de l'art?

La question de l'exploration de nouveaux espaces pour la pratique artistique ne peut se penser sans être corrélée à une réflexion conjointe sur ce qu'est un lieu de l'art, ce qui le définit en propre et les codes qui le régissent. Cette mise en équation semble même être la caractéristique de pratiques contemporaines héritées du situationnisme dont le trait distinctif est un double fond, un hiatus ou cette superposition entre deux univers.

Les Actions d'un artiste comme Alain Declercq, qui empruntent tout à la fois au mode de la filature, de l'enquête et de l'infiltration, sont à ce titre emblématiques de ce que signifie contrecarrer et intercepter. Dans *Attention radar*, il déjoue en l'annonçant le dispositif du radar, symbole tout à la fois de l'idéologie sécuritaire et de la surveillance généralisée, thèmes de prédilection de l'artiste. Avec *Welcome Home, Boss*, réalisé à Montréal en 2001, l'artiste franchit un pas supplémentaire dans le détournement, renouant avec son caractère propagandiste et sa qualification comme arme de combat par les situs[12]. À l'aide d'un puissant projecteur posé sur un pick-up, Declercq éclaire de nuit les façades de riches maisons privées de Westmount ou encore des édifices publics tels la Bourse et le Palais de Justice, surveillant et photographiant ainsi des bâtiments eux-mêmes équipés de systèmes de vidéosurveillance.

10 Sur ce dernier point, c'est même précisément l'inverse qui est visé : la pratique du détournement contribue à saper la culture officielle en témoignant de l'usure et de la perte d'importance de la sphère artistique, qui ne signifie pas en revanche «une perte de valeur de l'oeuvre». «Définitions», *IS*, n° 1, op. cit.

11 Gianfranco Marelli, op. cit., p. 99.

12 Voir «Mode d'emploi du détournement», *Les lèvres nues*, n° 8, mai 1956, dans *Documents relatifs à la fon-dation de l'IS*, Paris, Allia, 1948-1957, 1985.

Dans cette oeuvre, le premier niveau de détournement consiste en un retournement : celui précisément du titre du Mois de la photo à Montréal, «le pouvoir de l'image», que l'artiste transforme en «images du pouvoir» selon ses propres termes. Une inversion sémantique à valeur performative qui constitue déjà, en soi, une infiltration, car à ce qui s'annonce comme une réflexion – faisant de l'espace d'exposition un espace réflexif –, Alain Declercq substitue une présence en acte de l'image. Le retournement nominal revient ici à introduire du réel dans un espace dévolu à la représentation. L'artiste va donc prendre en filature des «personnes de pouvoir» de Montréal et se poster devant leurs pavillons de Westmount. Il photographie ainsi la maison du maire et de riches industriels, inversant le processus de surveillance et d'éclairage.

Le second niveau de détournement tient dans cette surveillance exercée sur ceux qui surveillent : ceux qui surveillent leur propriété, mais aussi, par leurs puissants dispositifs, contrôlent l'espace public. Ce principe de surveillance rapprochée se retrouve dans les nombreuses filatures de l'artiste du corps policier où les clichés, les films illicites d'armes sont autant de prises de vues considérées comme des tentatives terroristes d'infiltration, à l'image des photos d'agents de police en civil dans une manifestation, chargés précisément d'observer et de surveiller… «J'ai, dit-il, commencé à filmer ces groupes de flics en employant moi-même des techniques de surveillance. Filmer les surveillants pour voir comment ils nous surveillent… Comprendre leur mode opératoire est devenu alors une sorte d'obsession rassurante, malgré mes nombreuses interpellations pour «trouble à l'ordre public» ou «préparation d'acte terroriste» quand j'insistais un peu trop sur les armes exposées, ce qui était à la fois absurde et malhonnête : tous les jours la presse audiovisuelle diffuse des images de flics, mais un particulier n'en a pas le droit. Observer la réalité des rues devenait alors une forme d'illégalité, donc de tension et d'excitation, de défi[13].»

Mais ce mode opératoire, qui relève du réemploi d'un procédé à une fin détournée, par le biais d'une stratégie d'infiltration, prend tout son sens quand on le confronte à une autre oeuvre de l'artiste : *Make Up*. Pour le centre de Brétigny sur Orge, en banlieue parisienne, en 2002, Declercq achète une *Citroën évasion*, modèle des voitures de la police française, la maquille en voiture de police – acte résolument illégal et passible de prison – et invite les visiteurs de l'exposition à emprunter le véhicule. Si le cartel où est inscrit «oeuvre d'art» protège la voiture de toute saisie, la circulation dans l'espace public est en revanche un acte délictueux. C'est cette mise en tension entre le licite et l'illicite – corollaire de celle entre lieu et non-lieu et des stratégies spécifiques que chacun réclame – qui fait ici tout l'intérêt de *Make Up*. Le lieu d'exposition apparaît clairement comme un espace protégé. Les objets qui entrent dans l'espace muséal changent de statut : ils deviennent des oeuvres. Paradoxalement, l'artiste, flirtant pourtant constamment avec l'illégalité, s'appuie résolument sur la loi comme source de protection, laquelle ici, par un jeu de contradictions performatives, lui permet de s'abandonner à des actes illégaux. De ce point de vue, l'oeuvre de Declercq joue de façon non démagogique et non ironique sur les vertus de l'art comme espace autonome : un espace de liberté, à l'abri de la surveillance et du sécuritaire justement, qui règne à l'extérieur et que le travail de l'artiste consiste à traquer. Si l'espace autonome de l'art, son lieu naturel, octroie cette liberté, le spectaculaire et toutes formes

13 Alain Declercq, «Entretien avec Claire Staebler», *Hardcore, pour un nouvel activisme*, Paris, Palais de Tokyo, 2003, p. 122.

de délire, dehors le danger guette : sortir avec la voiture, jouer au cow-boy, risquer six mois de prison. Là les frissons commencent... Avec le non-lieu cesse la protection et surgit le risque... Raison d'ailleurs pour laquelle *in fine*, la voiture ne sera pas empruntée ? Et de fait, s'il s'agit de s'éloigner dans l'Institution, la pratique requiert d'autres stratégies : infiltrations, filatures et surveillances discrètes et non des virées fanfaronnes autour du commissariat de police à bord de la *Citroën évasion* maquillée...

Une telle superposition, dialectisant le rapport entre lieu et non-lieu, ne porte pas plus atteinte, au final, à l'espace de l'art qu'à son dehors; ce en quoi elle se distingue de la logique moderne du ready-made qui, à l'inverse, mettait en crise l'Institution. À cet égard, la série de photographies de Gianni Motti *Paysages-Dommages collatéraux*, son parcours dans différents lieux d'expositions et les ennuis juridiques de l'artiste avec l'AFP apparaissent exemplaires de ce renversement.

Du ready-made au détournement

En 2002, Gianni Motti achète des photos de paysages de la guerre en Macédoine et au Kosovo à l'agence de presse AFP. Pour 350 euros, l'artiste obtient un «droit d'inspiration» comme cela se fait couramment dans le milieu de la bande-dessinée. Il retouche légère-ment les photographies, les agrandit, les débarrasse de leurs légendes, les expose en galerie sous le titre de *Paysages-Dommages collatéraux* et les vend 3 000 euros chacune. Ce travail, en forme d'hommage ironique à un Georges Bush, pose en creux la question de la représentation de la guerre : si l'artiste a pu récupérer ces photos auprès de l'AFP, c'est précisément parce qu'elles ne représentaient pas la guerre, qu'elles manquaient leur cible en quelque sorte. Dans un second temps, Motti répond à une invitation a une expo-sition de photos-reportages à Perpignan. C'est à ce moment que l'AFP réagit et obtient le retrait de ses clichés de l'exposition. Au-delà du litige juridique, cet événement met en tension, à l'instar de l'oeuvre de Declercq, la question de la circulation de l'oeuvre entre ces lieux et non-lieux, à savoir sa validation dans l'espace artistique et sa censure à l'extérieur. «Ces photos n'ont pas eu de problèmes dans le circuit artistique, mais dès que je les ai montrées dans leur domaine d'origine – le photo-reportage – cela a posé des problèmes. Ces images de guerre exportées dans l'art puis réimportées dans ce festival, c'est un peu comme si Duchamp avait présenté son urinoir signé dans une exposition de sanitaires!», analyse l'artiste[14]. En effet, si le geste premier d'appropriation et d'exposition de photos ready-made[15] est duchampien le second, le fait de les réinjecter dans leur milieu d'origine, relève lui plutôt d'une logique du détournement, non de l'objet lui-même, mais de sa destination initiale. En ce sens, le geste de Motti s'apparente au détournement mineur, «détournement d'un élément qui n'a pas d'importance propre et qui tire tout son sens de la mise en présence qu'on lui fait subir[16]». Le détournement chez Motti tient de la confrontation même de cet élément «mineur», les photographies de paysages de guerre, aux côtés de photographies supposées «couvrir» l'événement.

14 Gianni Motti, «Entretien avec Jérôme Sans», *Hardcore, pour un nouvel activisme*, Paris, Palais de Tokyo, 2003, p. 145.

15 Même si l'artiste a légèrement retouché les photos, on peut considérer qu'elles relèvent encore du ready-made.

16 «Mode d'emploi du détournement», *Les lèvres nues*, n° 8, mai 1956, op. cit.

Alain Declercq, *Make up*, centre d'art de Brétigny, 2002.
photo : courtoisie de l'artiste

On est ici tenté d'y voir un passage de témoin symbolique de la tradition moderniste et du type de détournement – fondé sur l'appropriation d'une forme en vue de sa réutilisation à des fins artistiques –, qui la caractérise à un détournement, centré sur l'idée de dévalorisation et de contestation immanente[17] dans la lignée des situs. À une dialectique de l'import/export, aux fins d'une transformation de la pratique artistique et de l'extension de ses prérogatives, se substitue une logique de la *perturbation*, qui consiste littéralement à jeter un trouble, une angoisse *sur* et *dans* notre perception du réel, à en critiquer en son sein la représentation. Et la pratique du détournement, en matière de logique de perturbation, s'avère redoutable et d'une richesse inépuisable : le réemploi dans une nouvelle unité d'éléments artistiques préexistants procède chez les situs d'un «double mouvement de dévalorisation/revalorisation[18]». Une déperdition du sens premier puis une organisation d'un autre ensemble signifiant[19] – qui permet à la fois un enrichissement, une augmentation des termes, et la coexistence en eux de leur sens ancien et immédiat –, «leur double fond[20]». Si le déplacement duchampien relève, comme l'a bien vu Arthur Danto, de la transsubstantiation – qui ne laisse rien subsister de l'objet initial[21] –, celui des situs relève à l'inverse de la *coexistence*, du hiatus dans lequel s'engouffre le sens de l'oeuvre. Les photographies de *Paysages-Dommages collatéraux* auraient pu d'une certaine manière être exposées au titre de photo-reportage. «Auraient pu» dans le sens de *avaient droit de cité* puisque telle est leur étiquette. Dans les faits, elles ne l'auraient jamais été, car elles étaient, du fait de leur hors-champ, destinées au rebut. En les réintroduisant dans leur milieu d'origine, Motti inverse ici la donne entre le fait et le droit : de fait, elles deviennent exposées et du point de vue du droit, leur exposition devient litigieuse du fait de leur appropriation par l'artiste. Hiatus, disjonction, qui constitue le détournement en tant que tel. Si le détournement est une négation de la valeur de l'organisation antérieure, il la neutralise sans toutefois l'abolir, faisant du coup de l'objet détourné une *persona non grata* infiltrée, dont l'une des vertus – et non la moindre – est de rejaillir sur l'ensemble des photos-reportages exposés, de venir jeter, sinon le discrédit du moins le trouble sur le sens et la valeur de ce qui est présenté.

Declercq, Motti[22], Laurette... Un même dispositif, on le voit, est à l'oeuvre : *formellement*, leur pratique relève du détournement, *tactiquement*, elle procède par infiltration,

---

17 «Avec les situationnistes, le détournement n'est pas utilisé dans le but de rendre merveilleux le quotidien (en faisant apparaître l'aspect surréel et créateur d'images de toutes les formes du réel), mais pour révéler le processus de dévalorisation inhérent à l'image représentée. [...] Ainsi le détournement n'est pas un style caractérisant la production situationniste, mais une trace du parcours qui conduit, comme nous le savons, au dépassement de l'art par la réalisation de situations.» Gianfranco Marelli, op. cit., p. 99.

18 «Mode d'emploi du détournement», *Les lèvres nues*, n° 8, mai 1956, op. cit.

19 C'est «la perte d'importance de son sens premier [...]; et en même temps, l'organisation d'un autre ensemble signifiant qui confère à chaque élément une nouvelle portée.», «Le détournement comme négation et comme prélude», *IS*, n° 3, décembre 1959, op. cit.

20 «Mode d'emploi du détournement», *Les lèvres nues*, n° 8, mai 1956, op. cit.

21 Figuré par le passage de l'objet urinoir à l'oeuvre *Fountain*.

22 On pourrait appliquer la même analyse aux différentes infiltrations de Gianni Motti : *Indonesia*, où l'artiste parvient à occuper le siège du représentant de l'Indonésie à l'ONU à Genève et qui plus est à prendre la parole; la série *Journal* où Motti, maître en art de la filature et de l'apparition, suit des journalistes en reportage et s'immisce dans leurs photos, ou encore aux *Apparitions* de Matthieu Laurette, premier acte artistique de l'artiste, alors qu'il est encore étudiant à l'école des beaux arts, et qui consiste simplement à s'incorporer au public d'une émission de télévision. Parallèlement, au moment où Laurette «apparaît», le public est convoqué à le regarder à la télévision dans l'espace de la galerie.

Gianni Motti, *Paysages, Dommages collatéraux N° 13*, 2001.
Photo : courtoisie de l'artiste

conséquemment, elle crée des perturbations qui viennent interroger la perception d'un milieu ou d'un champ – et non simplement jeter un trouble sur le seul objet. Ce dernier point est important, et c'est là aussi une des spécificités du détournement situ : sa fin n'est pas la valorisation ou dévalorisation de l'objet, laquelle n'est qu'un procédé formel, mais son réagencement dans une nouvelle unité signifiante, qui exprime la recherche pour une construction plus vaste, à un niveau de référence supérieur, à même de restituer sa totalité.

Une nouvelle pratique situationniste?

Si l'on peut parler d'une nouvelle pratique situationniste, c'est semble-t-il dans le souci des artistes de pratiquer, à l'instar des situs, le détournement tout en maintenant, contrairement à eux qui prônaient une dissolution de l'art dans la vie quotidienne, une autonomie de la pratique artistique figurée par l'arrière-plan toujours présent de l'espace institutionnel. Cet arrière-plan, valant comme mise en tension, pose finalement la question de la cohabitation entre le lieu et le non-lieu et permet de dépasser la visée utopique d'une simple extension du domaine de la pratique artistique, réputée ouverte et accessible à un nouveau public.

Une oeuvre comme celle de Martin Dufrasne, *Pétanque royale*, réalisée dans le cadre d'*Émergence 2000*, frappe par sa lucidité en la matière. À Québec, des retraités jouent quotidiennement à la pétanque sur la piste entretenue du parc de l'îlot fleuri. Martin Dufrasne installe un kiosque, joue au réceptionniste et met en place un jeu sur une piste parallèle à l'abandon. Le jeu se pratique les yeux bandés, avec une seule boule de pétanque, et consiste à remporter le maximum de cochonnets. Aussi absurde que dérisoire, il est un miroir déformé du vrai jeu de pétanque qui, en face, continue... L'intérêt d'une telle situation réside dans les réactions, inquiétudes, mais aussi interpellations qu'un tel «jeu» aux règles et dispositifs étrangement proches du jeu initial, suscitent chez les vrais joueurs de pétanque... lesquels ne manquent pas à l'occasion de discuter avec ferveur de l'oeuvre d'art contemporaine et de son sens...

On retrouve ici la triade *détournement/infiltration/perturbation* précédemment étudiée; elle consiste en une mise en tension de la cohabitation entre le lieu et le non-lieu et en un impact qu'elle génère. À savoir, non pas une modification de la définition du lieu de l'art ou son extension – l'intérêt n'est pas que Martin Dufrasne ait fait de cet aire de jeu un lieu de l'art –, mais la mise en question globale du rapport de l'un à l'autre, à savoir le rapport potentiel de cohabitation. «Ce qui m'intéressait, c'était de détourner leur espace, de faire un autre jeu... de venir me juxtaposer, de venir juste à la frontière de leur territoire, presque dedans, de venir les provoquer... Pas d'être sur le terrain, mais d'être si près que l'on a besoin de revisiter quelles sont les frontières. C'était une manière aussi de se demander comment cohabitent l'événement artistique et les activités habituelles du lieu. Je voulais venir les piquer sur le territoire. Et c'était aussi l'occasion de voir si l'art générait de vraies rencontres[23].» En ce qu'une telle oeuvre introduit un mouvement bilatéral en amenant un questionnement par reflet sur la définition des lieux, lesquels sont maintenus dans leur territoire respectif, elle ne relève pas *stricto sensu* de la pratique situ qui oeuvrait pour une

---

23 Martin Dufrasne, entretien avec l'artiste.

dilution de l'art dans la vie. La pratique du détournement sert ici de mise en tension, de tentative de cohabitation : elle interroge le lien.

Si Martin Dufrasne maintient une stricte séparation des territoires, un artiste comme Jean Kerbrat, adepte des situations, aime quant à lui entretenir une forme de fusion/confusion, qui au final maintient cette problématisation du lieu/non-lieu, cette fois par inclusion.

KCC – Kerbrat Compagnie Convertisseur est le nom d'une SARL[24] fondée par l'artiste avec quelques associés dont le principe était le suivant : ouvrir un dépôt-vente, récupérer les objets que chacun amènerait, les transformer et les revendre en tant qu'oeuvres d'art. La stratégie est encore celle du détournement à des fins économiques : l'idée est de jouer sur le prix d'achat d'un objet usuel défini par un taux de TVA de 19,6 %, revendu après transformation par l'artiste, laquelle pouvant relever du simple agencement ou de la vente par lot, à 5,6 %, taux s'appliquant aux oeuvres d'art. Cette seule différence de taxe permet de réaliser une plus-value. N'ayant pas pu, du fait du retrait d'un des actionnaires, ouvrir ce dépôt-vente, Kerbrat a placé un certain nombre de ses propres objets dans des dépôts-ventes, toujours situés à proximité de centres d'art. Les objets à vendre, à l'inverse du dispositif en vigueur dans la galerie, étaient marqués d'un point rouge. L'artiste les prend en photo et ramène les clichés à l'atelier : les photos agrandies, juxtaposées pour multiplier les rencontres, recouvrent les murs et se mêlent aux propres œuvres de l'artiste. L'atelier à son tour est photographié, les clichés sont amalgamés aux autres, faisant de l'atelier même un KCC, si bien qu'on ne peut plus faire la différence entre les objets et les oeuvres. Que ce soit le principe du KCC, qui n'a pas pu voir le jour ou celui des clichés marqués d'un point rouge, le jeu est au final le même. Il consiste en une double subversion, dans le sens littéral de mettre sens dessus-dessous : détourner le dépôt-vente, lieu de la misère matérielle, pour en faire un espace ludique où les objets acquièrent une seconde vie, un peu plus vivifiante que la première, et détourner l'espace institutionnel et le marché qui le sous-tend, en les déportant dans un espace économique réel. KCC, encore selon une logique de double-fond, opère une double mise en question à la fois du dépôt-vente et de l'espace institutionnel de l'art par leur mise en tension.

On l'aura compris, si ces oeuvres ont un sens et un quelconque intérêt à une époque où aucune audace n'étonne ou n'épate le spectateur d'art averti, c'est que ces déplacements et ces circulations déplacent surtout les enjeux de la pratique artistique, en cherchant moins à l'étendre ou à l'enrichir, qu'à éclairer, au moyen de l'art, des pans de réel. En ce sens, tout en s'éloignant des formes «historiques» du détournement situationniste, elles en poursuivent les fins et les enjeux et restent fidèles au renversement de perspective appelé de leurs voeux, en mettant en oeuvre une communication critique de ce qui apparaît. La possibilité que se donnent ces artistes d'utiliser tout type de supports et de transformer l'information qu'ils contiennent dans leur contexte d'origine, aboutit à la mise en place d'un nouveau langage, libéré en partie de ces conditionnements.

Ce matin, à midi de 1945 dans... ... ou pendu (voyez-vous, juste derrière... ... pilote de tourbillon en tourbillon outre-soi et gonflé, les... nave. Des années plus tard je me reconnu meurtrier.

Jean Kerbrat, *KCC*, 1998.
photo : Kerbrat, courtoisie de la Galerie du Génie, Paris

Detournement, Infiltration, Disruption:
Elements for a New Situationist Practice

Can we retain a Situationist paradigm that focuses on the role of intervention in the places and non-places of art? Does it make any sense to compare the Situationist International's critical analysis of art (which paid particular attention to the logic of *topos*) with contemporary artistic practices that use Situationist strategies for formal purposes?

It is no longer subversive or provocative for artists to present their work in places not reserved for art – "outside-places." The physical presence of artists in public space, such as the Diogenes-like postures of Attitude Art, doesn't *ipso facto* position the work as a form of resistance. Throughout the 20th century one could assume that such gestures were acts of resistance, but of late we have become weary of this type of action, which at times is close to being nothing more than an extension of cultural activity.[1] Therefore, we must accept a statement that seems somewhat contradictory: the range of contemporary artistic practices is expanding, while the boundaries of art (within the contexts of economics and virtual space, for instance) are being pushed back. In this case, the gesture remains Promethean, but unlike Prometheus and the historical avant-garde, the meaning is not the least bit transgressive. To get away from this apparent contradiction, we must analyze contemporary contexts in light of issues addressed by the Situationist International during the late-1950s. The Situationists reproached the avant-garde – Surrealism in particular – for "the inflexible systematization of their practice and their criticism."[2] The Situationists believed the avant-garde's systematic approach to making art was destined to become a style, and eventually a dominant ideology via the successive stages of being integrated into institutions and appropriated by bourgeois society.

An astonishing example of this very problem was described in the first issue of the *Internationale situationniste*, in which they reproached the use of automatic writing by the Surrealists, linking it to the practice of brainstorming. They wrote:

ALINE
CAILLET

Nothing, however, makes such a sharp turnaround of Surrealism's subversive discoveries as the exploitation of automatic writing and the collective games based on it, which is used as a way of looking for ideas called brainstorming in the United States. [...] In a limited timeframe, a certain number of people have complete freedom to put forward as many ideas as possible, whether strange or not and without risk of censure. The quality of the ideas is not important. [...] Quantity takes precedence over quality.[3]

The perennial nature of such criticism is striking. A book by Luc Boltanski and Eve Chiapello, *Le nouvel esprit du capitalisme*, published in 1999, provoked a lot of anxiety among artists, and had strong repercussions for the art milieu (at least in France). Boltanski and Chiapello pointed out that the critical categories put forward in Attitude Art during the 1960s – most notably schemes for social interaction, sincerity and closeness – have been assimilated into management manuals used in the 1980s, but otherwise haven't had much of an impact over the last 40 years. When faced with a mistrust of any criticism concerning art's inevitable integration into realms of aesthetics and/or culture[4] – an integration that transforms art into an "artificial label that uses advertising to boost the prestige of a new style"[5] – it isn't surprising that the Situationists came up with the strategy of *detourning* already existing realities. Detournement meets a very simple and practical need: the "ease of use and inexhaustible potentialities for reuse,"[6] insofar as an infinite number of possible detournements exist within the same subject (or object). It was believed that this strategy would be the only way to avoid the following pitfalls: exhausting the form, petrifying the style, or aesthetic/cultural integration.

"All forms of expression eventually become empty and a parody of themselves"[7] and, "everywhere the freeing of art forms has signified their reduction to nothing."[8] The same danger threatens all "outside" practices attempting to occupy "new places," or endeavouring to make art where it is not *a priori* expected or welcome. However, enlightened by Situationist criticism, a potential strategy emerges that can deal with the dialectical movement of the integration and/or inevitable absorption of the "non-place" into established aesthetic or cultural contexts. By employing the strategy of detournement, an artist (or artists) can create critical and subversive possibilities from within the institution itself. Extolling the replacement of concepts such as creation and style, the

---

1   On this subject, see Paul Ardenne, *L'art dans son moment politique*, especially "L'ex-situ comme lieu commun," Brussels, La lettre volée, 1999, p. 117–127.

2   "Amère victoire du surréalisme," IS no. 1, June 1958, in *Documents relatifs à la fondation de l'IS*, Paris: Allia, 1948–1957, 1985. Published in English in Ken Knabb, ed. and trans. Situationist International Anthology, Berkeley: Bureau of Public Secrets, 1981. Our translation.

3   *Ibid.* Our translation.

4   "Le monde moderne a rattrapé l'avance formelle que le surréalisme avait sur lui." IS no. 1, June 1958, in *Documents relatifs à la fondation de l'IS*.

5   Gianfranco Marelli, *L'amère victoire du situationnisme*, Arles, Éditions Gulliver, 1998, p. 84. Our translation.

6   "Le détournement comme négation et comme prélude" IS no. 3, December 1959, in *Documents relatifs à la fondation de l'IS*. Our translation.

7   Op.cit. Our translation.

8   "Le sens du dépérissement de l'art," *IS* no. 3, December 1958, *op.cit.* Our translation.

practice of detournement aims precisely at affirming that nothing exists, be it the object/place[9] or non-place of art. For the Situationists the central characteristic of engaged art is that of perpetual motion – as represented by the idea that all forms of detournement should in themselves be detourned or displaced. Art must never be contained. The artistic and political implications of such a practice have more to do with creating situations than responding to the prerogatives of the art world.[10] Where necessary, artists will have to formulate new languages, at times using the tools and techniques of mass communication. Detournement should never reflect a style that is characteristic of something called Situationist production; it is "a trace of the process that leads, as we know it, to surpassing art by creating situations."[11]

The artists whose projects I will discuss in this essay each in their own way work with what can be referred to as "non-places" of art: a public garden, embassies, the UN, a police station, a consignment store, etc. The meaning and value of these practices does not lie, strictly speaking, in the occupation, appropriation, or transformation of what is being referred to as a non-place of art. Instead, it is a matter of resorting to formal strategies that invert or displace the socio-cultural dynamics of certain situations, as well as employing tactics of infiltration that throw light on a given context by means of art. The ultimate function of detournement is characterized by changing the perspective completely.

What is a Place of Art?

When exploring issues related to new contexts for art, we must also reflect on what a "place of art" is, what defines it specifically, and what codes govern it. This line of questioning seems to be characteristic of contemporary practices that have evolved out of Situationist strategies which place emphasis on endlessness, hiatus, or the folding together of two worlds.

The artist Alain Declercq, borrows methods of shadowing, investigating, and infiltrating, to create pieces that are emblematic of what intervention and juxtaposition/opposition signify. In *Attention radar*, he identifies the radar device, then confounds this symbol of security ideology and surveillance, themes he is particularly interested in. For *Welcome Home, Boss*, presented in Montreal, Declercq took detournement a step further, reviving its propaganda-like methodology and reinforcing its definition as a weapon of battle.[12]

---

9   We intentionally refer to this superposition of object/place. Although it seems that for the Situationists detournement was used for detourning objects or literary citations, nothing prevents it from being carried out as an attitude, a way of being or doing, or as a situation. For the Situationists, detournement was primarily defined by its pragmatic and strategic function, by its political meaning rather than its formal structure. Thus, by detournement, we mean artistic practices that take something that already exists and alter it in some way, literally, changing its course, destination, and significance through a kind of intervention. In the works cited here, this practice is most often embodied through a gesture.

10 Concerning this last point, the opposite is actually intended: the practice of detournement contributes to undermining the official culture by showing the art world's deterioration and loss of significance, which on the other hand does not signify "the work's loss of value." "Définitions," IS no. 1, *op. cit.*

11 Gianfranco Marelli, *op.cit.*, p. 99.

12 See "Mode d'emploi du détournement," *Les Lèvres nues*, no. 8, May 1956, in *Documents relatifs à la fondation de l'IS*.

Alain Declercq, *Welcome Home, Boss*, 2001.
photo: courtesy of the artist

Using a powerful light projector mounted on a pick-up truck, Declercq drove around at night illuminating the facades of private homes in the upper class neighbourhood of Westmount. He did the same to public buildings which house seats of power, such as the Stock Exchange and the Court House. He then photographed the buildings, reflecting the gaze back on sites that rely on video surveillance systems.

For *Welcome Home, Boss* the first stage of the detournement took the form of a semantic inversion: the event was titled *The Power of the Image* (part of Mois de la photo à Montréal), a title the artist performatively transformed into "images of power." This in itself is already an infiltration, because exhibitions are meant to be places for reflection – reflexive spaces – but here Declercq replaces the image with a presence. This nominal reversal draws reality into the space reserved for aesthetics. By shadowing "people of power" who live in Montreal – setting himself up in front of mansions belonging to the mayor and rich industrialists – and photographing their houses, the artist inverts the process of lighting and surveillance.

The second stage of Declercq's detournement deals with actions carried out by those who keep watch over private property and the surveillance systems that control public space. A strategy of close-range surveillance can be found in various pieces by Declercq, such as those that shadow the police through the use of photographs. In response to his photographs of weapons considered by the police to be part of terrorist infiltration, and his images of undercover police at demonstrations, Declercq has said,

I began to film groups of police using the same techniques of surveillance. Filming those who keep watch to see how they observe us. [...] Understanding their way of operating has become a kind of reassuring obsession, despite the numerous times I have been stopped for 'disturbing the peace' or for 'preparing a terrorist act' when I dwelt a bit too long on the exhibited weapons, which was both absurd and dishonest. Everyday the media broadcasts images of the police but an individual does not have the right. Observing reality in the streets has become a form of illegality; therefore, creating tension and excitement, a challenge...[13]

But this approach to making art, which depends on the re-appropriation of a process, with the objective of detourning it through strategies of infiltration, becomes even more complex when one compares it to *Make Up* (2002), a piece Declercq presented at Brétigny sur Orge Centre, in the outskirts of Paris. For this project, the artist bought a *Citroën évasion* (an automobile used by French police), and made it look like a typical police vehicle – an act that is illegal and punishable by law. The vehicle had a sign saying "work of art," which protected it from being seized. Visitors to the exhibition were allowed to borrow the car, but driving it in a public space would have been a criminal act. The tensions between what is licit and illicit – echoing the tensions between place and non-place – are what make this piece interesting. Here, the exhibition place clearly seems to be a protected space. When objects enter an art museum, their status immediately becomes that of an artwork. Paradoxically, artists who constantly flirt with the law, continually rely on it for protection. Through a play of performative contradictions Declercq is able to engage in illegal acts. From this point of view, his work

13 Alain Declercq, "Entretien avec Claire Staebler," *Hardcore, pour un nouvel activisme*, Paris: Palais de Tokyo, 2003, p. 122. Our translation.

plays off of the virtues of art's autonomy, in a non-demagogic and non-ironic way. In cases such as this, spaces where art is shown can be thought of as providing free space, sheltered from the systems of surveillance and security prevailing on the outside. But even though the autonomous space of art, its "natural" place, provides a certain amount of freedom, taking Declercq's car out on the street is to risk six months in prison. This is where the thrill begins. In the non-place of art, there is no protection. Risk comes into play. (Is this why the car was never borrowed?) It is important to note that even though *Make Up* never left the institution, the artist had to engage in various risk-oriented strategies: infiltrating, shadowing, and clandestine surveillance.

From the Readymade to Detournement

Detournement creates a dialectical relation between place and non-place, but in the end does not undermine the space of art, any more than that of the outside. This is what distinguishes it from the modern logic of the readymade, which actually created a crisis for the institution. Gianni Motti's series of photographs, *Paysages-Dommages collatéraux*, and his legal problems with the AFP (Agence France-Presse), exemplify differences between artistic strategies based on detournement and those that focus on the readymade.

In 2002, Motti bought photographs from the AFP press agency, which depicted war-torn landscapes in Macedonia and Kosovo. For 350 euros, the artist obtained a "right of inspiration," as it is commonly referred to in the comic strip milieu. He lightly retouched the photographs, enlarged them, removed their labels, and exhibited them in galleries as *Paysages-Dommages collatéraux*, selling them for 3,000 euros each. This work, in the form of an ironic tribute to George Bush, is hardly a matter of representing the war – if the AFP is allowed to sell these images, it is precisely because they do not represent the realities of war; they obviously missed their target in some way. On another occasion, Motti accepted an invitation to show this piece at an exhibition of news photographs in Perpignan (France). It was there that the AFP reacted and had the photographs removed from the exhibition. A legal dispute followed. Motti's piece, and the AFP's reaction to it, created a lot of tension (similar to that of Declercq's work). Numerous issues were raised concerning art's movement between places and non-places, its validation in official art spaces, and its censure when situated outside of the art milieu. In response to the project, the artist stated, "These photographs did not have a problem in art venues, but as soon as I showed them in their original domain – with news photographs – this posed problems. These war images exported into art then re-imported into this festival, is a little as if Duchamp had presented his signed urinal in an exhibition of bathroom fixtures."[14] Motti's initial gesture of exhibiting readymade photographs[15] is similar to methods employed by Duchamp, but his decision to re-position them within their "proper" context indexes the logic of detournement, which isn't so much concerned with the object itself, but has more to do with the object's place of origin. In this sense, Motti's gesture is similar to a minor detournement: "detourning an element that is not important on its own, but only becomes meaningful in the presence of that to which it is subjected."[16] Motti's detournement rests in the very confrontation of this "minor"

---

14 Gianni Motti, "Entretien avec Jérôme Sans," *Hardcore, pour un nouvel activisme*, p. 145.

15 The artist lightly retouched the photographs, but they can still be referred to as readymades.

16 Mode d'emploi du détournement," *Les lèvres nues*, no. 8, May 1956, op. cit.

element: photographs of war-torn landscapes are presented alongside photographs that supposedly "cover" the event.

Here, we can see a movement away from the modernist tradition's emphasis on symbolism (which is characterized by a form of detournement based on transforming commodified objects), and a movement towards strategies of detournement related to Situationist notions of depreciation and immanent contradiction.[17] In the dialectical movement of import/export, for the purpose of transforming art practice and extending its prerogatives, a logic of *disruption* is substituted, which consists of destabilizing our perception of reality, while at the same time criticizing our representations of it from within. This particular form of detournement, as a logic of disruption, turns out to be formidable and inexhaustible. The Situationist strategy of transforming pre-existing artworks or cultural objects, and presenting them in new situations, came from the "dual movement of depreciation/revaluation."[18] The initial meaning of an object is lost and becomes part of another significant unity,[19] which is much more complex thanks to the coexistence of past and present meanings: "their endlessness."[20] If the Duchamp-like shift is a matter of trans-substantiation that leaves nothing of the initial object remaining,[21] as Arthur Danto so clearly articulated, the Situationist strategy of detournement presents a hiatus in which the meaning of the work is engulfed – the opposite of coexistence. In a way, the photographs in *Paysages-Dommages, collatéraux* could have been exhibited as news photographs (because that is what they were), but in fact, the images would never have existed because they didn't represent the war (which is why they had been discarded). Motti here reverses the order of facts and rights: from the AFP's point of view, Motti's presentation of the photographs was litigious because the images were not his, they were appropriated. Here, detournement neutralizes the original thing, without getting rid of it. Hiatus and disjunction make up the detournement as such. Motti's use of the strategy turns the object into an infiltrating *persona non grata*, the virtue of which is to maintain a critical distance to the ensemble of exhibited news photographs, while at the same time casting doubt on the meaning and value of what is presented.

Declercq and Motti[22] have similar approaches to making their work: formally, their practices involve detournement; tactically, their practices proceed by infiltration. As a result,

17 For the Situationists, [detournement] is not used with the intention of making the everyday wonderful, by showing the surreal aspect and creative images of all forms of reality, but to reveal the process of depreciation inherent in the image represented. [...] Hence, [detournement] is not a style characterizing the Situationists' production, but a trace of the process that led, as we know, to the surpassing of art by the creation of situations." Gianfranco Marelli, op. cit., p. 99.

18 "Mode d'emploi du détournement," *Les lèvres nues*, no. 8, May 1956, op. cit.

19 It is "losing the significance of its first meaning [...]; and at the same time, organizing another meaningful ensemble that gives each element new scope." "Le détournement comme négation et comme prélude," IS no. 3, December 1959, op. cit.

20 "Mode d'emploi du détournement," *Les lèvres nues*, no. 8, May 1956, op. cit.

21 Symbolized by the urinal becoming an artwork titled *Fountain*.

22 One could make the same analysis of Gianni Motti's various infiltrations such as *Indonesia*, in which he succeeded in occupying the Indonesian representative's seat at the UN in Geneva and actually got to speak. And in the series *Journal*, Motti, a master of shadowing and appearing, followed news reporters and interfered with their photographs. Or we can also consider Matthieu Laurette's *Apparitions*: for his first artistic act while still an art student, Laurette simply became part of the audience in a television show. At the same time that Laurette "appeared" on screen, the general public was invited to watch the television show in a gallery.

both artists can be said to create disruptions that challenge the perceptions of a given milieu or field. Their works do much more than simply create confusion around a particular object. This last point is significant, and is a singular characteristic of detournement as defined by the Situationist International. The objective is not the valorization or de-valorization of the object, which is only a formal process. Through detournement, artists attempt to reorganize objects, images, and events as a means of introducing new points of reference.

A New Situationist Practice?

If one can speak of a new Situationist practice, it is because artists are still using the strategy of detournement in their work. But contrary to the Situationist International's emphasis on the dissolution of art in everyday life, many of today's artists maintain practices that don't resist the autonomy of art or the institutional space ever-present in the background. This background is valid as a way to create tension, especially in relation to questions concerning the place and non-place of art. It also enables the Situationists' somewhat utopian objective to be surpassed, simply by expanding the sphere of critical artistic practices, i.e. making them open and accessible to a broader public.

Martin Dufrasne's work, *Pétanque royale*, produced for Émergence 2000, is striking for how precisely it addresses its subject matter. In Quebec City, retired people play *pétanque* everyday in a special area of Parc de l'îlot fleuri. In an unused area beside them, Dufrasne installed a stand and organized an absurd game that mimicked *pétanque*. This pathetic reflection of the real game was played blindfolded, with a single *pétanque* ball. The rules were strangely familiar to those of the real game, and the goal was to win the maximum number of jacks. The most interesting aspects of Dufrasne's piece resided in the questions and reactions that the "game" provoked in the *pétanque* players. Of course, the game inspired passionate discussions about contemporary art and its significance.

Here one finds the triad detournement/infiltration/disruption previously discussed. Dufrasne's piece did more than inspire debate between those who played the game, it also created tension between the coexistence of place and non-place. The main thing isn't that Dufrasne turned the site into a place of art – *Pétanque royale* isn't about changing the definition of the place of art. What is most important about this work is the overall questioning of relations between place and non-place – i.e. the possibility of coexistence.

What interested me was to detourne their space, to make another game [...] to juxtapose my art right at the edge of their territory, almost inside to provoke them.[...] Not to be in their area, but close enough so that it was necessary to re-examine the boundaries.[...] It was also a way of exploring how an art event might coexist with the usual activities of a place. I wanted to stir things up there. And it was also an opportunity to see if art could generate real encounters.[23]

But just because a work such as *Pétanque royale* introduces a bilateral movement that inspires reflection on definitions of place – definitions that depend on the context for

---

23 Martin Dufrasne, interview with the artist. Our translation.

their meaning – that doesn't necessarily mean the work employs Situationist strategies concerned with the dissolution of art into life. With Dufrasne's piece, detournement is used to address the issue of coexistence.

The artist Jean Kerbrat is a follower of the Situationist International who likes to create works that play off of tensions between fusion/confusion while drawing attention to questions concerning place and non-place, but his is a strategy of inclusion. KCC (Kerbrat Compagnie Convertisseur) is the name of a SARL[24] founded by Kerbrat and others, who together came up with the following idea: open a consignment store, bring in objects that have been salvaged from various places, transform them into artworks, and then sell them. This strategy is still that of detournement, but here emphasis is placed on making money. The artists were going to base the price of their detourned objects on what the salvaged object was worth when it was brand-new. At the time, the standard retail price of such objects included a sales tax of 19.6%. But when people purchase artworks, they only have to pay 5.6% tax. The idea was to charge the regular tax of 19.6% when selling the detourned objects, and therefore a profit would be made due to the difference in tax rates. But a key investor withdrew from the project, and KCC wasn't able to open their store. As a result, Kerbrat placed some of his own objects in consignment stores near art centres. The objects that Kerbrat put up for sale were marked with red dots (the opposite of what art galleries do). He photographed the detourned objects that were on display and then placed the enlarged images next to the artworks that were in his studio. Then he photographed the studio. When looking at these images, one couldn't tell the difference between the objects and the artworks. Everything worked so well together that the studio itself eventually became a KCC. A double subversion took place: the consignment store, a place for second-hand material, was detourned to create a playful space where the objects acquired new life, more invigorating than the first; and the institutional framework of art, and the art market were transported into a real economic space (the consignment store). As with other works discussed in this essay, KCC's piece creates tension between the place and non-place of art; questions raised in response to the objects in the consignment store, inform our interpretation of artworks presented in the institution (and vice versa).

What can be learned from works such as these? We seem to be living in a time when nothing surprises or compels the informed art viewer. However, the shifts and movements considered in this essay have profound implications for contemporary artistic practices, and represent an attempt to enlighten segments of reality by means of art, rather than furthering the development of art for art's sake. In this sense, the works discussed are completely distanced from the "historical" forms of the Situationist International, but share their commitment to a critical reversal of perspective through disruption. By giving themselves the freedom to use any medium whatsoever, and by transforming the meanings contained in original contexts, these artists have taken steps toward the creation of a new language.

---

24 Société à responsabilité limitée (Limited Liability Company).

Des paparazzi à la rue déserte
Entretien avec Emmanuelle Léonard

NATHALIE
DE BLOIS

Le travail d'Emmanuelle Léonard conjugue des préoccupations de représentation de l'espace social, d'esthétique de la photographie documentaire et du concept d'auteurship. En 2001, l'artiste réalise une oeuvre d'envergure – Les travailleurs – qui, tout en ouvrant une fenêtre inédite et sans complaisance sur le monde du travail, a la particularité de remettre en question de façon originale la relation auteur-sujet. Pour la réalisation de cette oeuvre, l'artiste a demandé à près de 50 individus de photographier leur lieu de travail, reléguant ainsi à un second ordre son propre rôle au profit des participants dans le procédé de l'oeuvre.

Si la pratique de la photographie participe à l'intégration d'événements mémorables de la vie affective, tels un mariage, un séjour à l'étranger, une graduation, les lieux du travail quant à eux figurent fort peu dans nos albums de famille, comme le remarque Emmanuelle Léonard, à l'heure où les images de la vie publique semblent de moins en moins nombreuses, où la pratique de la photographie se voit de plus en plus contrainte d'observer les codes et règlements que lui impose le monde d'aujourd'hui, sous prétexte de protéger la vie privée. C'est en déviant des normes, parfois de manière très ténue, que l'artiste se crée une position décalée afin de mettre à l'épreuve les conventions et arracher de l'anonymat et de l'indifférence ce non-lieu, ce territoire résiduel de notre vie affective.

Si le monde du travail (et ses corollaires tels l'économie, le marché, l'emploi du temps, etc.) figure parmi les thèmes majeurs qui caractérisent les pratiques artistiques contemporaines, sa récurrence dans l'oeuvre d'Emmanuelle Léonard ne représente peut-être pas une simple adhésion au thème. Elle devient plutôt, dans le contexte de protection actuel, l'expression dans le domaine esthétique d'une attitude éthique, pour reprendre une expression de Bourdieu, une manière de se projeter dans le monde plutôt que d'en dresser un simple tableau.

Ces entretiens, réalisés suite au colloque Lieux et non-lieux de l'art actuel, conjuguent une réflexion de l'artiste sur son propre travail et plus globalement sur les façons particulières d'investir certains territoires où se chevauchent le public et le privé, le personnel et le social, l'individuel et le collectif.

N. de B. – Vous avez beaucoup photographié le monde du travail. Qu'est-ce qui vous a amené à traiter ce sujet en particulier?

E. L. – Plusieurs raisons m'y ont conduite. C'est un sujet qui m'intéresse et qui est fréquemment présent dans mon travail, entre autres parce qu'il est intimement lié à l'histoire de la photographie. La relation au travail a traversé le 20e siècle. Elle rejoint d'ailleurs plusieurs enjeux qui ont marqué son développement. Je cherche à élaborer des stratégies de représentation de l'espace social par le biais de documents photographiques. Ce qui m'intéresse principalement dans le monde du travail, c'est qu'il se situe au croisement des domaines dits social et privé.

N. de B. – En 2002, vous avez réalisé *Les travailleurs*, une oeuvre à laquelle ont contribué près d'une cinquantaine de personnes. Pouvez-vous décrire la logique qui sous-tend cette oeuvre, qui soulève notamment la question de la position ou du lieu de l'auteur en relation avec son sujet.

E. L. – Avec ce projet, je voulais constituer une banque d'images portant sur la relation d'individus avec leur espace de travail. Inévitablement, la question du portrait se posait. Au départ, j'ai cherché à appliquer une méthode se rapprochant de celle que j'avais employée pour la série précédente, les *Pantomimes*. Je m'intéressais à la distanciation brechtienne, et je voulais faire poser les travailleurs dans leur milieu de travail. Je leur demandais de choisir eux-mêmes la pose afin d'obtenir des images qui soient révélatrices de la relation au lieu, à l'espace. Or, comme l'appareil photo est quelque peu autoritaire, tout comme le monde du travail, mon approche n'a pas fonctionné comme je le souhaitais. D'abord parce que les gens étaient intimidés, mais aussi parce qu'il s'agit d'un lieu qu'on ne s'approprie pas facilement. Il y a toutes sortes de relations dans ce contexte, liées au pouvoir ou aux obligations, de sorte qu'il n'y était pas facile pour les personnes de «jouer» et d'éviter une certaine forme de crispation (ce qui, en soit, peut être intéressant).

N. de B. – C'est alors que vous avez entrepris d'inverser le processus en vous dessaisissant de l'appareil photographique pour le remettre dans les mains des travailleurs eux-mêmes?

E. L. – En effet. Je savais que ce qui m'intéressait n'était pas le visage des gens. C'est la position qui me fascinait, c'est-à-dire un jeu sur la distanciation et une forme de théâtralité. Plus que la morphologie, c'est la perception des travailleurs du monde du travail ou la relation que les travailleurs avaient avec leur milieu qui m'intéressait. Donc, j'ai décidé d'inverser le processus, de solliciter l'oeil de l'autre, et de faire des portraits non pas de visages mais de regards. Je leur ai demandé de prendre eux-mêmes les photographies. Plusieurs dizaines de personnes ont été invitées à réaliser des images suivant deux paramètres : qu'elles photographient leur lieu de travail et qu'elles le photographient à un moment où personne ne l'occupait – autrement dit, en mettant l'emphase sur l'espace et non sur des rapports interpersonnels. Au total, 48 personnes ont photographié leur lieu de travail.

N. de B. – Cette appropriation de la vision d'autrui modifiait non seulement votre position mais également celle de votre sujet, le travailleur, qui devenait à la fois le sujet du projet photographique et son instrument. Est-ce qu'on peut parler d'une forme de dissolution de la frontière entre vous et votre sujet?

E. L. – En demandant aux travailleurs de prendre les photos, on se retrouvait dans une relation à l'espace, et c'est ce que je recherchais. Le but était d'obtenir des images puisant dans la perception de l'autre, c'est-à-dire que l'angle choisi par l'auteur devenait aussi révélateur que les éléments représentés. Cela dit, je ne me suis jamais considérée moins auteur parce qu'il y avait un autre auteur. En ce sens, il n'y a pas vraiment de dissolution. Je m'intéresse tant aux mécanismes de production et aux modes de diffusion qu'à l'image comme telle. En fait, ces deux dimensions doivent trouver une cohérence. C'est pourquoi je change toujours de technique. Chaque sujet demande son propre mode de production et porte ses propres références.

Presser sur le déclencheur n'est pas concluant pour moi. Dans le cas des *Travailleurs*, c'était intriguant de recevoir les films puisque je ne savais pas ce qu'il y avait sur les images. Et surtout, ce procédé m'évitait de tomber dans des stéréotypes. Quand j'ai commencé à faire des portraits, il me semblait difficile d'éviter certains clichés. Et le fait de demander à l'autre de prendre les photos, c'est-à-dire de laisser tomber la position d'auteur, m'a permis de jouer avec cela. Aussi, en abandonnant le rôle de photographe, j'ai eu accès à des lieux fermés au regard étranger. Après, bien sûr, j'ai effectué des choix mais tout en étant confrontée à la vision d'autrui.

N. de B. – Et c'est à cette étape du processus que vous revenez en scène dans le projet.
E. L. – En effet, si l'abandon de ma fonction de photographe s'est fait suivant une certaine logique, l'utilisation de cette banque d'images d'environ 1 000 photos restait problématique. Au départ, j'ai basé ma sélection des corps de métiers sur les données compilées par l'Institut de la statistique du Québec (1999), qui découpe l'emploi dans la province en une quinzaine de secteurs, en essayant d'avoir un nombre de personnes proportionnel à l'importance du secteur. Puis, j'ai inclus des activités comme femme au foyer, chômeuse, prostituée, qui ne sont pas répertoriées dans ce contexte statistique. Par contre, en ce qui concerne le secteur de fabrication industrielle, des trous subsistent, les grandes corporations étant impénétrables.

J'ai regardé ces images longtemps, puis j'ai décidé de faire une sélection serrée en me rappropriant les visions d'autrui pour constituer des regards croisés. Ce documentaire se déploie en mettant en scène les manières de faire, les récurrences, selon une série d'images par auteur comme brève narration, affirmant ainsi l'ambiguïté entre la présence multiple d'auteurs et l'absence d'individus et d'activités dans les images.

N. de B. – Le *style documentaire*, pour reprendre l'expression de Walker Evans, a eu une grande influence sur votre travail photographique. D'ailleurs, *Les travailleurs*, suscitent certaines questions fondamentales quand au statut de l'image et du rôle de l'auteur.
E. L. – J'aime beaucoup cette expression de Walker Evans qui témoigne bien de toute l'ambiguïté rattachée au concept du documentaire. Je qualifie volontiers *Les travailleurs* de document d'archives, des archives impures aux origines mixtes. Ce projet, qui est bâti sur l'idée d'un croisement de visions, est en effet une manière de jouer avec la figure de l'auteur. Foucault nous rappelle d'ailleurs la fonction de cette figure lorsqu'il évoque l'apparition de l'auteur de fiction, au Siècle des lumières, alors qu'au même moment, la notion d'auteur en science disparaît. Foucault explique que la science, alors en voie de devenir «norme et vérité», devait, pour asseoir sa crédibilité, être répétable et anonyme. En fiction, c'est tout le contraire qui se produit. C'est le nom de l'auteur qui est garant de l'importance et de la signification. Alors, son oeuvre ne parle plus du monde mais de son

Emmanuelle Léonard, *Les travailleurs*, 2002.
photo : courtoisie de l'artiste

génie, de lui-même. L'auteur est ainsi ce «principe d'économie dans la prolifération du sens, régulateur de la fiction», arbitre permettant d'éviter le débordement des significations. Qu'est-ce qu'on fait alors avec une photo documentaire? Que faire d'une photographie de qualité *impure?* Photo de passeport et oeuvre d'art, le statut de l'image photographique est douteux, d'autant plus dans le cas d'une image documentaire naviguant des filières policières, au quotidien à grand tirage, à la cimaise d'une salle d'exposition. Il s'agit là d'une riche ambivalence puisque si le document photographique n'a idéalement pas d'auteur pour servir de «document» à valeur testimoniale, la justification de l'oeuvre d'art, elle, passe précisément par la signature, comme nous l'a enseigné Duchamp.

Les travailleurs est un document d'archives, et, en fait, il n'y a pas de contresens entre art et archives. Les archives viennent toujours d'ailleurs. On a des archives policières, médicales, etc. Rien de cela ne se construit pour être des archives en soi. Elles le deviennent au bout d'un certain temps, c'est tout. Je vois *Les travailleurs* comme telles, car force est de constater l'inexistence traditionnelle de pareilles photos. Absents des albums de famille, des commodes de salons, nos lieux de travail ne font pas partie de notre pratique dite amateure de la photographie, une pratique qui s'intéresse principalement au domaine de la vie privée.

Et si le nom de l'auteur gêne comme une paternité lourde de déterminismes, plutôt que de l'éliminer, j'ai choisi d'en offrir une multitude. Et à cette multitude de regards posés sur des lieux spécifiques, pourquoi ne pas revendiquer un droit de parole et leur attribuer une valeur de documents d'archives?

N. de B. – Au cours du processus, quel rapport avez-vous entretenu avec les gens à qui vous demandiez de photographier leur lieu de travail? Acceptaient-ils facilement de collaborer?
E. L. – La réaction des gens en était souvent une de surprise. D'abord, ils me disaient : «C'est toi la photographe, pourquoi est-ce que c'est moi qui prendrais les photos?» ou encore «Ce n'est pas beau, ça ne me ressemble pas». Pour convaincre, je leur disais qu'un prêtre, un psychiatre, une prostituée, un avocat, une éboueuse avaient accepté, et qu'ils avaient réalisé des images fascinantes. Du coup, ils se disaient par ricochet que si ce que les autres avaient fait pouvait être intéressant, peut-être que ce qu'ils avaient, eux, à montrer l'était aussi.

N. de B. – Vous avez mentionné que plusieurs grandes entreprises étaient impénétrables. Vous avez donc essuyé le refus de plusieurs d'entre elles?
E. L. – En fait, dans environ 50 % des cas, j'ai procédé par personnes que je connaissais plus ou moins directement. Certaines prenaient les photos sans demander la permission. Pour l'autre 50 %, j'ai fait des demandes en bonne et due forme aux entreprises. Ce qui est particulier, c'est que dans le domaine privé, les grandes compagnies comme Merck Frosst ont toutes refusé, mais sans jamais répondre franchement. Elles maintenaient un flou, question de ne pas dire non ouvertement. Le monde du travail est jaloux de son image publique et cela est d'autant plus vrai pour de grandes compagnies qui investissent massivement dans la publicité et la construction d'une image corporative. Dans bien des grandes compagnies, les employés ne peuvent prendre de photographies au sein de leur lieu de travail. On m'a raconté le cas de travailleurs syndiqués de GM, qui, voulant prendre une photo de groupe sur les lieux de

Emmanuelle Léonard, *Les travailleurs*, 2002.
photo : courtoisie de l'artiste

travail pour un membre qui prenait sa retraite, ont obtenu, après maintes négociations, le droit de le faire à la condition que le photographe soit désigné par le secteur des communications de la compagnie.

Dans le cadre ce projet, il fut impossible, malgré de nombreuses tentatives, d'obtenir la permission qu'un employé de Merck Frosst et de General Motors photographie un bureau ou tout autre lieu anonyme. Par conséquent, j'ai décidé de remplir moi-même l'espace statistique laissé vide par ce refus en m'intégrant alors à titre de travailleuse, photographe. Je me suis aventurée sur le terrain de ces compagnies pour voir jusqu'où je pouvais me rendre pour les photographier. Après 2 min 35 sec dans le stationnement de Merck Frosst et 3 min 5 sec dans celui de GM, on m'a sommée de quitter les lieux.

N. de B. – À votre avis, est-ce qu'on accorde trop d'importance ou de poids à l'image aujourd'hui?
E. L. – Il semble y avoir disproportion entre ce que sont les images et la difficulté de les obtenir. Et cela ne concerne pas uniquement l'entreprise privée mais aussi le secteur public et parapublic. Il m'a fallu prêter serment à la Reine afin d'obtenir la permission de photographier un bureau de chômage. Avec, pour résultat, une photo de chaises! Paradoxalement, on cherchera longtemps les éléments compromettants. Ce sont des lieux anonymes, anodins et somme toute assez banals.

Nombre de domaines de l'emploi se ferment à la représentation par autrui sous couvert de protection de la propriété privée. On invoque aussi souvent la protection du secret professionnel. Et cela semble s'appliquer de plus en plus à l'espace public ou semi-public. Les centres d'achats, les transports en commun, etc. interdisent que l'on photographie. Ce qu'on qualifie de *Street Photography* paraît condamné sous la pression des permissions. Permissions à juste titre dans le cas du portrait, pour que son image ne soit pas utilisée à des fins auxquelles on n'adhère pas, mais qui a l'effet retors que tout ce que l'on peut se permettre, ce sont des rues vides.

D'un autre côté, il est amusant de voir certaines grandes compagnies jouer sur les codes documentaires. Par exemple, dans certaines photographies de rapports annuels, on observe des scènes élaborées qui simulent la vie quotidienne de l'entreprise. Elles donnent une impression d'instantanéité à travers des constructions recherchées. Donc, d'un côté, on se sert de la photo pour faire de la publicité et pour construire l'image corporative, et, de l'autre, on en restreint l'usage par souci de contrôle. En réalité, la question de la protection de la vie privée n'entre pas en jeu ici. C'est plutôt une question de méfiance quand à l'information et son interprétation que peuvent contenir les photographies.

N. de B. – Qu'est-ce qui explique ces interdictions, ce tabou?
E. L. – Contrainte et crainte, voilà ce que semble inspirer l'idée de photographier le lieu de travail. Face au long dédale des permissions, suivant une exigence réelle de l'employeur ou une forme d'auto-censure, on se demande, en effet, si le monde du travail est tabou.

Dans ce contexte, on a tendance à éviter, à *zapper* tout du revers de la main. Cette méfiance que l'on constate aujourd'hui face à l'image photographique s'est cristallisée tout au long de l'histoire de la photo. Si les réticences n'étaient pas exactement les mêmes à l'origine – pensons aux célèbres critiques de Baudelaire ou aux débats entourant l'entrée de la photo comme preuve dans les cours de justice (voir John Tagg à ce sujet) –, un certain scepticisme régnait déjà. On cherchait les applications possibles de l'outil dans divers domaines. On se souviendra, entre autres, des expériences du sociologue Lewis Hines, aux États-Unis, au début du siècle. Hines se servait de la photographie pour convaincre. Il disait, avec une certaine ironie, que la photographie est comme la publicité, c'est-à-dire plus efficace que ne l'est la réalité elle-même. Il faisait partie des réformateurs qui voulaient modifier la législation de l'État (notamment pour faire bannir le travail des enfants), et qui se servaient de la photo pour faire de la propagande, pour influencer l'opinion publique. À l'époque, on restreignait peu l'accès aux lieux de travail, et les images des photographes ont galvanisé les positions du public. Cela dit, ce n'est que bien des années plus tard qu'ont été adoptées des lois sur le travail (1916, adoption de la première loi encadrant le travail des mineurs).

La méfiance du monde du travail face à la photographie a pris de l'ampleur durant le dernier tiers du 20e siècle, à partir du moment où on a pris conscience de l'impact de l'image lorsque présentée dans certains réseaux de diffusion. Dès lors, le monde du travail, qui se considère de plus en plus comme propriété privée, ferme ses portes. On ne peut plus y photographier sans l'accord du propriétaire. L'espace public est lui aussi, d'une certaine manière, soumis au même mouvement. Écrasé par une forme de privatisation, on assiste à une diminution des possibilités.

N. de B. – Le photographe a-t-il encore aujourd'hui une place pour «travailler» dans l'espace public?
E. L. – Quand j'étudiais la photo, il y a un peu plus de 10 ans, nous faisions tous des photos de bancs de parc en noir et blanc. C'était un classique : les pigeons, les passants, etc. Depuis, il y a eu un changement radical. On a l'impression d'avoir moins le droit de le faire dans le contexte actuel. Dans le doute ou la peur de poursuites, on a plutôt tendance à s'abstenir. Il y a aussi une logique capitaliste qui pousse vers une primauté de la protection de l'individu sur la possibilité de représenter l'espace public. Cela dit, l'espace public semble émerger à nouveau dans plusieurs projets photographiques depuis la fin des années 1990. En même temps, un régime de réglementations plus strictes se met en place. Même si légalement il y a un «flou artistique», la pression est forte pour qu'on arrête de photographier l'espace public. En conséquence de quoi, de larges territoires de la vie commune se cloisonnent. Voilà qui est paradoxal. La vie privée peut se montrer sous presque toutes ses coutures mais ce qui semble plutôt banal, une rue, un wagon de métro, un rodéo à Saint-Tite, tout comme le monde du travail deviennent difficiles à représenter. Et cela est dû aux multiples restrictions, voire aux interdictions, qui sont appliquées sous le couvert du droit à la protection de la propriété ou de la vie privée, deux notions devenues quasi synonymes. Ultimement, c'est la vie collective qui pourrait se voir en déficit d'images. Du moins, d'images ne découlant pas du quadrillage de l'espace urbain, justifié par la sécurité publique.

Si la censure est vieille comme le monde, elle semble s'attacher aujourd'hui à l'être-ensemble, pour reprendre l'expression de Hannah Arendt. Les artistes cherchent d'autres stratégies pour ne pas céder le terrain aux seules caméras de surveillance. Passer par la fiction, la mise en scène, par l'absence, les espaces vides, par l'anonymat de l'auteur, le repiquage d'images, etc. : tous des stratagèmes pour déjouer l'interdit. Et pourquoi pas, jouer à la figure maudite des photographes, jouer aux paparazzi...

Emmanuelle Léonard, *Les travailleurs*, 2002.
photo : courtoisie de l'artiste

Paparazzi on a Deserted Street
An Interview with Emmanuelle Léonard

Emmanuelle Léonard's work deals with questions concerning the representation of social space, the aesthetics of documentary photography, and the concept of authorship. In 2001, she produced Les travailleurs, *a large-scale work that addresses the author/subject relationship in an original way, while also providing insight into the lives of working people. To produce this piece, the artist asked approximately 50 people to photograph their workplaces, thus relegating her own role as secondary to that of the others who were involved in making the work.*

Photographs allow us to collect and conserve memorable events from our emotional life, such as weddings, graduations, or holidays abroad. But why are workplaces seldom featured in our family photo albums? As Léonard has stated, this is a time when images of public life seem to be diminishing in number. Today photographers are increasingly forced to observe the codes and rules imposed on them, under the pretext of protecting private life. By deviating from the norms, at times in very tenuous ways, the artist can assume unconventional positions that challenge conventions and strip away the anonymity and indifference of this non-place, this residual area of our affective life.

Even though the workforce – and related themes such as the economy, the market, everyday life – is one of the major themes characterizing contemporary art, its recurrence in Léonard's work doesn't necessarily reflect a straightforward correspondence to the subject. In the context of our current situation, Léonard's work represents an aesthetic expression of an ethical attitude, to use Bourdieu's term; it provides a way for projecting oneself into the world rather than presenting a simple scene.

This interview, made following the Lieux et non-lieux de l'art actuel *symposium, combines the artist's reflections on her own work with general comments about working in contexts such as the public and the private, the personal and the social, the individual and the collective.*

NATHALIE
DE BLOIS

N. de B. – You have photographed working people numerous times. Why do you work with this particular subject?

E. L. – I have many reasons. It's a subject that interests me and is frequently present in my work. It's also closely linked to the history of photography. There's a relationship to work throughout the 20th century that is akin to many events that have marked photography's development. I try to work out strategies for representing social space through photographic documents. What mainly interests me about working people is that they are located at the intersection of the social and private domains.

N. de B. – In 2002, you produced Les travailleurs, **a work to which almost 50 people contributed. Could you describe the underlying logic of this piece, which raises questions concerning the author/artist's position or** place **in relation to the subject?**

E. L. – For this project I wanted to create a collection of images about people's relationships to their workspaces. Issues related to portraiture inevitably came up. At first I tried to employ a method similar to the one that I used for the previous series, the *Pantomimes*. I was interested in Bertold Brecht's use of distanciation, and I wanted to have the workers pose in their work environment. To get images that would reveal something about their relation to the place (the space), I asked them to choose their own pose. But my approach didn't work as well as I wanted it to, because the camera is hardly authoritative. Nor are the working people. They were intimidated, and as a result the place was difficult to represent. In this context there are all kinds of relations linked to power, obligations or associations that weren't easy for people to "act out." It was also difficult to avoid a certain form of tension (which in itself could be interesting and revealing).

N. de B. – Is this when you decided to invert the process, i.e. give up the camera and put it in the hands of the workers themselves?

E. L. – That's right. I knew that I wasn't interested in the people's faces. What fascinated me was their positions, which became a play on distance and a form of theatricality. Beyond the form, it was the perceptions of workers at work, or the relationships that workers had with their environments, that interested me. So I decided to invert the process, to seek out the eye of the other, and make portraits of the gaze rather than the face. I asked them to take the photographs. A few dozen people were asked to produce images using the following parameters: they were to photograph their workplace, but at a time when no one was there – in other words, placing emphasis on the space and not on interpersonal relations. In all, 48 people photographed their workplace.

N. de B. – This appropriation of the other's vision not only changed your position but also that of your subject, the worker, who became both the subject and object of the photographic project. Could you say it forced the dissolution of the boundary between you and your subject?

E. L. – By asking the workers to take the photographs, I found myself in a relationship with the space, and that's what I was looking for. My objective was to get images using the perception of the other, which is to say that the angle chosen by the worker became just as revealing as the represented elements. This being said, I never considered myself less of an author/artist just because someone else was taking the picture. In this sense, there wasn't really any dissolution between myself and the subject. The mechanisms of production and the means of presentation are as interesting to me as the image itself. In fact, I believe these two dimensions should be coherent. This is why I always change techniques. Every subject demands its own mode of production and carries its own references.

Pressing on the shutter release is not conclusive for me. In the case of *Les travailleurs*, it was intriguing to receive the negatives because I didn't know what the images would be. Above all else, this process spared me from falling back on stereotypes. I now realize that when I started this project, it was difficult to avoid certain clichés when taking the portraits myself. Asking the other to take the photograph made it possible for me to stop this. Also, in letting go of the author/creator position, I gained access to places closed to the gaze of an outsider. Of course, I eventually made choices, but always while being confronted with the other's vision.

N. de B. – And it's at this point in the process that you came back on stage in the project?
E. L. – That's right. Even though I gave up being the photographer, the process was carried out following a specific logic. However, using approximately 1,000 photographs from this collection of images remained problematic. At the start I based my selection on trade association data compiled by the Institut de la statistique du Québec, which in 1999 divided jobs in the province into approximately 15 sectors. I tried to make the number of individuals represented in the piece proportional to the significance of a given sector. Then, I included activities not listed in the statistics, such as housewives, unemployed workers and prostitutes. But gaps remained in the industrial manufacturing sector because the large corporations were impenetrable.

I looked at the images for a long time before making a limited selection. I re-appropriated the visions of others and created intersecting gazes. The documentary unfolds with a series of images by author/photographer as a brief narration, presenting recurring ways of doing, thus affirming the ambiguity between the presence of multiple authors/photographers and the absence of individuals and activities in the images.

N. de B. – Documentary style, to use Walker Evans' expression, has had a great influence on your photographic work. Les travailleurs raises some fundamental questions concerning the status of the image and the role of the author/artist.
E. L. – I like Walker Evans' expression very much. It conveys all of the ambiguity attached to the notion of documentary. I am willing to refer to *Les travailleurs* as an archival document, but one that is impure and of mixed origins. This project, which is based on the idea of intersecting visions, plays off of the figure of the author/artist. Michel Foucault reminds us of the function of this figure when he points out that the author of fiction appeared during the Enlightenment at the precise moment the idea of an author in science disappeared. Foucault explains that science, while in the process of becoming "norm and truth," must be repeatable and anonymous to establish its credibility. In fiction, it's just the opposite. It's the author's name that guarantees the work's significance and importance. The work no longer speaks of the world but of his or her genius, of him- or herself. In this way, the author is the "main subject in the proliferation of meaning, regulator of the fiction." The author is an arbitrator who enables us to prevent the overflow of meanings.

But what do we do with a documentary photograph? What do we do with a photograph of *impure* quality? Whether passport photograph or work of art, the status of the photographic image is questionable, and more so in the case of documentary images

Emmanuelle Léonard, *Les travailleurs*, 2002.
photo: courtesy of the artist

such as those found in police files, daily newspapers, or the walls of an exhibition hall. There is a great deal of ambivalence when it comes to this because in order for the photographic image to serve as a "document" of testimonial value, there wouldn't be an author, ideally. Yet the proof of an artwork occurs precisely through the signature, as Duchamp has taught us.

Les travailleurs is an archival document, and in fact with this piece there's no division between art and archive. Archives always come from somewhere else. There are police files, medical records, and so on, none of which are meant to be archives as such. They become so after a certain time, that's all. I think *Les travailleurs* functions like this because there is no historical evidence of similar photographs. Workplaces are absent from family albums and living-room drawers. They're not part of what's called amateur photography, a practice mainly concerned with the private domain.

And if the author/artist's name is troublesome, due to associations that are weighed down with over-determination, rather than eliminating it, I decided to give many names. And regarding this multitude of gazes fixed on specific places, why not grant them the value of archival documents?

N. de B. – During this process, what kind of relationship did you have with the people who were asked to photograph their workplaces? Did they readily agree to collaborate with you?
E. L. – People were often surprised by my request. At first they said, "You're the photographer. Why should I take the photographs?" or else, "It's no good. That doesn't look like me." To convince them, I told them that a priest, a psychiatrist, a prostitute, a lawyer, and a garbage collector had all accepted, and all of them had produced fascinating images. Upon hearing this, they decided that if what the others did was interesting, perhaps what they had to show would be interesting as well.

N. de B. – You mentioned that several large companies were impenetrable. Did you receive refusals from them?
E. L. – For about 50% of the cases, I worked with people that I more or less knew; some of whom took photographs without asking permission. For the other 50%, I made formal requests to companies. What I found peculiar about the private sector is that the large companies, such as Merck Frosst, all refused, but without ever giving a clear answer as to why. They were vague; they refused, but in a way that didn't openly say no. The workforce is eager to have a good public image, and this is especially true for the large companies that spend massive amounts on advertising to create the right corporate image. In many of these companies, employees can't take photographs in their workplace. I was told of a case in which unionized workers at General Motors wanted to take a group photograph in their workplace for someone who was retiring. After much negotiation, they were granted permission on the condition that the company's Communications Department approve the photograph.

For my project, despite numerous attempts, it was impossible to get permission for employees of Merck Frosst or GM to photograph an office or any other impersonal place. So I decided to fill in the statistical space left empty by this refusal, by taking on the job of professional photographer. I ventured onto the grounds of both companies to see how close I could get to photographing them. I was asked to leave after 2 hours and 35 minutes in the parking-lot of Merck Frosst, and 3 minutes and 5 seconds in that of GM.

N. de B. – Do you think we give too much importance or weight to the image today?
E. L. – There seems to be an imbalance between what images are and the difficulty of getting them. And this concerns not only private companies but the public and semi-public sectors as well. I actually had to swear an oath to the Queen in order to get permission to photograph the unemployment office. And the result was a photograph of some chairs! Paradoxically, one could look for compromising elements for a long time. In the end, these were very ordinary, anonymous, innocuous places.

Under the guise of protecting private property, many workplaces were off-limits to being represented by the other. The pretext of professional secrecy was often invoked, and it seems to me that in public and semi-public space this is happening more and more often. It is forbidden to take photographs in shopping centres, on public transportation, etc. What we know as "Street Photography" seems to be condemned due to the difficulty of getting permission. For photographs of people this is understandable because it prevents the image from being used in a way that the subject doesn't agree with. But this has the intriguing effect of only allowing people to take pictures of empty streets.

On the other hand, it's amusing to see some large companies play with documentary codes. For example, in some annual reports, one can see photographs of carefully crafted scenes simulating daily life in the company. They look like snapshots, even though they are staged. So on the one hand they use photographs for the purposes of advertising and to construct a corporate image, and on the other they restrict its use for the sake of control. In fact, the issue of protecting private life doesn't enter into play here. It's really a question of mistrusting the information that photographs might contain, and their interpretation as well.

N. de B. – Why this suppression of photographs, this taboo?
E. L. – Fear and constraint are what seem to control the idea of photographing the workplace. Whether it is through employer requirements or self-censorship, when faced with the labyrinthian process of getting permission, one actually begins to wonder if the workforce is taboo.

In this context, one has the tendency to stay clear or brush things off. The mistrust that one observes today with regard to the photographic image has been present throughout the history of photography. Although this reluctance wasn't exactly the same at the outset, scepticism already prevailed – think of Baudelaire's celebrated critiques, or the debates about using photographs as evidence in the court of law (see John Tagg on this subject). People were looking for ways to use photography in diverse contexts. For example, take the experiences of the sociologist Lewis Hines in the United States at the beginning of the last century. Hines used photography to convince people. He said, with a certain irony perhaps, that photography is like advertising, that is to say, photography is more effective than reality itself. He was a reformer who wanted to change the country's laws – most notably, to ban child labour – and he used photography as propaganda to influence public opinion. At the time, access to the workplace was seldom restricted, and photographers' images galvanized the public's position. However, it took a long time for new labour laws to be adopted. (The first law to control the work of minors was passed in 1916.)

The workforce's mistrust of photography increased during the latter part of the 20th century, as people became aware of the influence that images have when used in mass media. From then on, the workforce, which was increasingly thought of in terms of private property, closed its doors. One could no longer take photographs at work without the owner's permission. In some ways, contemporary public space is also subjected to the same motivational force. Crushed by various forms of privatization, we are witnessing a reduction of possibilities.

N. de B. – Does the photographer have a place "to work" in public space today?
E. L. – When I studied photography, a little more than ten years ago, we all took black and white photographs of park benches. It was the usual thing: pigeons, passers-by, etc. Since then, there's been a radical change. In the present context, one seems to have less of a right to do this. Being uncertain and afraid of legal proceedings, there's a tendency to refrain. There is also a capitalist logic that places emphasis on an individual's protection rather than the individual's freedom to represent public space. This being said, since the end of the 1990s public space appears to have re-emerged in numerous photographic projects. At the same time, a system of stricter rules has been set up. The laws might be "vague" for artists, but the pressure is on to prevent people from photographing public space. As a result, large areas of community life are closed off. This is paradoxical. Private life can be represented in almost any form, but that which is ordinary, such as a street, a subway car, a rodeo in Saint-Tite, or even the workforce, is difficult to represent. This is due to numerous restrictions and bans applied under the pretext of protecting private life and property, two notions that have become almost synonymous. Ultimately, it's everyday life that will be left with a shortage of images – images that don't correspond to the grid of urban space that is protected by public security.

If censorship is as old as the hills, today it seems to be associated with "being together," to use Hannah Arendt's expression. Artists are looking for other strategies to help them stand firm, so that we can live with more than just surveillance cameras. The use of fiction, staging, absence, empty spaces, appropriated images, the anonymity of the author/artist, etc. are all strategies used to approach what is prohibited. So why not play the role of the cursed photographers, the paparazzi?...

Des lieux aux non-lieux
De la mobilité à l'immobilité

MARIE
FRASER

Dans *L'invention du quotidien*, Michel de Certeau trace une distinction entre lieu et espace fort intéressante pour aborder la question de la mobilité qui apparaît aujourd'hui comme une des expériences les plus récurrentes des pratiques artistiques en milieu urbain. L'espace suppose pour lui un lieu animé par un déplacement, il est «un croisement de mobiles», un «lieu [déjà] pratiqué[1]». Sans la mobilité, il n'y aurait pas d'espace, il n'y aurait que des lieux fixes et immuables. De là l'intérêt particulier que de Certeau accorde à la figure du marcheur qui transforme en espace la rue géométriquement définie comme un lieu par l'urbanisme. C'est aussi dans ce texte qu'il introduit la notion de non-lieu que reprendra par la suite l'anthropologue Marc Augé pour en faire un paradigme de la surmodernité. Prolongeant cette distinction, Augé en vient à affirmer que la mobilité engendre non pas des espaces mais des non-lieux puisqu'elle transforme les lieux en endroits de passage et de transit, éphémères et provisoires, où se déplacer c'est faire franchir à l'espace ses propres frontières. Parmi ces formes de déplacements, il identifie le transport, le commerce et les loisirs : les voies aériennes, les réseaux ferroviaires, les autoroutes, les habitations mobiles; tous des lieux qui permettent de passer d'un espace à un autre et dont le point commun est une expérience marquée par la perte des repères et des identités[2]. Si les non-lieux sont devenus la «mesure de notre époque», comme le stipule Augé, s'ils semblent gouverner les manières d'appréhender la réalité contemporaine, que se passe-t-il lorsque les pratiques artistiques les investissent ou encore lorsqu'elles transforment la notion de lieu en celle de non-lieu?

Les artistes sont nombreux à utiliser la ville comme espace expérimental de la mobilité pour explorer et questionner la réalité sociale et politique des espaces urbains et de ses zones de transit. Certaines oeuvres et interventions artistiques n'existent d'ailleurs que par et dans la mobilité. Elles circulent et se déplacent en interagissant avec un réel et un monde déjà eux-mêmes instables et en mouvement. De telles pratiques mettent en place toute une poétique de l'errance, de la déambulation et du nomadisme qui partage aussi plusieurs préoccupations avec la figure du flâneur baudelairien, que Walter Benjamin percevait comme le symbole de la modernité, caractérisée par la mobilité, l'isolement dans la foule, l'anonymat et l'expérience du choc[3]. Si la ville et plus manifestement encore la rue sont pour le flâneur le lieu privilégié de ses déambulations, c'est bien parce que l'espace urbain représente un immense laboratoire mobile et qu'il s'offre comme un «paysage dépourvu de seuil». Le promeneur erre ainsi dans la ville pour s'emparer du plus simple des quotidiens, du plus petit des savoirs, qui deviennent pour lui quelque chose de vécu[4].

Qu'elle prenne la forme de promenades, de déambulations ou de dérives, la marche est parmi les formes les plus manifestes de la mobilité depuis la modernité[5]. Elle permet de se déplacer mais aussi d'infiltrer la complexité, voire l'hétérogénéité de la ville, de vivre ses méandres et l'étrangeté de son quotidien. Comme l'a fait remarquer de Certeau, les marcheurs instituent un rapport à la ville où il ne s'agit pas de la mettre à distance pour en donner une vue panoramique ou en survol, de la saisir dans son ensemble en la surplombant pour enfin arriver à totaliser le plus démesuré des espaces. Il s'agit plutôt d'interagir dans la proximité et de faire émerger des singularités, de donner de la ville une vision au ras du sol, d'emprunter son anonymat, son côté transitoire, autrement dit de travailler dans ce qu'elle offre de mobilité. La marche est bien la «forme élémentaire de cette expérience», comme le dit de Certeau, elle permet d'échapper à l'ordre de la vision, de jouer «des espaces qui ne se voient pas[6]» et qui ne peuvent se ramener à un lieu géographiquement circonscrit. En interaction avec le mouvement urbain et le flux social, elle semble constituer un ensemble infini de moments épars perdus dans la banalité du quotidien. Être mobile instituerait donc aujourd'hui un autre rapport aux territoires de l'art, jouant subtilement à déplacer les frontières entre lieu et non-lieu.

Les trois artistes dont il sera question ici, Francis Alÿs, Janet Cardiff et Rachel Echenberg, interviennent dans la mouvance urbaine pour en réorienter l'expérience et transformer la perception des lieux dans lesquels ils s'inscrivent d'une façon souvent quasi imperceptible. Quoique les moyens qu'ils déploient pour y arriver diffèrent, ils ont en commun de dégager le caractère insolite d'un espace construit pour faire émerger d'autres perceptions, ce qui met à l'épreuve notre expérience et notre compréhension de ces mêmes lieux. Travailler dans la mobilité représente non seulement pour eux une manière d'apparaître dans la réalité urbaine mais aussi, et surtout, d'agir sur elle. Ce n'est pas seulement l'idée de faire intrusion dans un lieu que de faire intrusion dans la

---

1   Michel de Certeau, *L'invention du quotidien 1. Arts de faire*, éd. de 1990.

2   Marc Augé, *Non-Lieux. Introduction à une anthropologie de la surmodernité*, Paris, Seuil, 1992, p. 65, 101-102 et 118-119.

3   On pourra consulter à ce titre les textes de Walter Benjamin sur Charles Baudelaire ainsi que les fragments rassemblées au chapitre «Le flâneur», dans *Paris : Capitale du XIXᵉ siècle. Le livre des passages*, Paris, Cerf, 1993, p. 434-472.

4   Ibid.

5   En témoignent non seulement le nombre d'artistes à intervenir dans l'espace urbain, mais aussi plusieurs expositions, ouvrages et revues consacrés au sujet au cours des dernières années. Voir notamment Maurice Fréchuret et Thierry Davila, *Les figures de la marche*, catalogue d'exposition, Musée Picasso, Antibes, Réunion des Musées nationaux, 2000; Thierry Davila, *Marcher, créer. Déplacements, flâneries, dérives dans l'art de la fin du XXᵉ siècle*, Paris, Éditions du Regard, 2002; Paul Ardenne, *Un art contextuel. Création artistique en milieu urbain, en situation, d'intervention, de participation*, Paris, Flammarion, 2002; *Exposé*, n° 2, «Perte d'inscription», 1995; ainsi que *esse*, n° 54, «Dérives», printemps-été 2005.

6   Michel de Certeau, op. cit., p. 173-174.

perception qu'on en a. C'est cet écart, me semble-t-il, que de Certeau tente de nommer lorsqu'il parle de non-lieu. La marche transforme le rapport de l'art au lieu, elle l'étend et ouvre ses territoires, elle les déstabilise et invente d'autres réalités, elles-mêmes déjà mobiles et instables. Elle donne aussi libre cours à l'esprit du marcheur, que celui-ci soit l'artiste, dans le cas des déambulations de Alÿs; qu'il soit celui qui fait l'expérience d'une promenade, dans le cas de Cardiff; ou qu'il soit le passant qui se déplace normalement dans son quotidien, dans le cas des gestes publics d'immobilité de Echenberg. Si, depuis plusieurs années, la mobilité joue un rôle essentiel dans le domaine de l'art, il est également fascinant d'observer qu'elle s'exprime souvent par l'immobilité. À l'instar des marcheurs, on retrouvera donc aussi des corps qui apparaissent suspendus dans un état de repos, voire inertes dans un état de sommeil.

La mobilité de la marche

Francis Alÿs est le prototype du marcheur. Il a fondé sa pratique artistique sur cette forme particulière de mobilité qui constitue pour lui une façon d'agir dans le réel, dans l'étrangeté du quotidien et dans son imprévisibilité. Non seulement il a réalisé plusieurs interventions qu'il qualifie de déambulations, mais par son utilisation singulière de différents médiums (peinture, dessin, vidéo, film, objet, photographie et écrit), il a fait de son approche un processus mobile, malléable et permutable qui peut toujours potentiellement se réinscrire dans l'espace et le temps, à l'image de ses nombreux déplacements dans la ville. Thierry Davila a remarqué que la mobilité chez Alÿs reprend la mouvance urbaine mais pour la faire bifurquer de sorte qu'elle «invente une autre extension possible du système de circulation, de son tissu[7]». Autrement dit, elle donne d'autres possibilités d'existence au contexte urbain et au contexte de l'art. Cette extension montre la ville comme le lieu à la fois d'une accumulation et d'une dispersion qui semble constituer un des principaux enjeux des interventions urbaines de Alÿs. D'un côté, la mobilité permettrait d'accumuler et, de l'autre, elle permettrait de disperser. Malgré la contradiction apparente de ce double processus, les deux termes n'agissent pas l'un contre l'autre, au contraire ils se répondent et se renforcent.

Plusieurs interventions de Alÿs prennent en effet la forme d'accumulations perpétuelles et indéfinies, récoltant ce que la ville et le temps accumulent par dispersion, ce qu'il y a de plus futile, de plus passager et de plus précaire. Lors de ses premières déambulations, *The Collector* (*Le collectionneur*, 1991-1992) et *Magnetic Shoes* (*Chaussures magnétiques*, 1994) par exemple, il arpente les rues pour ramasser les rebuts et les vestiges d'une vie au ras du sol, ce qui n'est pas sans rappeler les deux images du collectionneur et du détective que Benjamin évoquait pour décrire le flâneur. Même si on a souvent tendance à rapprocher ce processus mis en oeuvre par Alÿs de l'acte de collectionner, il ne construit pas pour autant l'Histoire. Au contraire, il s'agit d'un geste qui, dans l'effort apporté par Benjamin de repenser le rapport au passé, éveille quelque chose qui est déjà là, dans un état latent de sommeil, pourrait-on dire, en attente d'être activé, d'être réactualisé.

---

7   Thierry Davila, «Piéton Planétaire II. Francis Alÿs : Chemin faisant (Mundus est Fabula)», dans *Marcher, Créer. Déplacements, flâneries, dérives dans l'art de la fin du XXᵉ siècle*, op. cit., p. 102.

La matière aimantée du petit chien-collectionneur que traîne l'artiste au bout d'une corde, ou celle de ses chaussures, possède, ne serait-ce que métaphoriquement, une telle propriété d'attraction et d'activation.

Lorsque Alÿs pousse un bloc de glace dans la ville de Mexico en 1997, dans *Paradoxe of Praxis*[8], de 9 h 15 jusqu'à ce qu'il ne reste plus rien à 18 h 47, l'objet disparaît cette fois sans laisser de trace sinon quelques documents, des notes, des films et des témoignages. La dispersion laisse voir ici un paradoxe, comme le titre le suggère. Si l'objet disparaît, son effacement produit en retour un déplacement vers une autre forme de mobilité où c'est le geste qui survit par les récits de ceux et celles qui raconteront leur version ou plutôt leur portion de l'histoire de cette étrange glace. Au même titre que la marche est une forme de dispersion et de démembrement dans le milieu urbain et social, raconter implique de disséminer dans l'espace et dans le temps. Il n'est pas rare d'ailleurs que Alÿs compare ses déambulations à des narrations, comme si les deux engendraient un même type de mouvement, une même expérience spatiale et temporelle. En rejoignant les gens au plus près du réel et dans leur quotidien, en s'insérant imperceptiblement dans le tissu urbain et en conservant une forme d'anonymat, il déclenche une propension narrative dont il perd le contrôle. C'est la «quasi-insignifiance» du geste, comme il dit si bien, «qui permet de raconter l'oeuvre[9]». En faisant exister le geste à l'attention d'une mémoire potentielle, le récit apparaît comme une autre manifestation de la mobilité et du déplacement urbain. Sa dissémination crée du mouvement en même temps qu'elle en dépend. La marche partage cet entrecroisement du temps et de l'espace avec la narration. Le «voyage (comme la marche), écrit de Certeau, est le substitut des légendes qui ouvraient l'espace à de l'autre [...]. Ce que produit cet exil marcheur, c'est très précisément le légendaire [...]; c'est une fiction[10]».

Francis Alÿs a été jusqu'à introduire délibérément des fictions dans la ville pour qu'elles se répandent à l'intérieur de la trame urbaine et quotidienne. Avec son projet *Urban Rumors* (2000)[11], il a inventé de toute pièce un scénario autour de la disparition d'un homme de 35 ans dont trois protagonistes se chargent de diffuser l'histoire en la racontant. Comme une légende, comme une rumeur qui se transforme mais qui prend de plus en plus d'ampleur en se déplaçant d'une instance à une autre, l'histoire circule jusqu'à ce que la police dresse un portrait robot de l'individu supposément disparu. Déclenchée par Alÿs, la rumeur prolifère dans un apparent désordre autour d'une intrigue centrale, engendrant une série de narrations qui montrent admirablement bien la propension de l'artiste à introduire la fiction dans la trame urbaine, fiction dont l'origine reste un mystère et l'auteur un personnage aussi anonyme que son protagoniste. La disparition de l'homme initie un mouvement qui se répand jusqu'à échapper à son auteur, jusqu'à ce que son récit soit complètement pris en charge par le

---

8 Le bloc de glace mesurait approximativement 100 x 70 x 50 cm. L'oeuvre a également un sous-titre ironiquement révélateur : *Sometimes Making Something Leads to Nothing (Parfois, faire quelque chose ne mène à rien).*

9 Francis Alÿs, *Art press*, n° 263, décembre 2000, p. 20.

10 Michel de Certeau, op. cit., p. 160.

11 *Urban Rumors* a été réalisée dans le cadre de l'exposition *Mutations* organisée par le centre d'architecture Arc en Rêve dans les entrepôts Lainé de Bordeaux.

Janet Cardiff, *The Missing Voice (Case Study B)*, commandé et produit par Artangel, 1999.
photo : courtoisie de Artangel, Londres

rythme et la structure quotidienne de la ville. La fiction tire ici profit de la fluidité et du caractère exponentiel de la trame urbaine et de sa propension à la dissémination. Qu'elle soit rumeur ou mythe urbain, une fable est toujours un mobile, un espace fluide, malléable, transmissible et reproductible à l'infini. Les récits traversent et organisent les lieux qui eux fondent la trame de leur médiation, de leur circulation, voire de leur prolifération.

Quoique différentes à plusieurs niveaux, les promenades audio de Janet Cardiff explorent cette propension narrative en sollicitant la mobilité du promeneur dans des lieux urbains tout autant que dans des jardins ou des musées. La corrélation entre marche et narrativité y est même encore plus renforcée. Sur un principe souvent rapproché des «dérives urbaines», le concept de promenade, tel que l'a développé Cardiff depuis 1991, est à la base d'une dynamique interdépendante du mouvement de la marche. Muni d'un casque d'écoute et obligé de suivre les indications d'une voix féminine – celle de l'artiste –, le promeneur parcourt un circuit dont chaque mouvement et chaque déplacement sont balisés et organisés en fonction de la géographie des lieux. Cette dimension in situ permet de synchroniser parfaitement le mouvement de la marche au défilement de la narrativité. Toute la trame sonore s'élabore en effet en fonction du parcours harmonisé au site, à sa topographie, à son urbanisme ou à son architecture, mais également à son histoire, aux gens qui y vivent ou à ceux qui ne font que passer. *The Missing Voice (Case Study B)* (1999) est un très bel exemple de cette intégration imaginaire du site. La promenade se déroule dans les rues de Londres à partir de la bibliothèque de la Whitechapel, autour de Brick Lane et de la gare de Liverpool, dans des endroits où le célèbre criminel Jack L'Éventreur choisissait ses victimes féminines. Intégrant de façon latente le récit de ses crimes, Cardiff crée une disposition mentale qui lui permet de produire une ambiance de mystère et de tension, voire un état d'angoisse et de peur. Toutes les promenades fonctionnent ainsi comme si les lieux étaient déjà des non-lieux, des espaces chargés d'affects et d'inconnu.

Au fur et à mesure que le promeneur se déplace dans l'espace, les sons qu'il entend déclenchent et font émerger des fictions qui progressent dans son esprit en se télescopant dans l'environnement réel. Le rythme et le temps irréguliers et discontinus de la marche fluctuent comme le rythme narratif de la promenade : changements de vitesse, ralentissements, accélérations, arrêts provisoires, déviations, bifurcations. Les détours se multiplient, le promeneur est appelé à revenir sur ses pas, à tourner à gauche puis à droite, à monter des marches, à redescendre, à s'asseoir, à toucher quelque chose, à sentir une odeur, à regarder. Stimulée par ces déplacements, la trame narrative sonore apparaît extrêmement fragmentée; les fictions peuvent se dérouler lentement, s'interrompre et resurgir plus loin ou, au contraire, elles peuvent changer rapidement et les événements ne faire que passer sans jamais se résoudre. Cette corrélation du son, de l'expérience vécue du promeneur et du site réel est si puissante que l'espace mental se projette dans l'espace physique, et inversement[12]. Cardiff a fait du mouvement particulier de la marche le moyen de créer une situation narrative immersive tant sur le plan physique et géographique que sur le plan psychique et perceptif.

---

12 La technique d'enregistrement binaural qu'utilise Janet Cardiff intensifie ces effets en donnant l'illusion que les sons sont tout près, autour de nous, que ceux-ci proviennent de l'espace réel.

Les promenades se sont élaborées sur une limite où le corps est toujours sur le point d'être dépossédé de lui-même et de perdre conscience de sa présence dans la réalité et dans l'espace où il se trouve. Lorsque l'on fait une promenade, on atteint un seuil de perception où le lieu devient «hanté par un non-lieu, par des lieux rêvés», comme Michel de Certeau le disait de l'errance[13]. On se laisse prendre à un jeu où les repères sont constamment déplacés et, à partir du moment où la confusion entre le réel et l'imaginaire agit, les lieux se muent en espace où le rêve peut subitement devenir cauchemar, où l'insensé côtoie le terrifiant, où le trajet balisé se charge complètement d'imprévisibilité. À l'intérieur d'un système de lieux définis par un parcours circonscrit à l'extrême et dont il ne faut pas dévier, la marche devient une sorte de dérive mais dans un espace imaginé, rêvé, où chaque instant et chaque parcelle de terrain peuvent potentiellement se transformer en fantasmagorie. Pour le dire avec de Certeau, les promenades «créent du non-lieu dans les lieux», elles produisent littéralement une fiction qui a la «double caractéristique du rêve d'être l'effet de déplacement et de condensation[14]». Kitty Scott a admirablement bien décrit ce phénomène en accentuant la perte de contrôle que Cardiff cherche à provoquer sur la conscience du promeneur : «faire l'expérience d'une promenade, c'est comme faire le rêve de quelqu'un d'autre[15]».

L'immobilité du sommeil

Du marcheur au somnambule, la mobilité devient une sorte d'automatisme au profit d'un espace rêvé. Il ne reste plus qu'un pas à franchir pour y rencontrer le sommeil. Assez curieusement depuis les dernières années, il est remarquable d'observer que les figures et les corps de dormeurs se sont multipliés. Je pense entre autres à une série d'oeuvres récentes de Francis Alÿs, qui porte le titre générique *Les dormeurs (Sleepers)*, entreprise à Mexico en 1999. Ce projet reste encore motivé par l'expérience urbaine de la marche puisque Alÿs arpente les rues de Mexico en photographiant des corps endormis, des sans-abri et des chiens errants qui ont fait des non-lieux urbains l'espace habitable de leur demeure. Le contraste entre mobilité et immobilité ne pourrait en fait être plus efficace. Alÿs rejoue les espaces de reconnaissance et d'appartenance, de familiarité chargés d'histoires individuelles et d'épaisseur identitaire dans des non-lieux chargés d'anonymat, où les gens ne font que passer, ne remarquent plus rien. Il accentue les effets de cette perte identitaire en ne montrant pas les visages, en plaçant sa caméra au ras du sol à un endroit intermédiaire, ni proche ni lointain, de telle sorte que les corps, humain et animal, nous apparaissent dans un rapport de proximité et de distance extrêmement confrontant. Si les marches de Alÿs, en négociant en permanence avec l'imperceptible, représentent des perturbations légères mais éminemment poétiques de l'espace urbain, *Les dormeurs* montre en quelque sorte que l'imperceptible est aussi là où on refuse de voir la réalité. Les images, 80 diapositives pour chacune des séries, sont présentées en boucle sur un projecteur, se succédant les unes aux autres sans s'interrompre. Leur mouvement fuit sous nos yeux, et les corps endormis s'enchaînent et s'additionnent pêle-mêle.

---

13 Michel de Certeau, op. cit., p. 189.

14 Michel de Certeau, op. cit., p. 191.

15 Kitty Scott, «I want you to walk with me», dans Janet Cardiff: *The Missing Voice (Case Study B)*, Londres, Artangel, 1999, p. 4. [Trad. libre.]

Rachel Echenberg a montré avec une rare acuité cette extrême fragilité du corps dans l'environnement urbain en travaillant la rencontre troublante entre l'individu et la collectivité, le corps privé et le corps public, l'intimité et l'anonymat. Cette tension s'exprime souvent chez elle par une confrontation entre mobilité et immobilité jusqu'à ce que, tout récemment, elle cherche à se placer dans un état de repos, à la limite du sommeil. C'est à la fin des années 1990 qu'elle commence à cumuler des gestes publics d'immobilité. Avec *One Minute Monument*, un jour de novembre 1999 entre midi et treize heures, une quinzaine d'individus circulent anonymement au centre-ville de Montréal, dispersés au milieu de la foule au coin des rues Sainte-Catherine et Saint-Laurent. Simultanément, à toutes les cinq minutes, ils s'arrêtent momentanément en fermant les yeux et en ouvrant la bouche. Au bout d'une minute, ils recommencent à marcher pour s'immobiliser de nouveau. Le contraste entre la mobilité de la foule à cet endroit précis de la ville et l'immobilité est si frappant que les corps apparaissent en suspension dans un mouvement indéfiniment ralenti. Si on considère cet état d'inactivité provisoire en regard de sa référence au monument, *One Minute Monument* se place davantage du côté du témoignage que de la commémoration, évoquant moins la construction de l'histoire qu'un geste simple mais efficace visant à mettre en mémoire un moment particulier et éphémère du temps. La dispersion des corps viendrait aussi indiquer celle du mémorable. Parce qu'elle n'est pas localisable ni dans l'espace ni dans le temps, la mémoire c'est en quelque sorte l'anti-monument, l'anti-musée, l'anti-histoire. Un passé y sommeille en attente d'être réveillé. Elle se tiendrait donc elle aussi au seuil de l'immobilité et de la mobilité que travaille ici Echenberg. Elle bouge, elle se déplace, elle passe et repasse, elle se fige dans des représentations, mais peut aussitôt repartir dans d'autres directions et resurgir ailleurs à d'autres moments. Elle a la même propension au mouvement et à l'arrêt que les corps suspendus au milieu de la foule qui circule.

Echenberg a repris et retravaillé ce seuil dans *12 Hours* alors qu'elle s'installe, le 27 février 2001, au coin des rues Saint-Viateur et de Gaspé, dans le quartier industriel de Montréal où elle habite, et demeure immobile pendant douze heures consécutives entre 6 h et 18 h. Son corps reste indubitablement impassible et anonyme. Le contraste entre son immobilité – elle est debout, les yeux fermés et la bouche ouverte encore une fois – , et l'agitation autour, marquée par le déplacement des gens à pied, en voiture ou en camion, est aussi frappant que dans *One Minute Monument*. Mais au lieu d'une suspension momentanée, *12 Hours* met en place une dilatation extrême de l'action qui renvoie davantage au temps qu'à l'espace. Même s'il est effectivement en position d'arrêt, le corps est loin d'impliquer une inaction ou une quelconque stabilité. Au contraire, il reste encore en pleine action : il résiste au mouvement en offrant une vérita-ble endurance du temps. Cette résistance s'oppose au rythme qui ordonne la travail, la vie quotidienne et la circulation. L'action est filmée à partir d'une voiture stationnée de l'autre côté de la rue. Le montage vidéo, qui a été réalisé par la suite, instaure un tout autre rapport au temps, à la durée, ainsi qu'au lieu. Les 12 heures d'immobilité s'y trouvent condensées à l'intérieur d'un montage de huit minutes où la vitesse vient se substituer à la lenteur que figure l'immobilité. L'action repasse en accéléré de manière à rendre perceptible le passage du temps, les transformations de la journée et l'agitation des lieux en fonction des horaires de travail des industries.

Dans une série plus récente de performances filmées regroupées sous le titre générique *Blanket Series*, Echenberg pousse encore plus loin cette étrange activité que représente l'immobilité : couchée sur un banc public, l'hiver, jusqu'à ce que la neige recouvre son corps (*Snow*, 2003); couchée sur l'herbe jusqu'à être envahie par une multitude de pigeons (*Pigeons*, 2004); couchée sur le sable au bord de la mer jusqu'à ce que la marée l'emporte (*Tides*, 2004). Echenberg se place ici sur une ligne tendue entre le mouvement et l'immobilité. Demeurant impassible, elle cherche à se plonger dans un état de repos alors que les éléments sont en perpétuel mouvement, alors qu'elle se retrouve dans une situation de vulnérabilité sur laquelle elle n'exerce aucun contrôle. Immobile, elle subit la force et l'action de l'environnement physique sur son corps, elle affronte la neige, le froid, l'irruption des pigeons, l'amplitude de l'eau. En recherchant l'intimité par un cadrage serré sur le corps, les images filmées de ces trois performances font presque abstraction de l'espace environnant, initiant une expérience où les lieux sont mis à distance au profit d'une proximité. *Snow* exploite particulièrement les effets produits par cette relation étroite avec le corps. La caméra se place d'abord à distance pour montrer la dimension publique du lieu, un parc bordé par le boulevard Saint-Laurent. Elle se détache ensuite progressivement pour se rapprocher du banc où le corps est étendu, jusqu'à se fixer sur le visage et ne plus bouger. La caméra enregistre l'immobilité mais laisse voir en contrepartie le mouvement du temps et l'inscription de l'action dans la durée au fur et à mesure que le neige s'accumule. Cette vue extrêmement rapprochée nous place dans une situation d'intimité face à un corps anonyme qui nous amène à prendre conscience de l'intensité d'une situation privée par rapport à l'anonymat le plus radical d'un lieu urbain.

En occupant de façon poétique et profondément troublante des zones urbaines rationalisées et saturées où les identités tant collectives qu'individuelles ne se manifestent plus, les interventions de Echenberg tout comme *Les dormeurs* de Alÿs confrontent l'intimité du corps aux regards et aux comportements publics. L'immobilité active ici ce que Marc Augé nomme un non-lieu, c'est-à-dire un nulle part, un lieu déraciné, déterritorialisé, qui «ne crée ni identité singulière, ni relation, mais solitude[16]». Elle crée une proximité sans échange et sans relation. Elle a, par conséquent, quelque chose de transgressif, elle n'est pas tant l'inverse de la mobilité que sa conscience critique. En d'autres mots, l'immobilité est politique.

1 6 Marc Augé, op. cit., p. 130.

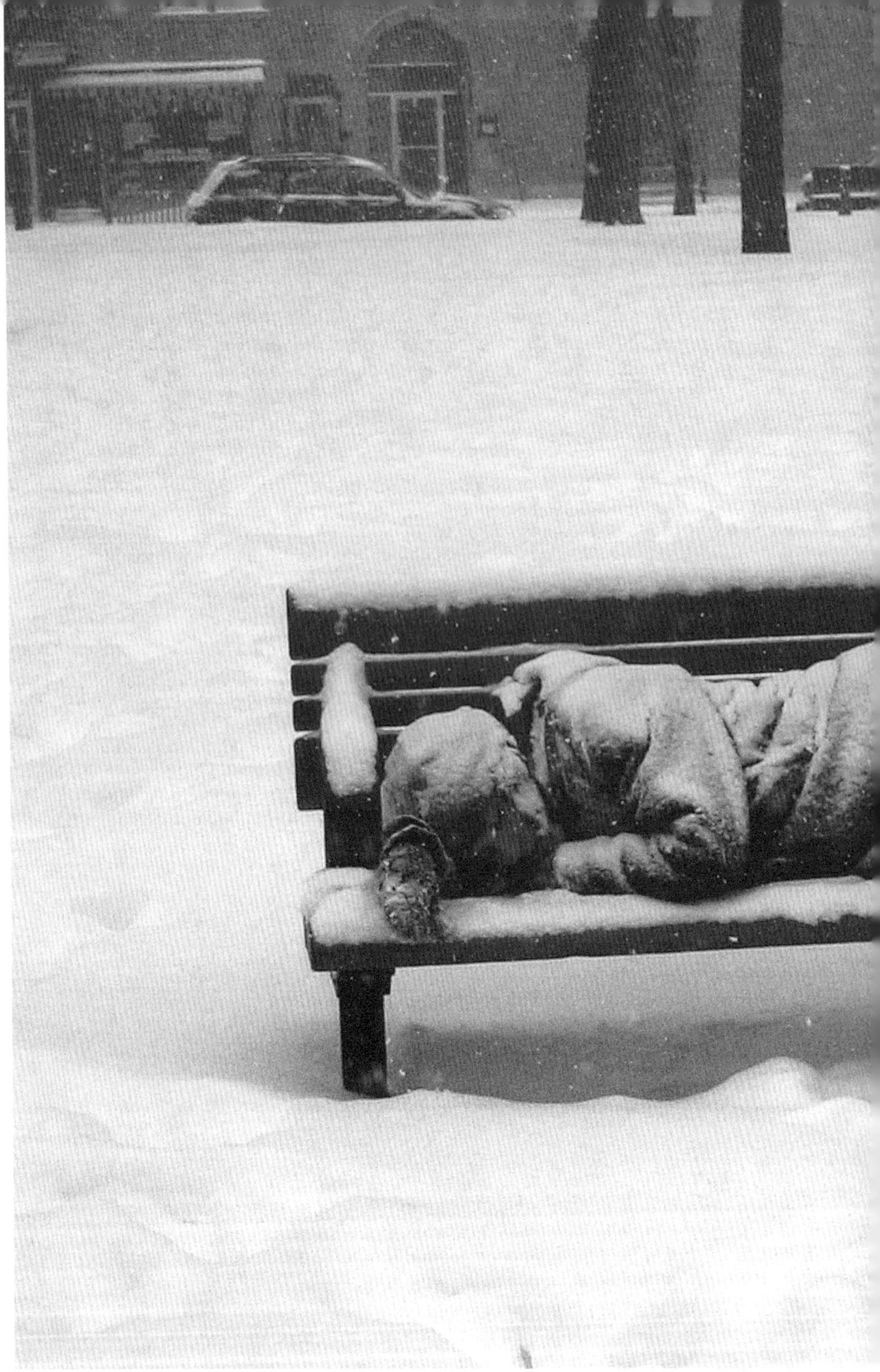

Rachel Echenberg, *Blanket (Snow)*, 2003.
vidéo : Tagny Duff

From Places to Non-Places
From Mobility to Immobility

In *The Practice of Everyday Life*, Michel de Certeau draws a very interesting distinction between place and space, in order to broach the subject of mobility, which today appears to be one of the most recurrent concerns of art practices situated in the urban milieu. For de Certeau, space implies a place animated by displacement, "an intersection of mobiles," a "place [already] used."[1] Without mobility, there cannot be space, only fixed and unchanging places. From this comes de Certeau's special interest in the "walker" whose movement through the city transforms the street into a space – a space that is very different from that of urban planners, who geometrically conceive of it as a place. In his text, de Certeau also introduces the notion of "non-place," subsequently developed by anthropologist Marc Augé, who suggests that non-place is the paradigm of "supermodernity." Expanding on this distinction, Augé maintains that mobility creates non-places rather than spaces because it transforms places into ephemeral or provisional points of passage or transit, where to move around is to push space beyond its own limits. Among these forms of displacement, he identifies transportation, business, and leisure; airlines, railways, and highways are all places that enable us to pass from one space to another, their common feature being an experience marked by the loss of landmarks (and therefore identity).[2] If, as Augé stipulates, non-places have become the "measure of our time," and control the way contemporary reality is understood, then what happens when artists transform a place into a non-place? What happens when they occupy non-places?

Many artists use the city to experiment with mobility, exploring and questioning the socio-political realities of urban space, as well as its zones of transit. Moreover, some artworks and interventions exist only in and through mobility; they circulate and move around, interacting with the complex realities of an already unstable world. From such practices, a whole poetics of wandering, strolling and nomadism is established, a poetics that shares themes introduced by Baudelaire's *flâneur* – a figure that Walter Benjamin identified as a symbol of modernity characterized by mobility, isolation in a crowd, anonymity, and the

MARIE
FRASER

experience of shock.[3] If the city streets, were the *flâneur's* preferred place to stroll, this was certainly because urban space represented a vast laboratory for experimentation, a "landscape without threshold." Hence, the stroller wanders through the city, taking hold of the simplest aspects of everyday life, tiny bits of knowledge that become lived experience.[4]

Whether the walk takes the form of strolling, wandering, or drifting, it is one of the most manifest forms of mobility since modernity.[5] It enables one to move around and infiltrate the complexity – indeed the heterogeneity – of the city, to experience the randomness and strangeness of daily life. As de Certeau suggests, walkers establish a relationship to the city that does not connote distance, generalization or a panoramic view; they do not attempt to master or dominate it in order to totally comprehend the vastness of its space. Instead, they interact with their immediate surroundings and allow singularities to emerge, thus creating a ground level vision of the city; they take on its anonymity, its transitory side, in other words, they circulate in *its* mobility. The walk, in fact, is the "basic form of this experience," as de Certeau says; it lets one escape from the control of vision and puts into play "spaces that are not seen,"[6] spaces that cannot be reduced to a geographically circumscribed place. Interacting with urban movement and social flow, walking seems to bring together an infinite number of scattered moments lost in the banality of daily life. Being mobile today therefore introduces another kind of relationship into art and subtly shifts the boundaries between place and non-place.

The three artists whose work will be discussed here, Francis Alÿs, Janet Cardiff, and Rachel Echenberg, all intervene directly in the movement of urban life as a means of redirecting experience and transforming the perception of place, often in ways that are almost imperceptible. Their methods differ, but they share an interest in revealing the singularities of constructed spaces, a gesture that allows other perceptions to emerge, putting one's experience and knowledge of places to the test. For them, working with mobility is not only a way of appearing in urban reality, but also, and above all, a means of acting upon it. The intent is not only to make an intrusion into a place, but into the perception of it as well. I believe that this is the discrepancy that de Certeau attempts to name when he speaks of non-place. The walk transforms the relationship between art and place, it extends art and opens up its territories, destabilizing them while inventing

1   Michel de Certeau, *The Practice of Everyday Life*, trans. Steven Rendall, Berkeley: University of California Press, 1984.

2   Marc Augé, *Non-Places: Introduction to an Anthropology of Supermodernity*, trans. John Howe, London & New York: Verso, 1995. p. 65, 101-102 and 118-119.

3   See, Walter Benjamin's texts on Charles Baudelaire, as well as fragments by Baudelaire collected in the chapter "Le flâneur," *in Paris : Capitale du XIXe siècle. Le livre des passages*, Paris, Cerf, 1993, p. 434-472

4   Ibid.

5   Not only are there numerous artists intervening in urban space, but many exhibitions, artworks and magazines also have been devoted to the subject over the last few years. See, Maurice Fréchuret and Thierry Davila, *Les figures de la marche*, exhibition catalogue, Musée Picasso, Antibes: Réunion des Musées nationaux, 2000; Thierry Davila, *Marcher, créer. Déplacements, flâneries, derives dans l'art de la fin du XXe siècle*, Paris: Éditions du Regard, 2002; Paul Ardenne, *Un art contextuel. Création artistique en milieu urbain, en situation, d'intervention, de participation*, Paris: Flammarion, 2002; *Exposé*, no. 2, "Perte d'inscription," 1995; and *esse*, no. 54, "Dérives," Spring-Summer, 2005.

6   Michel de Certeau, op. cit., p. 173-174.

other realities that are also mobile and unstable. The walk gives free reign to the walker's thoughts and experiences: for the artist in the case of Alÿs' wanderings; for the one who is walking, in the case of Cardiff; or simply the passer-by, moving normally in daily life, as in the case of Echenberg's public gestures of immobility. If, for some time, mobility has played a fundamental role in art, it is also fascinating to observe that it is often expressed through immobility. Among the walkers, one may also encounter bodies that appear suspended in a state of rest, indeed inert in a state of sleep.

Mobility and the Walk

Francis Alÿs is the prototype of the walker. He has based his art practice on a particular form of mobility that for him is a way of acting in reality, in the strangeness of the everyday and its unpredictability. He has produced many interventions that he describes as wanderings, but also, through his singular use of various mediums – painting, drawing, video, film, objects, photography and writing – he has made his art a mobile, malleable process that can insert itself into space and time at any moment. Thierry Davila has observed that Alÿs' wanderings in the city use mobility but in a way that "invents another potential extension of the circulation system, of its fabric."[7] In other words, they present other modalities for both the urban context and art. This extension presents the city as a site for both accumulation and dispersion, which seems to be one of the main issues addressed in Alÿs' urban interventions. On the one hand mobility enables accumulation, and on the other it allows dispersion. Despite the apparent contradiction of this dual process, the two terms do not act against each other; on the contrary, they interact and mutually reinforce one another.

Many of Alÿs' interventions take the form of a perpetual, indefinite accumulation, gathering what the city and time amass through dispersion, that which is the most futile, precarious, and ephemeral. For his early wanderings, The Collector (1991-1992) and Magnetic Shoes (1994) for example, he walked through the streets collecting rubbish and relics from the ground, in ways that index the collector and the detective, two figures that Benjamin referred to in his analysis of the flâneur. Although one often has the tendency to relate Alÿs' process to the act of collecting, in fact, he is not attempting to make history. On the contrary, it is a gesture – like Benjamin's endeavour to rethink our relation to the past – that awakens something that is latent, in state of sleep, waiting to be activated, restated. The magnetized material – of the little collector-dog that the artist drags around on the end of a rope, or that of his shoes – possesses, if only metaphorically, the same potential of attraction and activation.

In Paradox of Praxis (1997)[8] Alÿs pushed a block of ice around Mexico City from 9:15 in the morning until it was completely melted at 6:47 in the evening. With this piece, the object disappeared without leaving a trace other than a few documents, notes, films and testimonies. Here, the dispersion reveals a paradox, as the title suggests: although the object disappeared, its obliteration produced a return, a shift towards another form of mobility in which the gesture survives – through the stories of people who describe the

---

7   Thierry Davila, "Piéton Planétaire II. Francis Alÿs : Chemin faisant (Mundus est Fabula)," in Marcher Créer, Déplacements, flâneries, derives dans l'art de la fin du XXe siècle, p. 102.

8   The block of ice measured approximately 100 x 70 x 50 cm. The work also has an ironically revealing subtitle: "Sometimes Making Something Leads to Nothing."

experience, or rather, tell their part of a story about an unusual piece of ice. As with the walk, which is a form of dispersion in the urban and social milieu, "telling" also implies dissemination in time and space. It is not uncommon for Alÿs to compare his wanderings to narrations, as if they both engender a similar kind of movement, a similar spatial and temporal experience. In meeting people in their everyday lives, in becoming anonymously and imperceptibly integrated into the urban fabric, he initiates a narrative propensity that is beyond his control. It is the "near insignificance" of the gesture, as he says so well, that "enables the telling about the work."[9] By making the gesture exist through the potential of memory, the narrative appears as another expression of mobility and urban movement. The story's dissemination creates movement while at the same time depending on it. The walk shares this intertwining of time and space with narration. As de Certeau writes, the "journey (like the walk) is a substitute for legends, which open up space for the other. […] What this exiled walker produces is very precisely the legendary […] it is a story."[10]

Francis Alÿs went so far as to deliberately introduce fiction into the reality of the city, in such a way that it would evolve and expand throughout everyday urban life. With his project *Urban Rumors* (2000),[11] he completely fabricated a scenario about a 35-year-old man who had disappeared. Three collaborators were in charge of telling the story and spreading it around. Like a legend or a rumour that is transformed but that becomes more important as it moves from one moment to the next, the story circulated up until the police created a portrait likeness of the supposed missing person. Initiated by Alÿs, the rumour (based on a central intrigue) proliferated in apparent disorder, engendering a series of narrative accounts that showed the artist's ability to introduce fiction into the urban framework. With this piece the origin of the fiction remained a mystery; the "author" remained an anonymous figure, just like the story's protagonist. The central character's disappearance initiated a movement that spread out until the artist lost control, until it was completely taken over by the everyday rhythm of the city. Here fiction benefits from the fluidity and exponential quality of urban life, and its capacity for dissemination. Whether it is a rumour or an urban myth, a fable is always a mobile, fluid, malleable space, transmittable and reproducible ad infinitum. Stories travel and form places, which become the web of their mediation and circulation, even their proliferation.

Although different on many levels, Janet Cardiff's audio-walks explore this same narrative propensity by using the mobility of the walker in urban places, as well as in gardens and museums. With Cardiff the correlation between walking and narrativity is even more reinforced. Based on a concept similar to "urban drifts" (the *dérive*), Cardiff's walks have developed, since 1991, a narrative dynamic that is contingent upon the act of walking. Equipped with headphones and a CD player, and following the instructions of a female voice (that of the artist), the walker travels a circuit in which each movement and displacement is established in relation to the layout and geography of a given site. This site-specific dimension enables the movement of the walk to be precisely

9   Francis Alÿs, *Artpress*, no. 263, December 2000, p. 20.

10 Michel de Certeau, op. cit., p. 160.

11 *Urban Rumors* was produced for the *Mutations* exhibition organized by the Centre d'architecture Arc en Rêve in the Lainé warehouses in Bordeaux.

synchronized with the unfolding narrative. The whole soundtrack is conceived and coordinated in response to the projected route, and then harmonized with the site, its topography and architecture, as well as its history, people who live there and those merely passing through. *The Missing Voice – Case Study B* (1999), is a very good example of this imaginary integration of the site. The walk takes place in the streets of London, from Whitechapel Library via Brick Lane to Liverpool Street Station (the area where the infamous Jack the Ripper chose his female victims). By integrating the story of his crimes in a latent manner, Cardiff creates a state of mind receptive to an atmosphere of mystery and tension, even anguish and fear. All of her walks function in this way, as if the places were already non-places, spaces loaded with sensations and uncertainty.

As the walker moves through space, sounds are heard and stories emerge that evolve in one's mind, while blending in with the surrounding reality. The irregular rhythm and discontinuous pattern of the walk fluctuates like the narrative tempo of a stroll: changing speed, slowing down, accelerating, stopping temporarily, altering direction and branching off. Detours are numerous, and the walker must retrace his or her steps, turning right then left, climbing stairs, descending them, sitting down, touching something, smelling an odour, looking around. Spurred on by these movements, the soundtrack's narrative framework appears extremely fragmented: stories unfold slowly, are interrupted and then re-emerge further along – or to the contrary, they change quickly, and things happen that are never resolved. This correlation of sound with the walker's lived experience in a real site is so strong that one's mental space is projected into the physical space, and vice versa.[12] Using the particular movement of a walk, Cardiff has created a narrative situation in which one is deeply immersed, perceptively and psychologically, as well as physically and geographically.

Cardiff's strolls have been carried out on the fine line between reality and fiction, where one is always on the verge of being dispossessed, of loosing awareness of one's presence in the space where one is. When one takes a stroll, he or she reaches a level of perception in which the place becomes "haunted by a non-place, by ideal places," as de Certeau says of wandering.[13] One lets oneself be taken in by a game in which landmarks shift constantly, and the moment of confusion between reality and the imagination takes effect; the places become a space where the dream can suddenly become a nightmare, where the incomprehensible mixes with the terrifying, and the journey becomes completely unpredictable. Within a network of places defined by an extremely limited itinerary, and to which one must not deviate, the walk becomes a kind of drifting, but in an imagined dream space where each moment and every parcel of land could potentially be transformed into a phantasmagoria. According to de Certeau, wanderings "create non-places in places," they literally produce a story that has the "dual characteristic of a dream being the effect of displacement and of condensation."[14]

---

12 The binaural recording technique that Janet Cardiff used intensified these effects, giving the illusion that the sounds were close by, all around, coming from the real space.

13 Michel de Certeau, op. cit., p. 189.

14 Michel de Certeau, op. cit., p. 191.

Janet Cardiff, *The Missing Voice (Case Study B)*, commissioned and produced by Artangel, 1999.
photo: courtesy of Artangel

Kitty Scott described this phenomena very well when she emphasized the loss of control that Cardiff tries to provoke in the stroller's awareness: "the experience of taking the audio-walk is like dreaming another's dream."[15]

The Immobility of Sleep

From walker to sleepwalker, mobility becomes a kind of automatism to the benefit of a dream space. There remains only one step to take to encounter sleep. Curiously enough, over the past few years sleeping figures have become more common in artists' works; I am thinking among others of Francis Alÿs' recent series of works having the generic title of *Sleepers* (1999–), created in Mexico City. This project is still motivated by the urban experience of walking because Alÿs paces the streets of Mexico City photographing sleeping bodies, homeless people, and stray dogs that have made non-places their living spaces. In fact, here the contrast between mobility and immobility could not be more effective. Alÿs is again playing with spaces of recognition and belonging, of familiarity laden with individual stories, and layers of identity in anonymous non-places, where people just pass by and no longer notice anything. He emphasizes the effects of this identity-loss by not showing faces: he places the camera on the ground in an intermediary spot – not too far away from the subject, nor too close – in such a way that when photographed the human and animal bodies appear to be extremely confrontational. Although Alÿs' walks constantly negotiate with the imperceptible and represent slight but eminently poetic disruptions of the urban space, *Sleepers* somehow shows that the imperceptible is also present where one refuses to see reality. The images, 80 slides for each series, are projected in the form of a loop, one after the other without interruption. Through movement, the images disappear before our eyes; the sleeping bodies become strung together and pile up pell-mell.

Rachel Echenberg has shown this extreme fragility of the body in the urban environment with exceptional acuteness by working with disturbing encounters between the individual and the collective, the private and public body, privacy and anonymity. She often expresses this tension by using immobility to confront mobility – recently, she went so far as to occupy a position bordering on sleep. Since the late-90s, she has been accumulating public gestures of immobility. For *One Minute Monument*, one day in November 1999, from noon to one o'clock, approximately 15 people moved around anonymously, mingling with the crowd in downtown Montreal. Every five minutes, they simultaneously stopped, closed their eyes and opened their mouths. After a minute or so, they started walking, only to be still again. The contrast between the mobility of the crowd at this specific place in the city, and the immobility of Echenberg and her collaborators, was so striking that their bodies appeared suspended in perpetual slow motion. If one considers this state of temporary inactivity in relation the idea of monument, *One Minute Monument* is more of a testimony than a commemoration: it does not evoke the construction of history, so much as a simple but effective gesture of trying to remember a particular, ephemeral moment of time. The dispersal of the bodies also indicates something memorable. Memory cannot be fixed in space or time,

15 Kitty Scott, "I want you to walk with me," In Janet Cardiff: *The Missing Voice (Case Study B)*, London: Artangel, 1999, p. 4.

therefore it is in some way anti-monument, anti-museum and anti-history. The past is lying dormant, waiting to be recalled. Memory is also held on the threshold of the immobility and mobility that Echenberg is working with here. It is active, shifts, passes again and again, and is frozen in representations. But it can also take off in other directions and re-emerge elsewhere at other moments in time. Memory has the same propensity for movement and stopping as the suspended bodies in the midst of the circulating crowd.

Echenberg reworked this threshold in a piece titled *12 Hours*, when on February 27, 2001, she took up a position at the corner of Saint-Viateur and de Gaspé in an industrial quarter of Montreal, where she lives, and remained immobile there for 12 consecutive hours, from 6:00 in the morning until 6:00 at night. Her body was undoubtedly impassive and anonymous on this cold winter's day. The contrast between her immobility – again, she stood with her eyes closed and her mouth open – and the surrounding agitation created by the movement of people on foot, the cars and trucks, is as striking as in *One Minute Monument*. But instead of a momentary suspension, *12 Hours* sets up an extreme extension of the action, placing emphasis on time and duration rather than space. Although the body is effectively held in a still position, it is far from implying inaction or stability. On the contrary, it is still full of action: it resists movement, presenting a true endurance of time. This resistance confronts the rhythm that organizes work, everyday life and movement. The action was filmed from a car parked on the other side of the street. The video, produced later, introduces a completely different relation to time and dura-tion, as well as place. The 12 hours of immobility are condensed into eight minutes in the video editing, speed substituting for the slowness of immobil-ity. In an accelerated manner, the repeated action lets one perceive the pas-sage of time, changes in the day and the bustle of the crowd, depending on the work schedule at the nearby factories.

In a more recent series of filmed performances, grouped together under the generic title of *Blanket Series*, Echenberg pushes this strange activity of representing immobility even farther: for *Snow* (2003), she lay on a public bench, in winter, until her body was covered with snow; for *Pigeons* (2004), she stretched out on the grass until she was swarmed by a flock of pigeons; and for *Tides* (2004), she lay in the sand by the sea until the tide carried her away. Here, Echenberg places herself on the borderline between movement and immobility; staying impassive, she tries to become immersed in a state of rest. While the elements of the life-world are in perpetual movement, she finds herself in a vulnerable situation in which she has no control. Immobile, Echenberg endures the force of the physical environment on her body, she affronts the snow, the cold, the irruption of pigeons and the magnitude of water. Seeking privacy through tight framing on the body, the filmed images of the three performances make the surrounding space almost abstract, creating an experience that foregrounds nearness rather than place. *Snow* particularly makes the most of the effects produced by this closeness to the body. The camera is first placed at a distance to show the scale of the public place, a park on Saint-Laurent Boulevard in Montreal. Then the frame progressively closes in on a body stretched out on a bench, until it focuses on the face. The camera records the immobility while at the same time letting us see the movement of time, registering duration as the snow accumulates. This extreme close up places us in very close contact with an anonymous body, making us intensely aware of the relationship between a private situation and the radical anonymity of an urban place.

Occupying rationalized and congested urban zones in a poetic and deeply disturbing way, in which both collective and individual similarities are no longer expressed, Echenberg's interventions, like *Sleepers* by Alÿs, contrast the privacy of the body with the public's gaze and behaviour. Here immobility activates, what Marc Augé calls a non-place, that is to say, nowhere, an eradicated, inexistent place that "creates neither remarkable identity, nor relationship, but solitude."[16] It creates nearness without exchange or relationship. Consequently, it has something transgressive that is not so much the opposite of mobility as its conscious critic. In other words, immobility is political.

16 Marc Augé, op. cit., p. 130.

How to Recognize a Furtive[1] Practice
A User's Guide

In writing about the work of artists, I am first confronted with the peculiar task of determining which voice to use: the voice of one who stumbles upon such works accidentally, the voice of one who has willingly taken part in a number of such projects, the personal voice of one who makes similar work, or the feigned voice of an omniscient outsider. I have trouble making a decision. All the choices are appealing and have their advantages. Perhaps each one will prove useful in describing what I see as some characteristics of contemporary visual arts practices that take place at the threshold of the doors to the museum. Specifically, I am interested in what we have called "interventions" or "infiltrations," though I hesitate to use these terms in describing artistic actions as they both have military connotations.[2] Instead, I would like to adopt the term "furtive"[3] in the hopes that it is more apt in portraying the surreptitious and complex ways that art today permeates civic and social spaces and conflates our notions of an ideal or expected public.

How can we learn to recognize a furtive practice? It is, by nature, performed in secret. It takes pains to avoid being observed. A furtive art often disguises itself by mimicking something else, inserting itself almost seamlessly into the social fabric. It makes use of language and the ways we read the city as a semiotic space. Also, if we call an artistic action furtive, then we also imply that it is not intended to be confrontational, at least, not in a way that is immediately obvious. Its politic is not performed or spoken; it is imbedded in the nature of the activity. The furtive is risky because, like irony, there is a chance that it will not be noticed. But this chance of misrecognition is what makes the discovery of a furtive act rewarding. It underscores the possibility that furtive actions may be performed around us everyday, yet go unnoticed.

What I can offer here is no more than some sporadic hints, a user's guide to discovering the furtive in acts of contemporary art. As art practices continue to move outside of the museum, artists make use of their surrounding social, urban, economic, and media conditions and become part of the fabric of the society in which they intervene. In the catalogue *Les Commensaux*, editors Loubier

KATHLEEN
RITTER

and Ninacs identify these projects as: "...works that are open, in their risky immersion into lived reality, works in which the author actually stops in mid-course to propose them to someone else as a circumstance to be lived, inviting the other to invent it alongside them."[4]

In the spring of 2003, several projects took place in Vancouver that attempted to alter our usual routines of walking through the city.[5] Employing strategies of irony, generosity and unpredictability, artists made modest gestures to critically investigate the social conventions, pedestrian movement and regulation of public spaces. The work, although performed outside of the art gallery and often for an unsuspecting public, used an art discourse as its foundation and primary arena from which to draw meaning. Three projects in particular stand out as fine examples of furtive behaviour: Diane Borsato's *Touching 1000 People*, Sarah White's *Monologues for Public/Private Spaces*, and Norma's *Dog Day Afternoon*.

In *Touching 1000 People*, Diane Borsato alters her daily habits of walking through the city in order to be able to touch as many people as possible, subtly breaking the invisible social barriers and codes of expected behaviour in public space. Borsato's minor physical contact – a gentle nudge, discreet grazing, or brush of the hand – turns the act of touching into a transgression. The work is performative and temporal. It exists in the moment of its enactment. It is for an incidental audience, rather than an invited one, and is relayed to an art public only when the artist presents it in a talk or in its occasionally published documentation.

In *Monologues for Public/Private Spaces*, Sarah White delivers monologues from inside the stalls of public washrooms. White's monologues elaborate on the difficulties of speaking in public and use the often silent and socially awkward space of the public washroom to reflect on her personal history, thoughts and insecurities, and socio-political views. This project is similarly intended for an incidental audience: those who stumble into the public washroom at the (in)appropriate time.

In *Dog Day Afternoon*, Norma, a collective of eight artists, occupies a public park in Vancouver in the form of an "idealized public" represented in schematic drawings of civic spaces. Over the course of a day, the performers assemble in small groups,

---

1   I am indebted to Patrice Loubier's use of this term. See Loubier, "To Take Place, To Disappear: On Certain Shifts Between Art and Reality," trans. Janine Hopkinson, *Les Commensaux* eds. Patrice Loubier and Anne-Marie Ninacs, Montréal: Centre des arts actuels Skol, 2001.

2   The word 'intervention' means to come between two things or to occur in time between events. It also implies interference, especially by one country in another's affairs. Similarly, the word 'infiltration' means to permeate literally by filtration, but it also denotes a military action – to pass troops through gaps in the enemy line. Lorna Brown refers to this in her text "Public Ideals," *Prefix Photo* 9, 2004, p. 31.

3   In its etymology, the sense of the word 'furtive' has been consistent since its Latin roots. The Latin noun '*furtum*' means theft or robbery while '*furtivus*' is the adjective form for something stolen or concealed. Figuratively, it connotes a trickery or deceit but it can also mean a secret or stolen love.

4   Patrice Loubier and Anne-Marie Ninacs, eds. Introduction, *Les Commensaux*, Montréal: Centre des arts actuels Skol, 2001, p. 14. Our translation.

5   These projects were part of the series *Expect Delays* produced by Artspeak, an artist-run centre in Vancouver, in April and May of 2003. Eight artists were invited to produce performance projects that took place outside of the gallery, in the space of the city. See: *Expect Delays*, ed. K. Ritter, 2003, Artspeak, Vancouver www.expectdelays.com

performing repetitive actions and dialogue. Their script is lifted from Sidney Lumet's 1975 film *Dog Day Afternoon*, which anxiously details a failed bank robbery. The performers' repeating dialogue has little to do with their actions: these characters sit at a fountain, stroll around the grounds, toss a Frisbee and lounge in an exact reflection of the billboards advertising the city's new housing developments. For one day, life mimics the idealized vision of a public gathering.

These three projects do not announce themselves or self-identify as art. They are skilfully astute in their negotiation of public and social space, showing a marked lack of candour. In each case, they are humorous in their reversal of a learned behaviour (Borsato) or in their perverse insertion into a site or social space, using it in a way not necessarily intended (White) or using it too much in the way it was intended (Norma). How do we come to know these projects? How do we learn to recognize their cues?

If we start by considering the spaces in which these projects take place, then it is important to begin in the curious place just outside of the museum. The door to the museum is that threshold between the expected and unexpected sites of cultural production as well as the boundary between those who may or may not feel entitled to enter. While artists have often challenged these very conventions, it has been for different reasons, such as to refuse the authority and value that the museum attributes to works of art, to critique the way museums mediate our experience and understanding of works of art, to make site-specific work (since the museum is constructed as a non-site), or simply to reach a broader audience. Though it is no longer radical or new, I think a work's presence outside of the gallery today is still significant since our performance as viewers is based on the visual, linguistic and architectural cues of the gallery space. Therefore, it is important to recognize the location outside of the museum (and its unpredictable relationship to an audience) as a necessary part of the meaning of the action. This distinction is especially significant in relation to the traditional concept of the museum, both in terms of its design and its ideological underpinnings.

In the traditional, modernist conception of a museum – the space historically designed as best suited for the contemplation of works of art – the space inside is, quite obviously, differentiated from the space outside of the museum. Inside is a carefully delineated and visually minimal area in which the usual, everyday markers of time and place are removed. With this lack of temporal and spatial specificity, the museum is designed to be best suited for an "aesthetic experience" in the sense of the modern, Western concept of aesthetic experience, which can be described as "...the mode of receptivity thought to be most appropriate before works of art."[6] We view works of art as a series of isolated objects and are asked to make meaning from them without considering the context of their production or presentation. The museum is constructed as a non-space that inflects no meaning on the works at hand.

6   Carol Duncan, *Civilizing Rituals: Inside Public Art Museums*, London: Routledge, 1995, p. 11.

What'd You Do,
Just Barge In on a Whim?

Norma, *Dog Day Afternoon*, Vancouver, 2003.
photo: courtesy of Artspeak

In late eighteenth-century Europe, museums emerged from the Enlightenment's ideological division between religious and secular experience. Despite museums being relegated to the secular domain, Carol Duncan suggests that they continue to operate in a ritualistic way.[7] In the ritualized conception of the museum space, it is a kind of theatrical stage set, a highly scripted and choreographed space, where the visitors enact or perform the ritual. "A ritual site of any kind is a place programmed for the enactment of something. It is a place designed for some kind of performance. It has this structure whether or not visitors can read its cues."[8] The museum choreographs a ritual or some other structured experience that relates to the history of a site or of the objects in that site. "The museum's sequenced spaces and arrangements of objects, its lighting and architectural details provide both the stage set and the script..."[9] This *structured* experience is what distinguishes everyday activity from the performance of aesthetic receptivity in a museum. This difference is precisely what is conflated in art practices that take place outside of museological spaces.

Further, the aesthetic experience in the modern tradition is based on the primacy of the individual, as receiver of this experience. In art practices outside of the museum, the relationship to viewers is more complex. First, it happens in the time, place or social milieu in which one is not expecting to find art or have an aesthetic experience. Secondly, viewers are often implicated directly in the action, becoming part of the work and having an impact on how the action unfolds. Finally, the work is not made with an individual viewer in mind. Instead, it is often made for many people to experience and in very different ways. While the museum is a mechanism that controls the perspective of the work, streamlining viewership to elicit individual experiences, when outside of the museum, viewers come upon the work unexpectedly, mid-course, far off, from many angles, at a glance, or en masse, all togheter. These varying perspectives are important to how the work is played out and this difference is key; it is not simply *the viewer* that completes the work, but *many* viewers that complete the experience of the work.

While artists have often chosen to work outside of the museum space, what is different about the furtive act? How do we distinguish it from other outside practices? What are the characteristics of a furtive practice?

Furtive behaviour is secret and sly; it targets specific individuals and takes place in precise locations. It is both intimate and unavailable, since it does not readily make itself known. The first characteristic of a furtive action is that it is done without permission. Although, at many levels, permission may be given, the action cannot be authorized at every level, otherwise, there would be no need to hide it. Borsato does not ask people before she touches them; White does not ask the authorities if she can perform a monologue in their bathroom; and Norma does not ask for the city's permission to post

---

7   Duncan, p. 10.

8   Duncan, p. 12.

9   Duncan, p. 12.

a billboard and occupy the park for a day. In each case, it is important and necessary to the work that the artists neither ask for permission nor are they explicitly invited to perform by the people directly implicated by their actions.

Further, this activity of concealing or disguising the action as something else means that it is not necessarily easy to access, user-friendly, or social in character. In this way, it distinguishes itself from "relational aesthetics" since, as Nicolas Bourriaud has claimed, relational art takes the substance of human relations as its point of departure.[10] In fact, there is something fundamentally anti-social in the furtive act. White quickly ends her monologue when a voice from the next stall thanks her for her thoughts. Borsato's touching – the action performed outside of socially expected behaviour that I first imagined to be a careful and gentle brush on the shoulder – proved to be, upon discovery, a somewhat uncontrolled and erratic flinging of arms that at times hit rather than touched. This act was not performed in a desire to be touched back. Instead it imposed a distance between Borsato and the subject of her movements; people invariably moved away from her as she touched them. In the case of Norma, their repetitive dialogue was not interrupted when someone approached them to inquire about their actions. Instead, they marched on, unfazed by the interruption. The works deny an easy "engagement"[11] with their respective audiences. In this way, the furtive act does not necessarily lend itself to broadening social connections within public spaces, as Bourriaud claims relational art does. Rather it resists them, choosing to remain anonymous and distant.

Although I argue that this activity is not allowed, on some level, we must recognize that it is, otherwise these actions would not continue. These artists are not asked to leave the sites in which they intervene; rather, they find gaps and interstices in the social fabric that leave room for their interruptions – gaps that people allow in their passive acceptance of unexpected behaviour. In these actions, the artists reveal that public and social space is more permissive than we had imagined. This is something particularly intriguing and encouraging in the work. While I have no intention of, say, repeating White's action, it nonetheless tells me that there are still opportunities to act outside of the expected and prescribed, without disastrous consequences.

On another level, it is also important to recognize that the action is permitted by an institution that supports the activity as an art practice.[12] This may be further endorsed by funding agencies, media interest, local businesses and/or audiences who learn about the project after the fact. In this way, the question of permission in furtive practice is complicated since the work, in order to operate successfully, must be both allowed and unauthorized at the same time.

Another characteristic of furtive action is the recognition or use of the moment when an accidental gesture becomes an intentional one. This is a distinction Borsato noted when

---

10 Nicolas Bourriaud, *Relational Aesthetics*, trans. Simon Pleasance, Fronza Woods, and Mathieu Copeland, Paris: Les Presses du Réel, 2002, p. 113.

11 Lorna Brown, "Public Ideals," *Prefix Photo* 9, 2004, p. 32.

12 In the case of *Expect Delays*, the series was produced by Artspeak artist-run centre. It was funded by the Canada Council for the Arts, the British Columbia Arts Council, and sponsored by local businesses and community organizations.

discussing the project *Touching 1000 People*.[13] While the furtive action may initially seem like a mistake, as a momentary rupture in the social, spatial or linguistic fabric, it is done with intention. Borsato may accidentally touch people everyday, but the moment when she decides to touch them on purpose is when the work becomes art, or rather, she invites the action to become subject to interpretation within the discourse of art. Similarly, the moment we, as viewers, discover the intentionality of the act is when we can question the act itself and give it meaning. This moment, which Loubier describes as "a pure, sudden appearance"[14] is characteristic of the furtive act. White's monologue from inside the bathroom stall seems at first like a mistake. (She could be rehearsing for an audition. Or perhaps she is talking on a cell phone.) But she carries a small, wooden instrument into the stall with her, an African thumb piano that she plays while she is talking. Her monologue is punctuated by the sounds of flushing toilets, anxious travellers, cleaning staff and conversations between friends. However, the sound of the instrument in the background of her monologue reveals to us that this is a premeditated action.

Similarly, with Norma, there is an uncanny moment when we realize that their actions in the park are highly scripted and staged. At one entranceway, they installed a billboard with a drawing that precisely mirrors their actions and positions in the park. This drawing, done in the style of architectural illustration and portraying an "ideal" public using the site, gives away the ruse (or reinforces it). The park becomes a theatre for their performance and, incidentally, a stage for all other activities in the park thereafter. Even after Norma's project ended, I could not help but see the other people regularly using the park as a re-enactment of their initial performance.

A third characteristic of furtive work is the use of language. It not only addresses the textual space of the city (from signs, warnings, billboards, advertisements, directions, etc.) by interrupting and misdirecting our reading of that text to something else, but language is the vehicle in which the work travels back to the art community after the performance. The work comes to be known through language, myth, anecdote and description, rather than through traditional exhibition methods. The use of language to communicate the work, after the fact, to an art audience operates on the level of myth making. This is a condition of the work – we are not necessarily invited to see the work in situ, during the event of the performance. If we were, it would change how the work functions. We cannot be invited into the bathroom for White's monologue or to be touched by Borsato. The work is available to its other intended audience – the art community – only through its telling, at the artist's talk, in published documents, in rumours that circulate about the work and so on. And, while art practices often rely on the visual image to present a work, here documentation of the performance serves merely as a prop to communicate the story of the work afterwards.

The furtive action is also characterized by a kind of resistance: it runs against the current of acceptable or expected behaviour in public. It is by nature political; it is concerned

1 3 Diane Borsato, interview with Andrea Hunter, *Richardson's Roundup*, CBC Radio, Vancouver, 30 May 2003.

1 4 Loubier, p. 202. Our translation.

with the complex relations among people living in society. The furtive act offers a proposition for an alternative way of living, opening up possibilities in how we imagine public space.

Looking at furtive practice serves as an interesting contrast to Suzanne Lacy's book, *Mapping the Terrain: New Genre Public Art*, which similarly examines art projects in the late 80s and early 90s that took place largely in public spaces in urban centres. The work catalogued in the book crosses boundaries between art and activism, and the role of the artist is multiple: artist as community worker, artist as political activist, artist as participant. In her words, Lacy claims that unlike public art, "new genre public art" is: "...art that uses both traditional and nontraditional media to communicate and interact with a broad and diversified audience about issues directly relevant to their lives (and it is) based on engagement."[15] What Lacy defines as "new genre public art" is a particular practice based on direct engagement with audiences to deal with issues relevant within a larger socio-political context, one that is outside of the museum's doors.

However, if this book were written today (now ten years later), how would the texts be different? That is, how have artists' intentions and motivations changed since the time of Lacy's writing? Can we still look at an artist's work made outside of the gallery now and call it "new genre public art"? By contrast, in the catalogue *Nice!*, Rutger Pontzen identifies the work of a group of artists from the Netherlands as a reaction to the cynicism of the late twentieth century and disappearance of great (modernist) aspirations and ideologies. Their work, which ranges in discipline, shares one thing in common: a desire to promote small virtues, like respect and helpfulness. Written in 2000, five years after Lacy's *Mapping the Terrain*, his words offer a contrast: "Changing the world is not art's job – it's not capable of such a task anyway. But it can make life more pleasant…"[16]

The furtive is unlike both of these models. It is too sneaky to be "nice" and is not activist in its approach. Rather than situate these practices in an avant-garde tradition of the "new", as is implied by Lacy's term "new genre public art," furtive practice claims neither to be new, nor revolutionary. It, in many cases, is not intended to mobilize a public to collective political action. It is not confrontational and does not have the ambition to reach the greatest number of people in the spirit of activism. Perhaps then, it operates both in the 'real' and on the level of representation; it offers up a likeness or a model of the world, while at the same time actually taking place in it.

Finally, the furtive action is specific to and draws meaning from the time, the place and the social milieu in which it is performed. The work operates within a specific set of conditions and cannot be transferred to another without it changing significantly. Borsato found that touching people in Montreal was easier than in Vancouver. It rained too much in Vancouver, people walk further apart from each other and their umbrellas created a spatial boundary that was difficult to penetrate. White's monologues were not

15 Suzanne Lacy, *Mapping the Terrain: New Genre Public Art*, Seattle: Bay Press, 1995, p. 19.

16 Rutger Pontzen, *Nice!: Towards a New Form of Commitment in Contemporary Art*, Rotterdam: NAI Publishers, 2000, cover.

performed in just any bathroom, but in those of Pacific Central Station, Vancouver International Airport, and Pacific Centre Shopping Mall. The content of each speech was specific to the location of the washroom. In the airport, she told the story of a friend who misses a flight due to increased airport security and racial profiling. In the mall, her monologue considered the problems of consumerism and its relationship to constructs of femininity. (This speech in particular was performed with the sounds of young women gushing about their recent purchases, oblivious to White's critique). The furtive allows these moments of poignant juxtaposition to happen. Similarly, Norma's performance took place in a park recently redeveloped for the benefit of a nearby condo development. Like many Vancouver parks, these leisure sites are constructed long before people move into the neighbourhood, and remain empty as a site for the potential public – one that does not yet exist (and ostensibly never does). Norma's performance makes use of one of these parks in the way that it is seemingly intended; yet, we are surprised to find the park suddenly populated one day. This perfect scene, of course, is undercut by their scripted dialogue, which is aggressive. The young couple tossing a Frisbee scream, "Attica! Attica! Attica!" and demand that you "Put down your guns!" The mother pushing a baby stroller irritably asks over and over: "What do you think I'm doing? You think it's easy? You know, you're startin' to get on my nerves." Meanwhile, the elderly woman quietly warns her companion: "They'll shoot you, you know. The cops, they don't give a fuck about your bank insurance." While this presented a particular rupture with the intended use of this site (even eliciting complaints from nearby residents), the dialogue would not have been foreign in other Vancouver parks, namely in more impoverished areas. This difference in the way public space is divided is one aspect that the performance highlighted, calling attention to the problems of gentrification and increasing displacement in urban centres.

The specificity of the work to its time, place and social conditions allows us to examine the work externally. We do not just try to make sense of the internal connections and trajectories of meaning within the work itself, we examine how the project operates in relation to its external forces, in terms of the inflection of various conditions that act upon it and give it meaning.

In short, the furtive nature of practices that take place outside of the doors of the museum reconfigures the artist's complex relationship to institutions and the viewing public. The furtive act works both within and outside of the conventions of acceptable activities of society, carefully straddling this line. It is covert and stealthy, yet we can identify some of the characteristics of furtive behaviour in contemporary art practices by the following: its intentionality, its use of language and myth-making, its quality of resistance, its specificity to the site in which it takes place and finally, by the fact that it is performed without permission.

I offer these points as an incomplete guide to assist in recognizing the furtive acts in contemporary art. It is incomplete because I trust that many aspects of the work are still concealed. After all, it is in hiding. But this guide is also incomplete because the furtive resists being defined in its entirety. It purposely slips out of existing theoretical models such as Bourriaud's "relational aesthetics", Lacy's "new genre public art", and even Pontzen's "nice." While the furtive borrows aspects from each model, it stays faithful to none.

Comment reconnaître une pratique furtive[1]
Guide de l'usager

Au moment d'écrire sur le travail des artistes qui pratiquent un art furtif, je m'interroge tout d'abord sur la voix à emprunter. Sera-t-elle celle d'une passante qui tombe sur ces oeuvres par hasard? Celle d'une participante ayant volontiers pris part à un certain nombre de ces projets par le passé? Celle de l'artiste qui suit une démarche semblable? Ou la voix feinte de la spectatrice détachée et omnisciente? C'est une décision difficile à prendre. Face à la tâche de cerner les caractéristiques des pratiques contemporaines qui se déroulent aux abords des musées, ces choix m'attirent tous et offrent chacun leurs avantages. En particulier, je m'intéresse à ces démarches que l'on a qualifiées d'«interventions» ou d'«infiltrations», termes que j'hésite cependant à utiliser pour désigner des gestes de nature artistique, en raison de leurs connotations militaires[2]. Je leur préfère celui de «furtif[3]», dans l'espoir qu'il conviendra mieux pour décrire les modes subreptices et complexes par lesquels l'art pénètre aujourd'hui dans les espaces publics et sociaux et interroge la notion de public idéal ou attendu.

Comment apprend-on à reconnaître une pratique furtive? Par nature, celle-ci s'opère dans le secret. Pour éviter d'être observé, il faut se donner du mal. L'art furtif se déguise parfois pour imiter autre chose, s'insérant dans le tissu social de façon à passer pratiquement inaperçu. Il se sert du langage et de nos lectures de la ville en tant qu'espace sémiotique. Qualifier un geste artistique de furtif, c'est aussi suggérer que son intention n'est pas de confronter, tout au moins pas ouvertement. Son caractère politique n'est ni patent, ni énoncé; il est enfoui dans la nature même de l'activité. Le furtif est une démarche hasardeuse puisque, à l'image de l'ironie, il risque de passer inaperçu. En revanche, la possibilité de méprise est précisément ce qui rend la découverte d'un acte furtif si gratifiant. En effet, des actions furtives pourraient se produire tous les jours sans que nous nous en rendions compte.

Je me limiterai ici à offrir quelques brèves observations, une sorte de guide de l'usager pouvant servir à orienter le spectateur dans sa découverte du furtif dans les oeuvres contemporaines. À mesure que les pratiques artistiques sortent du musée, les artistes

KATHLEEN
RITTER

continuent de puiser dans le matériau urbain, économique et médiatique qui les entoure pour s'immiscer dans le tissu social. Ce sont des projets que les coauteurs du catalogue *Les Commensaux*, Patrice Loubier et Anne-Marie Ninacs, définissent comme «des oeuvres ouvertes en raison même de leur immersion risquée dans la réalité vécue, des oeuvres dont l'auteur s'arrête justement à mi-chemin pour les proposer à autrui comme des circonstances à habiter, voire à inventer de concert avec lui[4]».

À Vancouver, au printemps 2003, plusieurs projets ont eu lieu qui tentaient de modifier les habitudes de déambulation des habitants dans la ville[5]. Les concepteurs ont fait appel à des stratégies fondées sur l'ironie, la générosité et l'imprévisibilité pour poser des gestes modestes ayant pour but d'explorer les conventions sociales, le mouvement des marcheurs dans la ville et la réglementation des espaces publics. Même si elles se sont produites hors de la galerie d'art, souvent pour un public qui n'était pas conscient de la chose, les oeuvres dont il sera question ici s'appuyaient sur un discours sur l'art permettant de les situer et de les interpréter. Parmi elles, trois projets en particulier se sont révélés d'excellentes illustrations d'un comportement furtif : *Touching 1000 People* de Diane Borsato, *Monologues for Public/Private Spaces* de Sarah White et *Dog Day Afternoon* du collectif Norma.

Dans *Touching 1000 People*, Borsato modifie ses propres habitudes de déambulation quotidienne dans la ville pour tenter de toucher autant de gens que possible et, ainsi, déjouer subtilement les barrières sociales et les codes de comportement auxquels on s'attend dans un lieu public. Les contacts fugitifs que Borsato provoque – par un léger coup de coude, un frôlement discret, un effleurement de la main – transforment l'acte du toucher en transgression. L'oeuvre est performative et temporelle. Elle prend vie au moment même de son déroulement. Elle est destinée à un spectateur accidentel, plutôt qu'invité, et n'est relayée à un public d'initiés qu'au moment de la conférence donnée par l'artiste pour exposer sa démarche ou, occasionnellement, d'une publication à ce sujet.

Dans la deuxième oeuvre, *Monologues for Public/Private Spaces*, White s'installe dans les cabinets des toilettes publiques pour se livrer à des monologues. Ses soliloques évoquent la difficulté de parler en public; l'artiste se sert de l'espace souvent silencieux

1   L'emploi de ce terme est attribuable à Patrice Loubier. Voir Patrice Loubier et Anne-Marie Ninacs (dir.), «Avoir lieu, disparaître : sur quelques passages entre art et réalité», *Les Commensaux*, Montréal, Centre des arts actuels Skol, 2001.

2   Le terme «intervention» signifie venir entre deux choses ou se produire entre deux événements. Il suggère la notion d'interférence, notamment celle d'un pays dans les affaires d'un autre. De manière analogue, dans son sens littéral, le mot «infiltration» désigne l'action de pénétrer par filtration, mais il a aussi une connotation militaire, au sens de faire passer des troupes au travers de lignes ennemies. Lorna Brown aborde cette question dans son texte «Public Ideals», *Prefix Photo*, nᵒ 9, p. 31.

3   Le sens de ce mot est resté fidèle à son étymologie latine. En latin, *furtum* signifie «larcin, vol» et *furtivus*, ce qui est «dérobé» ou «caché». Au sens figuré, ce terme connote aussi la tromperie ou se rapporte parfois à l'amour vécu dans le secret.

4   Patrice Loubier et Anne-Marie Ninacs (dir.), «Introduction : Quand l'art se fait circonstance», *Les Commensaux*, Montréal, Centre des arts actuels Skol, 2001, p. 14.

5   Ces projets faisaient partie de la série *Expect Delays*, organisée par Artspeak, un centre d'art autogéré de Vancouver, en avril et mai 2003. Huit artistes ont été invités à créer des performances dans le but de les présenter à l'extérieur des murs de la galerie, dans les espaces urbains. Voir *Expect Delays*, K. Ritter (dir.), Vancouver, Artspeak, Vancouver, 2003, www.expectdelays.com.

et embarrassant des toilettes publiques pour méditer sur sa propre vie, ses pensées et ses insécurités, son point de vue sur la société et la politique. Ici encore, le projet est destiné à un public accidentel – celui qui se trouve sur les lieux au moment (in)opportun.

Pour créer *Dog Day Afternoon*, Norma, un collectif de huit artistes, a occupé un parc public de Vancouver dans le but d'interpréter ce «public idéalisé» que l'on voit souvent représenté dans les esquisses d'espaces publics. Les interprètes se rassemblent en petits groupes et répètent les mêmes gestes et dialogues une journée durant. Le scénario lui-même est tiré du film *Dog Day Afternoon* (1975) de Sidney Lumet, qui met en scène un vol de banque qui tourne mal. Il n'y a presque aucun rapport entre les paroles répétitives qu'échangent les interprètes et leurs actions : ils s'assoient près d'une fontaine, se promènent dans le parc, jouent au frisbee et se prélassent, reproduisant exactement les scènes que l'on peut apercevoir sur les panneaux-réclames annonçant de nouveaux ensembles résidentiels.

Aucun des projets précités n'a été annoncé au préalable comme oeuvre d'art ou présenté comme tel. Tous trois proposent des formes astucieuses de négociation de l'espace public et social, démontrant une absence marquée de franchise. Ils comportent tous une touche d'humour, qu'il s'agisse de renverser un comportement appris (Borsato) ou de s'immiscer dans un lieu ou un espace public dans l'intention de le pervertir, soit pour en faire un usage qui n'est pas nécessairement conforme aux attentes (White), soit pour *exagérer* les fins auxquelles il est destiné (Norma). Mais de quelle manière apprend-on l'existence de ces projets? À quoi peut-on les reconnaître?

Considérons d'abord les espaces dans lesquels ces projets se déroulent, à commencer par ce curieux espace (de transition) situé tout juste à l'extérieur du musée. La porte du musée est la cloison qui sépare les lieux conventionnels de la production culturelle des lieux non conventionnels; elle trace une frontière entre les personnes qui se sentent autorisées à y pénétrer et les autres. Certes, de nombreux artistes ont souvent remis en cause ces conventions par le passé, mais leurs motifs étaient autres : pour contester l'autorité du musée et la valeur qu'il confère aux oeuvres d'art, critiquer l'influence de cette institution sur notre expérience et notre compréhension des oeuvres, créer des oeuvres dans un lieu précis (étant donné que le musée lui-même est construit comme un non-lieu) ou, simplement, atteindre un public plus large qu'à l'habitude. Même si l'on ne peut plus qualifier cette approche de radicale ou de nouvelle, je pense qu'il est possible d'affirmer que la présence d'une oeuvre d'art hors du musée conserve une portée certaine aujourd'hui; en tant que public, nous sommes encore et toujours conditionnés par les repères visuels, linguistiques et architecturaux qu'organise pour nous l'espace muséal. D'où l'intérêt de reconnaître les lieux autres que le musée (et le rapport inattendu qu'ils établissent avec les spectateurs) comme partie intégrante de l'action. Cette distinction est particulièrement importante au regard de la conception traditionnelle du musée, tant du point de vue de son aménagement que de ses fondements idéologiques.

Selon la conception traditionnelle et moderniste du musée – endroit considéré comme le lieu idéal pour la contemplation des oeuvres d'art –, l'espace intérieur se distingue de l'espace extérieur, offrant une aire délimitée avec soin, très sobre visuellement et libre des habituels marqueurs de temps et d'espace. Ainsi dénué de spécificité temporelle et

Norma, *Dog Day Afternoon*, Vancouver, 2003.
photo : courtoisie d'Artspeak

spatiale, le musée se veut un espace propice à «l'expérience esthétique» dans son sens moderne et occidental, soit «un mode de réceptivité considéré comme étant le plus approprié devant une oeuvre d'art[6]». Dans un musée, les oeuvres sont présentées comme une suite d'objets isolés, auxquels on demande au spectateur de donner un sens sans pour autant les situer dans le contexte de leur production ou de leur présentation. Le musée est construit comme un non-lieu qui n'exercerait aucune influence sur le sens des oeuvres qui s'y trouvent.

Les premiers musées ont vu le jour vers la fin du 18e siècle en Europe; ils sont issus de la division qui s'est opérée entre expérience religieuse et séculière au Siècle de lumières. Toutefois, même s'ils relèvent aujourd'hui du champ séculier, les musées ont conservé, fait valoir Carol Duncan, un mode de fonctionnement apparenté au rituel[7]. Selon Duncan, cette approche ritualisée convertit l'espace muséal en une sorte de scène de théâtre, un espace hautement codifié et chorégraphié où ce sont les spectateurs eux-mêmes qui officient. «Tout lieu consacré au rite est un espace destiné à la représentation de quelque chose. Il est conçu pour servir de théâtre. Il est organisé de cette manière, que les visiteurs soient capables d'en déchiffrer les codes ou non[8].» Ainsi, le musée servirait à chorégraphier un rite ou une expérience structurée en relation avec l'histoire même du lieu ou les objets qu'il accueille. «L'ordre des salles, la disposition des objets, l'éclairage et les détails architecturaux charpentent à la fois l'espace théâtral et le scénario[9].» Tous ces éléments engendrent une *expérience structurée* qui permet de distinguer le mode de la réceptivité esthétique des autres activités de la vie quotidienne. Et c'est précisément cette différence que mettent en lumière les pratiques artistiques prenant place hors du musée.

Selon la tradition moderne, l'expérience esthétique est fondée sur la primauté de l'individu en tant que récepteur de cette expérience. Or, lorsque les pratiques artistiques prennent place hors du musée, la relation entre spectateur et oeuvre d'art se complexifie. D'abord, elles se produisent à un moment, dans un lieu ou dans un contexte social non conformes au cadre dans lequel on s'attendrait à vivre une expérience esthétique. Ensuite, il arrive fréquemment que les spectateurs se trouvent mêlés à l'action, à participer directement à la production de l'oeuvre et à avoir une influence sur son cours. Enfin, l'oeuvre n'est pas conçue en fonction d'un spectateur unique. Souvent, son but est de toucher un grand nombre de personnes d'une multitude de façons différentes. Alors que le musée est un environnement conçu pour baliser la perspective sur les oeuvres et rationaliser la contemplation afin d'en faire une expérience individuelle, à l'extérieur de ses murs, le rapport avec l'oeuvre est de nature tout à fait différente. La rencontre peut être fortuite ou se produire au beau milieu de la performance; le spectateur est libre de l'observer de loin, sous différents angles, de n'y jeter qu'un coup d'oeil ou de l'embrasser dans sa totalité. Cette diversification des perspectives est fondamentale à la mise en scène de l'oeuvre; ce n'est plus seulement la présence d'*un seul spectateur* qui permet à l'oeuvre d'être achevée, mais bien celle de *nombreux spectateurs*.

---

6   Carol Duncan, *Civilizing Rituals: Inside Public Museums*, Londres, Routledge, 1995, p. 11.

7   Ibid., p. 10.

8   Ibid., p. 12.

9   Ibid., p. 12.

En quoi l'acte furtif diffère-t-il du travail souvent effectué dans le passé par certains artistes à l'extérieur de l'espace muséal? Comment le distinguer des autres pratiques hors musée? Quelles sont les caractéristiques d'une pratique furtive?

Le comportement furtif est secret et rusé; il cible certains individus et prend place dans des lieux précis. Comme il ne peut être manifeste, il est à la fois intime et indisponible. La première caractéristique d'une action furtive est sa nature transgressive. Même si, à différents points de vue, l'action en question n'est pas interdite à proprement parler, le fait qu'elle ne soit pas entièrement autorisée revêt une importance; autrement, il ne serait pas nécessaire de la dissimuler. Diane Borsato, par exemple, ne demande pas la permission aux gens avant de les toucher; Sarah White n'obtient pas d'autorisation auprès des autorités concernées pour se livrer à ses monologues dans les toilettes; et le collectif Norma ne consulte pas les responsables de la ville avant d'afficher son panneau-réclame et d'occuper un parc une journée durant. Dans chacun de ces cas, l'absence d'autorisation préalable constitue un aspect fondamental de l'oeuvre; tout aussi nécessaire est le fait que les interprètes ne livrent pas leur prestation à l'invitation des personnes présentes.

Par ailleurs, le fait de dissimuler ou de déguiser une action indique que celle-ci ne se veut pas nécessairement accessible, conviviale ou même sociale. L'art furtif se distingue ainsi de «l'esthétique relationnelle» définie par Nicolas Bourriaud pour désigner des oeuvres qui prennent comme point de départ les relations humaines[10]. En fait, on peut affirmer qu'il y a quelque chose de foncièrement anti-social dans l'acte furtif. White, par exemple, interrompra immédiatement son monologue si elle entend une voix dans un cabinet voisin la remercier de ses réflexions. Et contrairement à ce que j'avais d'abord imaginé, le geste non conformiste exécuté par Borsato s'est révélé être non pas un effleurement léger de la main sur l'épaule, mais plutôt un mouvement des bras en l'air plutôt erratique et mal maîtrisé, qui l'amenait parfois à *frapper* des gens au lieu de les *toucher*. En outre, son geste n'est pas exécuté dans l'espoir d'être touchée en retour. Il tend plutôt à imposer une distance entre l'artiste et les destinataires, qui, invariablement, s'écartent d'elle après avoir été touchés. En ce qui concerne Norma, lorsque quelqu'un s'approchait d'eux pour leur poser une question, les artistes poursuivaient leur dialogue répétitif sans tenir compte de l'interruption. Ces oeuvres refusent toute «interaction[11]» facile avec l'auditoire. On peut en déduire que l'acte furtif ne se prête pas forcément à la diversification des rapports sociaux au sein des espaces publics, comme le revendique Bourriaud pour l'art relationnel. Il aurait plutôt tendance à résister à cette éventualité, à préférer l'anonymat et la distanciation.

Malgré ce caractère transgressif de la pratique, force est de constater qu'à un certain niveau, les actions furtives sont accueillies avec tolérance, sinon les artistes n'auraient pas été en mesure d'aller jusqu'au bout de leur démarche. Personne ne leur a demandé de quitter les lieux où ils intervenaient; ils ont réussi à déceler dans le tissu social des interstices qui laissaient l'espace nécessaire à leurs interruptions, brèches facilitées par l'acceptation passive des individus face à un comportement inattendu. Toutes les actions précitées montrent que l'espace public et social est beaucoup plus permissif

10 Nicolas Bourriaud, *Esthétique relationnelle*, Dijon, Les Presses du Réel, 2002, p. 113.

11 Lorna Brown, «Public Ideals», *Prefix Photo*, n° 9, 2004, p. 32.

qu'on peut le croire. Il y a quelque chose de particulièrement fascinant et encourageant dans ces démarches. Même si je n'ai nullement l'intention de répéter l'action de White, pour prendre un exemple, son expérience m'indique qu'il existe encore des occasions d'agir en dehors de ce qui est convenu et prescrit sans encourir de conséquences désastreuses.

À un autre niveau, il est important de souligner que les actions dont il est ici question ont également reçu la caution d'une organisation en tant que pratique artistique[12]. À cette reconnaissance s'ajoute parfois celle des organismes de financement, des médias, des entreprises locales et des auditoires qui prennent connaissance du projet une fois accompli. Aussi le problème de la permission dans la pratique furtive se complique-t-il, étant donné que pour atteindre son but, une action doit à la fois être autorisée et non autorisée.

Une deuxième caractéristique de l'action furtive réside dans la transformation d'un geste accidentel en geste intentionnel et le fait de jouer sur cet aspect. Borsato le souligne d'ailleurs dans une entrevue concernant son projet *Touching 1000 People*[13]. Bien que l'action furtive puisse à l'origine donner l'impression d'être une méprise, une rupture momentanée du tissu social, spatial ou linguistique, elle n'en demeure pas moins délibérée. Borsato peut toucher des gens de manière fortuite tous les jours, mais au moment où elle décide que son geste est délibéré, celui-ci devient art ou, plutôt, se prête à une interprétation dans les limites du discours sur l'art. De manière analogue, c'est au moment même où nous découvrons, en tant que spectateurs, que l'acte qui vient de se produire était délibéré, que nous pouvons y réfléchir et y donner du sens. Ce moment, que Loubier décrit comme «une apparition pure, soudaine[14]», est caractéristique de l'acte furtif. Prenons l'exemple de White qui récite son monologue dans un cabinet de toilettes. À première vue, on pourrait penser qu'il s'agit d'une méprise (l'artiste pourrait être en train de répéter en vue d'une audition, ou encore d'utiliser son téléphone cellulaire). Or White joue en même temps d'un petit instrument africain en bois. Son monologue est ponctué par les bruits de la chasse, des voyageurs anxieux, des employés d'entretien et des conversations entre amis –, rien qui sorte de l'ordinaire. Le son de l'instrument, toutefois, suggère qu'il s'agit bel et bien d'une action préméditée.

La performance exécutée dans un parc par Norma produit une expérience du même type – instants troublants où l'on se rend compte que ce qui se déroule sous nos yeux est forcément une mise en scène. À l'une des issues du parc, les artistes installent un panneau-réclame sur lequel est dessiné l'exacte reproduction des actions qu'ils exécutent et des positions qu'ils assument. L'image est réalisée dans le style du dessin d'architecture et représente un public «idéal» évoluant dans les lieux illustrés, ce qui sert

---

12 La série *Expect Delays* était organisée par le centre d'art autogéré Artspeak de Vancouver. Elle a été financée par le Conseil des Arts du Canada et le British Columbia Arts Council, et parrainée par des entreprises et des organismes communautaires de la région.

13 Diane Borsato, dans une entrevue avec Andrea Hunter, *Richardson's Roundup*, CBC Radio, Vancouver, 30 mai 2003.

14 Loubier, op. cit., p. 202.

Diane Borsato, *Touching 1000 People*, Vancouver, 2003.
photo : courtoisie d'Artspeak

à dévoiler le stratagème (ou à le renforcer). Le parc devient ainsi le théâtre de la performance en cours, mais aussi, incidemment, de toutes les autres activités qui s'y déroulent. En effet, après avoir assisté à la performance de Norma, il m'était devenu impossible d'observer les habitués de ce parc sans imaginer qu'ils jouaient et rejouaient chaque fois la même scène.

Le recours au langage constitue la troisième caractéristique inhérente à l'action furtive. Le langage se rapporte non seulement à l'espace textuel de la ville (ses panneaux, avertissements, panneaux-réclames, annonces, etc.), de façon à en interrompre et à en détourner la lecture, mais il constitue également le véhicule par lequel l'oeuvre réintègre le champ artistique après la performance. Ce sont le langage, le mythe, l'anecdote et la description, plutôt que les méthodes d'exposition conventionnelles, qui contribuent à faire connaître l'action furtive. Ce recours au langage pour diffuser l'oeuvre après coup auprès d'un public d'art relève de la fabrication de mythes. C'est là l'une des conditions de l'oeuvre – le fait que les spectateurs ne soient pas forcément invités à assister à la performance in situ. S'ils l'étaient, c'est la nature même de l'oeuvre qui s'en trouverait changée. La démarche perdrait tout son sens si on invitait le public, par exemple, à assister au monologue de White ou à être touché par Borsato. L'oeuvre n'est accessible à cet autre auditoire à laquelle elle est destinée – soit la communauté artistique – que par l'entremise du récit, de la conférence donnée par l'artiste, des documents publiés, des rumeurs qui circulent à son sujet et ainsi de suite. Les pratiques artistiques dépendent souvent de l'image pour présenter l'oeuvre, mais ici, les documents jouent le simple rôle d'accessoires servant à étoffer un récit venant après le fait.

L'action furtive se caractérise également par une sorte de résistance, en ce qu'elle va à contre-courant de ce qui est considéré comme un comportement acceptable ou attendu en public. L'oeuvre furtive est politique, puisqu'elle concerne les relations complexes entre les individus au sein de la société. Elle propose d'autres façons de vivre et d'imaginer l'espace public.

Cette perspective sur l'action furtive offre un contraste intéressant avec l'analyse que propose Suzanne Lacy dans *Mapping the Terrain: New Genre Public Art*. Sa réflexion porte sur des projets artistiques qui ont eu cours vers la fin des années 1980 et au début des années 1990 et qui adoptaient souvent comme décor les espaces publics des grandes villes. Les oeuvres répertoriées dans cet ouvrage franchissent la limite entre art et militantisme, leurs auteurs assumant des rôles multiples : l'artiste comme travailleur communautaire, comme militant politique, comme participant engagé. Selon Lacy, cet «art public nouveau genre» se distingue de l'art public conventionnel, car il s'agit «d'un art fondé sur l'engagement, qui fait appel aux médias traditionnels et non traditionnels pour communiquer et interagir avec un public étendu et diversifié, à propos de questions qui les touchent de près[15]». Lacy cerne ici les contours d'une pratique spécifique, fondée sur la rencontre directe avec le public, ayant pour but de soulever, à l'extérieur des portes du musée, des questions liées au contexte sociopolitique élargi.

---

15 Suzanne Lacy, *Mapping the Terrain: New Genre Public Art*, Seattle, Bay Press, 1995, p. 19.

Sarah White, *Monologues for Public/Privates Spaces*, Vancouver, 2003.
photo : courtoisie d'Artspeak

Si cet ouvrage était rédigé aujourd'hui, dix ans plus tard, quelle analyse proposerait-il? Les intentions et les motivations des artistes se sont-elles transformées depuis? Peut-on encore regrouper les oeuvres crées de nos jours par les artistes hors de la galerie d'art sous l'appellation «art public nouveau genre»? Analysant les pratiques récentes d'un groupe d'artistes des Pays-Bas, Rutger Pontzen conclut que celles-ci traduisent une réaction au cynisme de la fin du 20e siècle et à la disparition des grandes aspirations et idéologies modernes, ce qui constitue un contraste absolu avec les oeuvres analysées par Lacy. Issues de différentes disciplines, les oeuvres de ce groupe ont toutes un point en commun : le désir de promouvoir d'humbles vertus comme le respect et la bienveillance. Rédigées en 2000, cinq ans après la parution de *Mapping the Terrain*, ces lignes offrent un contraste frappant : «Transformer le monde n'est pas du ressort de l'art – c'est une tâche qu'il est incapable d'accomplir de toute façon. Mais il a le pouvoir de rendre la vie plus agréable[16]...»

L'art furtif ne ressemble ni à l'un, ni à l'autre de ces modèles. Il est trop sournois pour être «gentil», et son approche ne relève pas du militantisme. Plutôt que de tenter de les situer dans une tradition d'avant-garde ancrée dans ce qui est «nouveau», à l'image de l'expression «art public nouveau genre» proposée par Lacy, il faut plutôt considérer les pratiques furtives comme un art qui ne cherche ni à être original, ni à transformer le monde. La plupart du temps, son but n'est pas d'inciter le public à l'action politique. L'art furtif ne cherche pas la confrontation et n'ambitionne pas de toucher le plus grand nombre dans un esprit de militantisme. On peut peut-être dire de lui qu'il opère tant sur le plan du «réel» que sur celui de la représentation; il offrirait une ressemblance avec le monde, un modèle de celui-ci, tout en l'adoptant comme décor.

Enfin, l'action furtive est spécifique; elle puise son sens dans les circonstances (le moment, le lieu et le contexte social) qui la voient naître. L'oeuvre furtive obéit à un ensemble de conditions et ne peut être transposée ailleurs sans subir de profondes transformations. Borsato a trouvé, par exemple, qu'il était plus facile de toucher les gens à Montréal qu'à Vancouver. Dans cette dernière ville, il pleuvait trop, les passants se tenaient éloignés les uns des autres et leurs parapluies délimitaient un espace qu'il était difficile de pénétrer. White n'a pas exécuté ses monologues dans n'importe quelle toilette publique : elle a choisi celles de la gare Pacific Central, de l'Aéroport international de Vancouver et du centre commercial Pacific Centre. Chaque soliloque avait été adapté en fonction du lieu. À l'aéroport, l'artiste a raconté l'histoire d'un ami qui rate son vol à cause de la sécurité accrue dans les aéroports et du profilage racial dont il a fait les frais. Au centre commercial, elle s'est interrogée sur la société de consommation et son rapport avec les images de la féminité. (Elle s'est exécutée pendant que des jeunes femmes s'extasiaient sur leurs achats, insensibles au propos critique de l'artiste.) C'est l'une des qualités de l'art furtif de favoriser des juxtapositions saisissantes de ce type. La performance de Norma se déroulait dans un parc récemment réaménagé en prévision de la construction d'un ensemble de condominiums à proximité. À l'image de nombreux espaces verts à Vancouver, ce parc avait été construit bien avant que le quartier soit

16 Rutger Pontzen, *Nice!: Towards a New Form of Commitment in Contemporary Art*, Rotterdam, NAI Publishers, 2000, couverture.

habité; il s'agissait donc d'un lieu destiné à un public «en puissance» – qui n'existe pas encore (et qui n'existera probablement jamais). Tout au long de la performance, l'usage que font les artistes du parc est conforme à l'intention de ses concepteurs; or, voir ce lieu soudainement se peupler a quelque chose d'étonnant. Toutefois, les échanges agressifs auxquels se livrent les interprètes sont en contradiction avec la scène parfaite qui semble se dérouler sous nos yeux. Un jeune homme et une jeune femme jouent au frisbee en s'écriant : «Attica! Attica! Attica!», avant de lancer «Posez votre arme!». Une mère qui promène une poussette répète sans cesse sur un ton irrité : «Qu'est-ce que tu crois que je suis en train de faire? Tu penses que c'est facile? Tu commences vraiment à me taper sur les nerfs.» Pendant ce temps, une dame âgée prévient calmement son compagnon : «Ils vont te descendre, tu sais. Les policiers, ils s'en foutent complètement des assurances de la banque.» Alors que ces propos tranchent nettement avec la finalité attendue des lieux (suscitant même des plaintes de la part des résidents voisins du parc), ils n'auraient pas nécessairement détonné ailleurs, notamment dans les parcs des quartiers pauvres. La performance de Norma met donc en lumière la répartition de l'espace public, évoquant par le fait même les phénomènes de l'embourgeoisement et de la migration des habitants vers la périphérie des grandes villes.

La spécificité de l'oeuvre en rapport avec les circonstances de son exécution (temps, lieu, contexte social) nous permet de l'analyser dans son aspect extérieur. Il ne s'agit pas de comprendre sa logique interne et les trajectoires de sens qu'elle pourrait renfermer, mais bien de la considérer sous l'angle de sa relation avec les forces extérieures, en fonction des différents éléments qui agissent sur elle et lui confèrent un sens.

Bref, la nature furtive des pratiques qui se déroulent à l'extérieur des portes du musée permet de reconfigurer la relation complexe qui lie l'artiste aux institutions et au public. L'acte furtif questionne les conventions sociales à la fois de l'intérieur et de l'extérieur, chevauchant soigneusement la ligne de démarcation entre les deux sphères. Il s'accomplit à la dérobée, mais demeure reconnaissable à certaines de ses caractéristiques : son intentionnalité, son recours au langage et à la fabrication des mythes, son élément de résistance, sa spécificité spatiale et, enfin, son caractère non autorisé.

Ces observations fournissent un guide encore bien incomplet sur les pratiques furtives en art contemporain. Incomplet, parce que je soupçonne que certains aspects de ce travail ne se sont pas encore révélés à nous. Après tout, il s'agit d'un art de la dissimulation. Mais il faut le souligner, le furtif résistera toujours un peu à l'analyse. Il échappe aux modèles théoriques, comme ceux que proposent Nicolas Bourriaud, Suzanne Lacy ou Rutger Pontzen, qu'il s'agisse d'«esthétique relationnelle», d'«art public nouveau genre» ou d'art de la «gentillesse». Même s'il emprunte des éléments à chacun de ces modèles, l'art furtif ne saurait leur rester entièrement fidèle.

Taciturntablism: techniques of hairline fractures and tiny displacements

this is a recording / a record / drop your needle eye on the first side / page turns into track / text into groove / needle eye unsounds the words / the recording site-cite is playable-readable / stay stuck in the empty groove / this recording of silence is not silent / the mutic groove / an absent presence / prompted tense / skip across the surface of time / turn, spin, levitate / dj tacet / a nothing dot containing everything / infinite revolutions per minute / reduce, revolve, recycle, return, remember / then flip the record over / unsounds continue / shut down and up / site of conversation underpinned by a mute spindle / signing singing / verbiage ad infinitum / stare still stop / impossible tactics for immortality / locked end groove / eye needle is stuck / endless repetition of the final word /

SIDE 1/TRACK 1/ *I wish I would shut up*. Silence epitomizes the prescriptive. Once silence is beckoned by sound, it is deneutralized and split into the silencer and the silenced. This cleavage enables us to consider mutism as that paradoxical state where silence amplifies the volume of the relation. Shut up. Mutism speaks silence full blast; it adjoins Morton Feldman with Merzbow, Beckett with Busta Rhymes. *Honk if you love silence*. Mutism is silence's honk, it tailgates silence.

I wish I would shut up – a terse and acerbic performative, a reduction, a silencing, but one that does not concern you, at least not directly. Here the silencer is also the silenced. This is certainly less brash, less oppressive and violent than the more often heard *Shut up!* Emphasis there is on the imperative muzzle. When I wish it upon myself as a call for self-restraint, self-censorship, I perform a voicing that seeks to shut itself. Oftentimes this self-admonishment is heard only internally, just as *Shut up!* is probably secretly desired infinitely more often than it is verbalized. To posit taciturnity as a tactical wedge between the silencer and the silenced is not to increase the distance between the two but to activate their entwining, to accent the turn in taciturn.

In this context, the figure of the taciturntablist that I shall depict here is of an agent who posits the taciturn in its active mode. This

CHRISTOF
MIGONE

HONK IF YOU LOVE SILENCE

Philip von Zweck 2000

is a space that turns on itself, space that revolves and convolutes. A state of spin where one can turn the table and disturb, however meekly, the parameters of a given discourse, instilling epistemic shifts at the level of hairline fractures. Reticent revolutionaries, taciturntablists are more tinycore than hardcore, they make their mark by erasing themselves, they never have to tell themselves to shut up. For us to hear the merest diminutive peep, they have to tell themselves to *Speak up!*

/TRACK 2/ The taciturn individual not only keeps silent but keeps silence, that is, instills the space of the relation with a silence that must be kept. Bartleby's *I would prefer not to* delineates a space of repeated refusal, which, among other things, negates defining the space of work to accommodate his employer's agenda or tune. The form of the utterance is of import in Melville's short story, its parsimonious politeness jars by embedding the absoluteness of the refusal in a phrase that eschews confrontation. This is the mark of the taciturn: indifferent stealth counters the affront. The story concludes with an articulation about what intertwines the effaced Bartleby, former subordinate clerk at the Dead Letter Office, with the imperative faces in his face: "On errands of life these letters speed to death."[1] These letters are sent, but miss their mark. Their death is not on arrival, they never arrive. They communicate their failure to communicate; as Giorgio Agamben observes through Bartleby, "What hampers communication is communicability itself; humans are separated by what unites them."[2] Bartleby's errand is to speed to death, and any obstruction that would slow him down in the process is met with a fate worse than 'Return to Sender.' Bartleby not only bypasses the communicative act; he also neutralizes the attempts of the characters around him to communicate. His failure to perform and to communicate is the recurring topic of discussion, his speeding up into separateness the unifying premise of Melville's narrative.

In a comparative register, Jean-Pierre's mutism in Nathalie Sarraute's play *Silence* becomes the object of consternation for the other four characters. They cannot accommodate the contrarian, the contradictory presence that separates and unites them as exemplified by Jean-Pierre. His interventions towards the end of the play further accentuate an aspect of the laconic temperament that Bartleby exemplified: impassivity. Jean-Pierre's two lone entries in the conversation relish in the perfunctory: "By Labovic?" and shortly after "Labovic, you said? Who's the publisher?"[3] These retorts are witty in their insignificance and they show that the taciturn is not necessarily malicious, but simply... *prefers not to*. In this case, he prefers to ignore the play's entire focus on his mutism by waiting for the final moments to nonchalantly

1   Herman Melville, "Bartleby" in *Billy Budd and Other Stories*, New York: Penguin, 1986, p. 46. A pertinent work that does not refer to Bartleby explicitly, although created by an avowed Melville aficionado, is Gregory Whitehead's audio piece *Dead Letters* (1985). This will be discussed later in the text.

2   Giorgio Agamben, *The Coming Community*, trans. Michael Hardt, Minneapolis: University of Minnesota Press, 1993, 82. The almost identical formulation also can be found in Agamben, *Means Without End: Notes on Politics*, trans. Vincenzo Binetti and Cesare Casarino, Minneapolis: University of Minnesota Press, 2000, p.84. It is also useful to think of the double-sidedness of the word 'we' in Spanish; it can be read as 'nosotros' (we) or, once split, as 'nos otros' (our others).

3   Nathalie Sarraute, *Silence* in Collected Plays, trans. Maria Jolas and Barbara Wright, New York: George Braziller, 1981, p. 106-107.

interject a mundane question. His participation is akin to the rather impossible scene of a parked car honking at another parked car; idleness in action.

/TRACK 3/ A site of predilection for these displays of laconic exchange is the table. In Beckett's *Ohio Impromptu*, there is a syncope of knocks on the table, the Listener interrupts the Reader with a knock at seemingly random intervals, but the Reader continues, moving forward but also returning to the phrase "Seen the dear face and heard the unspoken words."[4] We could conceive of this Listener as a proto-DJ, with the rudimentary technique of knocking the needle off the record and interrupting the play of the reading (or the reading of the recording). And in this repetitive hearing of unspoken words, we can discern a turntablism *avant la lettre*, one that portmanteaus itself with 'taciturn', one that also echoes Burroughs's proposition that the 'cut', the 'edit' has the potentiality to leak the future.[5] A taciturntablism in which the act of taciturning turns the unspoken into heard words, though still skipping the stage of them being spoken – for presence here is not consequent of liveness, but symptomatic of deadness. Beckett's plays often seem to be transmissions from a post-mortem space, or a space where time is at a standstill. In *Ohio Impromptu*, the cut is stuck, what it leaks has no tense. A recording is precisely the instantiation of this temporal quagmire – its supposed fixity is pure fabrication. In fact the recorded object, in its capacity to always become a playable object, to be played back, is continually re-quoting the past and thereby resituating it in a future that becomes present when the needle drops and finds the groove.

This potentiality, this becoming, culminates in the famous tense scrambler uttered by Poe's M. Valdemar: "I am dead."[6] As Allen S. Weiss elucidates in *Breathless*, this enunciation's inconceivability is double: first, simply, the dead do not speak; secondly, it is uttered by an airless voice – it is not produced by a set of lungs.[7] Jean-François Lyotard's notion of a "mutic beneath music" is a useful theoretical term at this juncture.[8] Lyotard speaks of a sonorous gesture, an unheard sound which, "having no teeth, it has neither vocal chords nor phonatory activity [...] this breath does not speak, it moans [...] though inaudible, this breath still makes a sound. It sounds deafly [...] The breath is a wind, a *flatus*, of terror: one is going to be no more."[9] For Beckett it was the hearing of unspoken words, for Lyotard it is the unheard breath one hears within and through music, it is "the sound death makes in the living body."[10] In

4   Samuel Beckett, *Ohio Impromptu* in *The Collected Shorter Plays*, New York: Grove Press, 1984.

5   William Burroughs, *The Ticket That Exploded*, New York: Grove Press, 1962. "[...] listen to your present time tapes and you will begin to see who you are and what you are doing here mix yesterday in with today and hear tomorrow your future rising out of old recording you are a programmed tape recorder set to record and play back" (213). Earlier in the same volume, Burroughs also famously stated: "Modern man has lost the option of silence. Try halting your sub-vocal speech. Try to achieve even ten seconds of inner silence. You will encounter a resisting organism that *forces you to talk*" (49).

6   Edgar Allan Poe, "The Facts in the Case of M. Valdemar" in *The Complete Tales and Poems of Edgar Allan Poe*, New York: Vintage 1975, p. 101.

7   Allen S. Weiss, *Breathless : Sound Recording, Disembodiment, and The Transformation of Lyrical Nostalgia*, Middletown: Wesleyan University Press, 2002, p. 42-43 and passim throughout the chapter "Death's Murmur."

8   Jean-François Lyotard, *Postmodern Fables*, trans. Georges Van Den Abbeele, Minneapolis: University of Minnesota Press, 1997, p. 226. Lyotard comes to this term through a close reading of Pascal Quignard's concept of a 'language beneath languages', which Quignard develops in the *Petits traités I* (vol. IV, XXe traité), Paris: Gallimard, 1998.

9   Lyotard, p. 224-226.

10 Lyotard, p. 231.

other words, a death rattle is the soundtrack, or more fittingly, the unsoundtrack; and the taciturntablist's headphones are jacked in on this tuneless tune.[11] *I am dead* is the moment where the record stays stuck and still, and the only thing alive is the machine, the turning table, electricity juicing it up, spindling its mutic rendition of a post-mortem ontology.[12]

/TRACK 4/ In the audio piece *The structural analysis or playing methods of a recording based on the difference between movement and continuation of the needle as an observation point* (1993), Jio Schimizu contrives the taciturntablist act par excellence. Intervening in the manufacturing process (the cutting of the actual vinyl), he restricts the needle of the cutting machine, which usually inscribes a continuous groove from outer edge to centre, to a single point: "with this record, the cutting machine was not rotated, but rather the cutting needle was left in one place, recording for several minutes. Accordingly, the grooves of this record, making a continuous sound, exist as a point (dot)."[13] When the resulting vinyl is played, the turntable reverts to a mere table, as if on idle, at zero RPM. On CD, the recording of the nonturningtable with the needle boring into that single recorded point, once magnified, once stretched, becomes nonetheless a line that circles – the point unfolds and acquires duration. In this instance the point extends to 4'33"; for this duration, Schimizu's piece spins in my CD player, taciturning, and thoroughly unchallenging my speakers – they are not impressed. Nothing is heard, or almost nothing, the record player with the needle on that persistent point emits the barest presence, it is on but has nothing to say. I hear a faint hum, the feeblest rumble, my ears seem to recognize the air the turntable plate barely disturbs. The duration of four minutes and thirty-three seconds should not surprise – since Cage this has become the default duration of silence. On this recent CD collection of works in honour of Cage's *4'33"* titled *45'18"*, Schimizu de-grooves the record to further reduce Cage's *4'33"*; he manages to reduce *from* nothing, towards further nothings, a contracted contraction.[14]

Schimizu is one of several conceptual artists who focus on the taciturntable – the turntable at its degree zero: Christian Marclay, Joseph Beuys, Janek Schaeffer, Martin Tétreault, Raymond Gervais, Paul de Marinis, Otomo Yoshihide, Milan Knizak (several of whom participated in the ground breaking *Broken Music* exhibition in 1989)[15] have all spun the table around an axis of empty. In an essay on Marclay, Douglas Khan speaks of Marclay's objects as containing residual sounds, "a *residual* sound may be incredibly raucous but no actual vibrations will occur."[16] The taciturn's range of reticence, from mute to *sotto voce*, resides in this residual. These taciturntablists amplify the idled speech of silent machines. In their hands, turntables are sorting machines for the Dead Letter

11 See my essay "Volume (of confinement and infinity) A History of Unsound Art" in *S:ON Sound in Contemporary Art*, ed. Nicole Gingras, Montréal: Artexte, 2003. There I develop (albeit in a preliminary way) the concept of an unsound art.

12 Interestingly, a lathe comprises a part that rotates called the *live spindle*, and one that does not rotate, the *dead spindle*.

13 Jio Schimizu, "The structural analysis or playing methods of a recording..." on *45'18"* CD, Amsterdam: Korm Plastics, 2002.

14 Schimizu's piece may also be said to be a sideways contraction from Christian Marclay's *Untitled (record without a groove)*, Geneva: Écart Editions LP 1987.

15 Block, Ursula and Michael Glasmeier, eds., *Broken Music: Artists' Recordworks*, Berlin: DAAD, 1989.

16 Douglas Kahn, "Marclay's Lucretian Acoustics", *Parachute* 74, 1994, p. 19.

Office; they circulate rather than communicate. Now as refuse, they refuse as a matter of preference, they become Bartleby turntables.

Granted, most turntablists are anything but reticent, dexterity is the skill on display. But remember musicians are not the topic of discussion here, it is *muticians* – to continue with Lyotard's term: taciturntablists, not turntablists. Not the finite parameters of a DJ set, but the endless machinations of artists bent on erasure, effacement, disappearance. That being said, the taciturntablist does not eschew turntables, rather is likely to divert them from their usual usage or refer to them in oblique ways. An instance of the latter is *Super Infinity* (2002) by Dave Dyment and Roula Partheniou. In this short film, sideways letraset number 8s are adhered to Super 8 leader tape; leader tape is the place and moment in a film where one usually sees a countdown and by definition, a precursor to the actual content. Here the leader is an end(less) in itself. Its letraset infinity 8s are jagged, fragile, ephemeral and prone to breakage, and the countdown is a constant addition of infinities they perform their overstatement of an infinity in excess of itself.

Now, these sideways 8s also uncannily resemble the standard DJ setup – two turntables side-by-side ready to be mixed. In essence, the additive principle of a mix is to mark an infinite set of possibilities. By mixing, the DJ can seamlessly stitch time and conceivably produce not only a continuous soundtrack, but an infinite one. In other words, it is a loop, less in the sense of repetition than of a non-teleological machine: *It never began and will never end.* We are stuck in *a priori* territory, before sound, before image, before language: inchoate, looped and immersed in the silence before words, a space that recurs and haunts once words are uttered in the gap between signs, a *super* space, in which emptiness is charged with the weight of its incommensurability.

To conclude side 1 of this record, another loop of note, this one more cheeky, foregrounds the epitome of what emerges in a space beyond/beneath/between words: a body. The loop is a performance by Claude Wampler, *Knit Tease* (1996), in which she knits a dress out of the dress she is wearing, while Danny Rose's *The Stripper* plays repetitively on a turntable beside her.

The knitting results in a dress while it simultaneously performs an undress. Four hours later the new dress is ready to be worn, replacing the dress that is no longer. And it is ready to be unknitted in turn. And so on. With this loop, the knitting needles and the hands guiding them collapse, erase, record and playback head into one action. There is a strict economy in this seemingly purposeless copying, such is the tease of endlessness, which by definition is not linear, but moves straightforward (in all directions). The action remains subtle, understated, taciturn, but the tease is never in doubt.

SIDE 2/TRACK 1/ Abbé Dinouart's 1771 treatise *L'art de se taire* (The Art of Shutting Up) culminates with a wish that his advice will be heeded by philosophers, for what is at stake is no less than "the glory of God, the tranquility of the State, the good of society and the purity of mores."[17] His principles of reticence are fuelled by a deep suspicion of all forms of incontinence, "It is in silence that Man is most strongly in possession of himself. Outside of it, he seems to spread outside of himself and dissipate in discourse,

---

17 Abbé Dinouart, *L'art de se taire*, Paris: Jérôme Millon, 1987 [1771], p. 94 . Our translation.

so that he is less to himself than to others."[18] The wanton expenditure of verbiage is to be averted because it causes inconsistencies, in the somatic sense. Silence is equated with containment, restraint – leakage is to be avoided. Porosity is denied to ensure the valence of *glory, tranquility, good, purity.* Plutarch seems to suggest the same in his recounting of Heraclitus's foray into performance art: when the citizens asked Heraclitus to speak on the subject of harmony, he stepped onto the podium, took a glass of cold water, sprinkled it with flour, stirred it with a mint leaf, drank it and left.[19] Concord, it seems, is best served by silence; disagreement only arises out of attempts to agree, cohabitation is more likely to succeed when the conversation is kept to a minimum. Heraclitus deadens the addressed letter; perhaps the most apt response to the citizenry's koan. The question, of course, is whether one can conceive of cohabitation without conversation. "Our conversations are articulated on the outside, on rupture," Chantal Thomas states in her introduction to 18th century texts on conversation, this time those by Swift and Morellet, "they integrate the misspoken, the unsaid, the mistake, not in order to elide them but in order to mould them into springboards."[20] Thomas goes on to speak of the rhythm that is born out of the vertiginous leap off the springboard and into the sharing of words that "constitutes one of the strong moments of existence."[21] Thus the condition of possibility for this ebullience, this liveliness, is that series of disarticulations and inarticulations, which do not undermine but underpin the articulations that aggregate into conversation.

In this catapult mode where one is thrust to the outside while anticipating a recoil, we find the taciturntablist immersed in the conversation's contraption, inducing a blockage or at least a stutter in the machine's proper propulsive functioning. Bergman's 1963 film *The Silence* can be viewed as an extended treatise on blockage of the voice apparatus. Here conversations are more than clipped by silence, they exude a mute rhythm and mutate into syncopated silences. "Esther puts her hand to her mouth as if to stifle a scream," she is a translator, impervious to the heat, in fact, she's cold, dying, she moans and whimpers.[22] Her burning is inside, the bite of frost. Anna, her sister, is sweltering, she's carnal, "she sits with sweating thighs wide apart," she cannot bear being inside.[23] From a stifling train compartment bringing them home, to a stopover in the hotel room of an unknown town with an unknown language (a language Esther cannot translate), the outside in the film is experienced through the intermediary of windows. The window keeps out and translates. Anna leaves the hotel for some air, and in a nearby cinema, she observes a couple having sex in a back corner, "the [man's] throat [is] extended and the big Adam's apple raises itself in a lump, as if it was about to burst

18 Dinouart, p. 40. Our translation.

19 Plutarch, *Bavards et curieux*, Paris: L'Arche, 2001, p. 29. Our translation.

20 Chantal Thomas, in preface to André Morellet, *De la conversation*, Paris: Payot & Rivages, 1995 [1812], p. 21. Our translation.

21 Thomas, p. 20.

22 Ingmar Bergman, *The Silence* in *A Film Trilogy*, trans. Paul Britten Austin, New York: Marion Boyars, 1989, p. 117.

23 Bergman, p. 107.

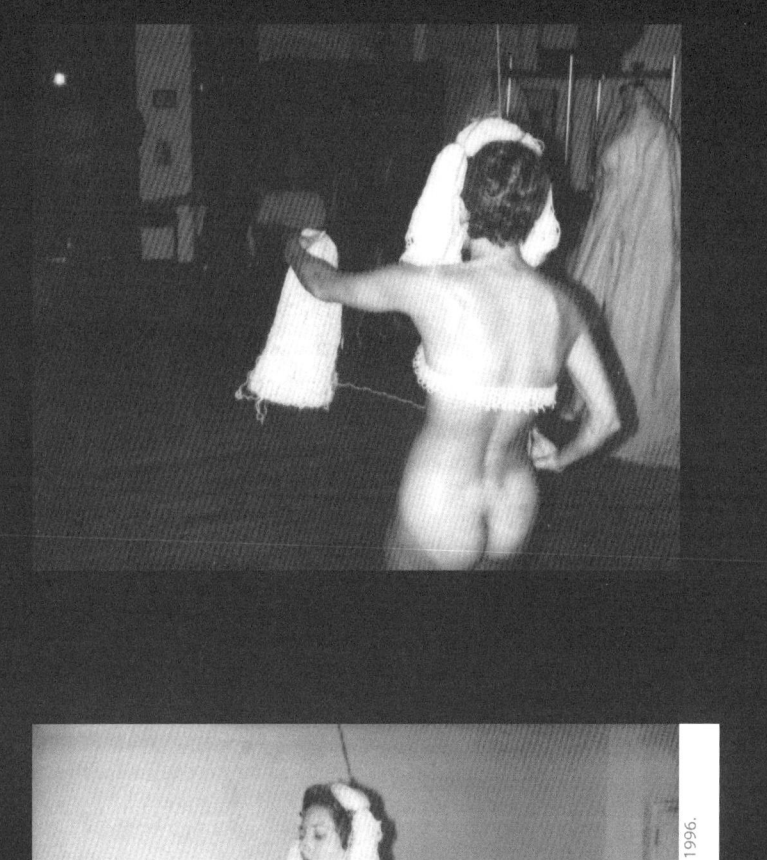

through the thin tegument of skin."[24] The tension between the two sisters is deeply sexual; it remains largely unspoken, enclosed, and unresolved. They personify both ends of the taciturntablist's palette, they are the sexualized staging of *Ohio Impromptu*.

Probing in the same vein, Plutarch speaks of a certain Anacharsis who would sleep with his left hand protecting his sex, and the right over his mouth; he estimated that the tongue needed a more solid censor, lock, cover. The adage to *Know Thyself* fails in the face of what we might do, of instances where action precedes knowledge. Words escape. They act up and out. And most often their means of escape is through the hands; as Freud's memorable remark attests: "If his lips are silent, he chatters with his fingers; betrayal oozes out of him at every pore."[25] The fingers can *hold back, hold on, hold out* but they would much rather *reach out, reach in, reach for*. Appropriately, Esther, upon arriving in this country with a foreign language, decides the first thing she should learn is the word for 'hand' (*Kasi*). What the sisters in *The Silence* would probably tell Anacharsis is that one needs both hands in both places if one wishes success in continence. The impossibility of this scenario is supported by the following anecdote: Bergman had originally planned to title the film *Timoka*, an Estonian word he had seen in a book and thought sounded good. Later he found out that the word means "slated for execution:" no doubt, in retribution for deeds committed by hands. With this we return to our funereal post office, site of all those arrested missives, dead ends and blind spots. The censoring drive is no match for the lascivious impulse. Eros and Thanatos subsume stasis at every turn.[26]

In this condition, the taciturntablist would seem to fall on the side of the censor, the silencer. But the taciturntablist is primarily an agent who operates in that undertow of the relation, who converses through silence as opposed to against it. That is to say, the taciturntablist dwells in that dead zone where we are separated by what unites us. This dead zone functions like a blind spot, *l'angle mort*. The blind spot, *punctum caesura*, is the point where the retina does not transmit any sensation, the point where the optic nerve enters the eyeball.[27] One could thus posit that seeing through the blind spot bypasses the eye, immerses seeing within a spatio-temporal relationship. In other words, the

---

24 Bergman, p. 122.

25 Sigmund Freud, *Dora: An Analysis of a Case of Hysteria*, New York: Collier, 1963, p. 69.

26 A complementary discussion of mutism and tactility is developed in my essay "The Prestidigitator: A Manual" published in Flemish in the journal *AS*, n°. 169, Antwerp, Belgium: MuKHA, 2004. It will be published in French in the next issue of *Le Quartanier*, Montréal, n°. 3, 2005.

27 In fact, punctum is replete with evocative meanings in the *Trésor de la langue française* (Tome XIV, CNRS/Gallimard, 1990). In addition, there is a *punctum métaphysique* which is illustrated with the following extraordinary literary reference:
From this nothing, from this rudimentary embryo that is the first idea of a book, extract the punctum saliens, life from the egg, pull out from its head, one by one, the limbs of a phrase, the outline of the characters, the plot, the knot, all this animated little world comes from you, sprung up from your insides, a novel – what a feat! [De ce rien, de cet embryon rudimentaire qui est la première idée d'un livre, faire sortir le punctum saliens, la vie de l'oeuf, tirer un à un de sa tête les membres d'une phrase, les lignes des caractères, l'intrigue, le noeud, tout ce petit monde animé de vous-mêmes et jailli de vos entrailles, qui est un roman, – quel travail!] Goncourt, *Journal*, 1862, p. 1100. Our translation.
By contrast in the *Littré, punctum* does not merit its own entry, it is merely listed in the entry for *puncticulaire*, from Latin *puncticulum*, diminutive of *punctum*: point.

pointing that the point performs responds to an ontological question, to a desire to see beyond, or in spite of it.

/TRACK 2/ When Tom Friedman embarked upon signing his name with a pen until the ink ran out in *Untitled* (1990), he could have opted to follow any form or direction, but he went in circles, thereby effectively inscribing his name as a record, as grooves that eventually fade as the pen dries out and the recording of his name approaches the centre. [28] Tom Friedman is less and less Tom Friedman as the grooves of signatures fade, as his volume depletes, as his meticulous perseverance is confronted by the finitude of his recording device. In other words, Tom Friedman dies out. A certain morbidity, *I am dead*, returns and is now a matter of record. By way of this inscription, the signatory paradoxically achieves immortality.

Another trait of the taciturntablist manifests itself in Friedman's act: patience. Or what I would call, a certain weight of presence. A weight, a wait, await. Not for Godot, merely for the passing of the needle, in other words, the passing of the present.

Sharing this track with Friedman is another instance of amplified patience, Abramovic and Ulay's *Nightsea Crossing*, which they performed for 69 days over the course of six years (1981-1987). Each of those days consisted in sitting motionless and mute for seven hours, facing each other at either end of a rectangular table. Here the taciturn table is still, imperturbable; the circulation occurs in a different register:

Being present, over long stretches of time,
Until presence rises and falls, from
Material to immaterial, from
Form to formless, from
Instrumental to mental, from
Time to timeless.[29]

The taciturntablist's tactic that emerges here is a fade from known to unknown, a slippage to the outside, which is focused yet remains indiscernible, a sketch of infinitesimal infinity.

/TRACK 3/ The attempt to memorize and recite the entire *Iliad*, the peculiar exploit of a 'retired businessman' featured in Gregory Whitehead's radio piece *Dead Letters* (1985) is pertinent here. The work does not refer to Bartleby explicitly, although Whitehead is an avowed Melville aficionado, but the absolutist engagement with quotation by the 'retired businessman' resembles Bartleby's steadfast renditions of what Deleuze dubs 'the formula'. The scrivener reduces himself to his own quote, *I prefer not to*, and for Deleuze, Bartleby's otherwise silent demeanour is "as if he said everything and exhausted language at the same time."[30] This paradoxical state of excess is echoed by

28 Tom Friedman, *Tom Friedman*, New York: Phaidon, 2001, p. 15.

29 Marina Abramovic and Ulay, *Nightsea Crossing* in Marina Abramovic, *Artist Body: Performances 1969-1998*, Milano: Charta, 1998, p. 258.

30 Gilles Deleuze, "Bartelby; or, The Formula" in *Essays Critical and Clinical*, trans. Daniel W. Smith and Michael A. Greco. Minneapolis: University of Minnesota Press, 1997, p. 70.

the project of the 'retired businessman': "That's my means of achieving immortality: attaching myself to a vehicle which is in itself immortal."[31] The immortality of Homer's text rubs off on the one who quotes it; and this taciturntablist undertakes – literally, 'takes under' – an endeavour that consists in letting himself be swallowed up by the *Illiad*'s current. This is a project of transgressive circulation, not of communication (unless communication with death, with the dead is to be included), an attempt to reach immortality by way of rote. In the case of the 'retired businessman,' the arduousness of the task causes him to falter not only during the enterprise itself (understandably) but it also seems that his capacity to speak at all is being eroded and subsumed into this mnemonics of immortality:[32]

Well, the Iliad *has twenty-four books. And memorizing them is like filling twenty-four buckets with water. Buckets which have many holes in the bottom, like a strainer or a colander. You fill book bucket number one, then you go to book bucket number two, and the water starts flowing out a little more slowly than you put it in out of book bucket one. You finish bucket two and you go on to bucket three, then you look back and bucket one is almost empty, so you have to go back and fill it up again. Then the same with book bucket two, and, and, and then you go on to three and four. Now each time you go back and fill up a bucket, you plug one of the holes, in effect. So that thereafter the water flows out a little more slowly. Finally when you've been back many, many times, you've plugged up all the holes, but there's still a little seepage, and you will constantly have to repair that, repair those plugged holes to prevent seepage.*[33]

Continuously disoriented, endlessly remixed; myriad passages leak out of the buckets back onto the page. As Benjamin comments on the subject of citations: they contain not "the strength to preserve but to cleanse, to tear out of context, to destroy."[34] A violent cleansing; one predicated by destruction, in constant need of repair, irreparable. Always taking in water, always sinking *and* swimming. Such an immortal tome, as arguably one of those strong moments of existence, is able to produce an undertow that not only drives existence, but also arrests it, crashes down on it.

The formidable verbiage that these recordings produce would seem antithetical to the sensibility of the taciturn; however, we are referring neither to sensibility nor symptomatology, but rather to a technique, a tactic, a subterfuge.

/TRACK 4/ The turntable spins forward, the needle reads *I wish I would shut up*, then the record is spun backwards and *Shut up!* is heard. The reverse is not quite faithful; it cheats and inserts the imperative muzzle. At least now on this table that turns, we have our mix,

---

31 A "retired businessman" featured in Gregory Whitehead's audio work, *Dead Letters*, 1985, re-released on CD, Amsterdam: Staalplaat, 1994.

32 The second case of faltering, of stuttering, is particularly noticeable in the section of the piece that precedes the one quoted in the body of the text:
I have to keep in the – in my, uh, my mind those thirty-three names [of the sea nymphs who accompany Thetis, the mother of Achilles], all the time. This I do by, uh, by notice – noticing the relationships, uh, buh, be between the names, uh, noticing – noticing various peculiarities that they have, and I – I attach the names to those pec – pecu – peculiarities.

33 A "retired businessman" in *Dead Letters*.

34 Walter Benjamin in Hannah Arendt, "Introduction: Walter Benjamin: 1892-1940" in *Illuminations*, p. 39.

a deceptively simple one, a mix of singularity. That single moment in which silence is beckoned by sound, in which the silencer and the silenced are thrust into conversation – an impossible scene, enabling us to consider mutism for its lowercase power. Agamben, in true taciturntablist form, quoting from Bloch who transcribed it from Benjamin who heard it from Scholem, speaks of the "tiny displacement" that is going to be the marker of the world to come, in comparison to the present one.[35] If the shift occurs not in things but in "their sense and their limits"[36] as he states, then we may think of the taciturntablist as the agent that inches inside the tininess of this displacement and lays it bare, barely there, but inevitable and, once spinning, unstoppable.

35 Agamben, *The Coming Community*, p. 53.

36 Agamben, p. 54.

Le tourne-taciturne / Techniques de platinisme et de mutisme

ceci est un enregistrement / un disque / pose ton oeil-aiguille sur la première face / la page se transforme en piste / le texte en sillon / l'oeil de l'aiguille assourdit les mots / le site-citation peut se lire-jouer / reste prisonnier du sillon vide / cet enregistrement du silence n'est pas silencieux / sillon assourdi / présence absente / temps propulsé / bondis sur la surface du temps / tourne, pivote, lévite / dj tacet / un point vide contenant tout / d'infinies révolutions par minute / réduire, révolutionner, recycler, retourner, rappeler / puis retourne le disque / l'inaudible continue / s'immobilise et se tait / le site de la conversation soutenu par un axe muet / signant chantant / verbiage ad infinitum / fixer figer finaliser / tactiques vaines pour atteindre à l'immortalité / la fin du sillon coincée / l'oeil de l'aiguille bloquée / répétition du dernier mot à l'infini /

FACE A/PISTE 1/ *Je voudrais me taire*. Le silence est l'illustration parfaite du prescriptif. Dès que le son lui fait signe, le silence se déneutralise et se départage entre celui qui l'impose et celui qui y est réduit. Ce clivage permet d'envisager le mutisme comme un état paradoxal dans lequel le silence amplifie le volume de la relation. *Tais-toi.* Le mutisme évoque le silence à plein régime; il fait voisiner Morton Feldman avec Merzbow, Beckett avec Busta Rhymes. *Si vous aimez le silence, klaxonnez.* Le mutisme, c'est le klaxon du silence, il lui colle au train.

Je voudrais me taire – un performatif laconique et acerbe, une réduction, une intimation au silence, mais qui ne s'adresse pas à soi, tout au moins pas directement. Ici, celui qui impose le silence est aussi celui qui est réduit au silence. Un énoncé certes moins impertinent, oppressif et violent que le *Tais-toi!* entendu plus couramment. Là, c'est l'impératif qui musèle. Lorsque je désire m'imposer la retenue et l'autocensure, j'opte pour un voisement qui tend vers la fermeture. Souvent, cette autoréprimande n'est qu'intérieure, à l'image du *Tais-toi!* qui fait, probablement, infiniment plus l'objet d'un désir secret que d'une verbalisation. Proposer la taciturnité comme cale tactique entre celui qui impose le silence et celui qui y est réduit ne signifie pas accroître la distance entre les deux, mais bien dynamiser leur enlacement.

CHRISTOF
MIGONE

Dans ce contexte, la figure du platinitaciturniste que nous nous attarderons à décrire ici est celle d'un agent qui propose la taciturnité dans son mode actif. C'est-à-dire un espace tournant sur lui-même, soumis aux révolutions et aux circonvolutions. Un état toupie permettant de faire tourner la platine, de perturber, même un tant soit peu, les paramètres d'un discours donné, pour produire des déplacements épistémiques au niveau des fissures. Le platinitaciturniste est un révolutionnaire réticent, un miniaturiste plutôt qu'un maximaliste; il fait sa marque en s'effaçant, n'ayant jamais à se rappeler de se taire. Pour que nous arrivions à distinguer son piaulement furtif, *Parle plus fort!* est l'ordre que le platinitaciturniste doit lui-même se donner.

/PISTE 2/ Une personne taciturne n'est pas seulement silencieuse, elle est gardienne du silence : elle insuffle à l'espace relationnel un silence qu'il importe d'observer. Le *Je préférerais ne pas* de Bartleby délimite un espace constitué de refus répétés, lequel a, entre autres, pour effet de neutraliser l'espace de travail défini selon les désirs et les préoccupations de son employeur. La forme de cet énoncé a son importance dans la nouvelle de Herman Melville; sa politesse parcimonieuse détonne, tout en gravant le caractère absolu du refus dans une phrase qui évite la confrontation. Voilà la marque du taciturne : sa furtive indifférence désamorce l'affront. Le récit se termine sur une explication des raisons qui lient Bartleby, cet homme effacé et ancien subalterne du *Dead Letter Office*, aux visages impératifs qui le dévisagent : «Messages de vie, ces lettres courent vers la mort[1].» Les lettres sont envoyées, mais elles ratent leur but. Elles ne meurent pas à leur arrivée, puisqu'elles n'arrivent jamais. Elles communiquent l'incapacité de communiquer; comme le fait remarquer Giorgio Agamben au sujet de Bartleby, «ce qui entrave la communication, c'est la communicabilité elle-même; ce qui unit les êtres humains les sépare[2]». La mission de Bartleby est d'accélérer vers la mort; toute obstruction susceptible de ralentir sa course l'entraînerait vers un destin pire que la mention *Renvoyer à l'expéditeur*. Bartleby ne fait pas que contourner l'acte de communication; il neutralise aussi les personnages qui le côtoient. Son refus de la performance et de la communication est un constant sujet de discussion autour de lui; son cheminement accéléré vers la séparation est la prémisse qui unifie tout le récit.

Dans un registre comparable, le mutisme dans lequel se cloître Jean-Pierre dans *Le Silence*, pièce de Nathalie Sarraute, finit par provoquer la consternation chez les quatre autres personnages de l'oeuvre. Ceux-ci ne réussissent pas à s'accommoder de cette présence anticonformiste et contradictoire qu'incarne Jean-Pierre, qui représente à la fois ce qui les unit et les sépare. Vers la fin de la pièce, les interventions de ce personnage accentuent encore davantage l'un des aspects du tempérament laconique que l'on retrouvait chez Bartleby, soit l'impassibilité. Ses deux uniques paroles sont des bijoux d'indifférence : «De Labovic?» et, peu après, «Labovic, vous avez dit? C'est édité chez qui[3]?». Ces répliques sont pleines d'esprit malgré leur insignifiance : elles démontrent que le taciturne n'est pas forcément malicieux, mais que, simplement... *il préfère ne pas*. Dans le

1   Herman Melville, «Bartleby l'écrivain», traduction de Pierre Leyris, dans *Herman Melville*, Paris, Mazenod, p. 50.

2   Giorgio Agamben, *La communauté qui vient : théorie de la singularité quelconque*, traduction de Marilène Raiola, Paris, Seuil, 1990, p. 84. On peut trouver une formule presque identique dans Agamben, *Moyens sans fins : notes sur la politique*, Paris, Éditions Payot et Rivages, 1995. Il est utile également de réfléchir au bilatéralisme du mot «nous» en espagnol : il peut se lire *nosotros* (nous) ou, si on le scinde, *nos otros* (nous autres).

3   Nathalie Sarraute, *Le Silence*, Paris, Gallimard, 1967, p. 63.

cas qui nous occupe, Jean-Pierre préfère ignorer délibérément que toute la pièce tourne autour de son mutisme, attendant la toute fin pour lancer avec nonchalance une question banale. Son rôle pourrait être comparé à l'impossible scène, dans un stationnement, d'une voiture garée qui klaxonnerait une autre voiture garée – l'inaction en action.

/PISTE 3/ La table est un lieu de prédilection pour ce type d'échanges laconiques. Dans *Impromptu d'Ohio* de Beckett, une suite de coups syncopés sont frappés sur la table par l'Entendeur, qui cherche ainsi à interrompre le Lecteur, à intervalles irréguliers en apparence, tandis que ce dernier poursuit sa lecture, reprenant à la phrase «Vu le cher visage et entendu les mots muets[4]». On pourrait comparer l'Entendeur à une sorte de proto-DJ, dont la technique rudimentaire consisterait à saisir l'aiguille du disque et à interrompre la scène de la lecture (ou la lecture de l'enregistrement). Et dans cette écoute répétitive de mots inexprimés se discernerait une platinitaciturnité *avant la lettre* [en français dans le texte], mot-valise faisant écho à la proposition de William Burroughs selon laquelle la «coupure», la «rupture» ont le potentiel de divulguer l'avenir[5]. Une platinitaciturnité dont l'actuation transforme l'inexprimé en mots audibles sans qu'il soit nécessaire de les prononcer – la présence dont il s'agit ici n'étant pas de l'ordre du vivant, mais symptomatique de l'état de mort. Les pièces de Beckett font souvent penser à des transmissions depuis un espace post-mortem ou, tout au moins, un espace où le temps s'est arrêté. Dans *Impromptu d'Ohio*, la coupure est en suspens, ce qu'elle dégage n'appartient à aucun temps. Tout enregistrement est précisément une instanciation de ce bourbier temporel – sa prétendue fixité n'est que pure fabrication. De fait, à cause de sa capacité à être joué, et *rejoué*, l'objet enregistré est constamment en train de re-citer le passé et, de cette façon, de resituer ce dernier dans un avenir qui se transforme en présent au moment où l'aiguille tombe et trouve le sillon.

Cette potentialité, ce devenir en marche, mène tout droit à ce célèbre brouillage temporel provoqué par le M. Valdemar d'Edgar Allan Poe quand il déclare : «Je suis mort[6].» Comme l'explique Allen S. Weiss dans *Breathless*, l'inconcevabilité de cette énonciation est double. D'abord, tout simplement, les morts ne parlent pas. Ensuite, c'est une voix dénuée de souffle qui parle : elle n'émane pas des poumons[7]. La notion de «mutique sous les musiques» proposée par Jean-François peut ici nous être utile[8]. Celui-ci parle de geste sonore, d'un son inaudible qui «n'a pas de dents, de cordes vocales ni

---

4   Samuel Beckett, *Impromptu d'Ohio*, dans *Catastrophe et autres dramaticules*, Paris, Éditions de Minuit, 1986, p. 66.

5   William Burroughs, *Le ticket qui explosa*, dans *Trilogie*, Paris, Christian Bourgeois Éditeur, 1994. «[...] écoutez les bandes du temps présent et vous commencerez à comprendre qui vous êtes et ce que vous faites ici mélangez hier avec aujourd'hui et entendez demain tout votre avenir surgira des vieux enregistrements vous êtes un magnétophone programmé fixé standardisé pour enregistrer et *playback*» (p. 341). On trouve plus haut dans le même volume la phrase célèbre de Burroughs : «L'homme moderne a perdu l'option du silence. Essayez de stopper votre parole sous-vocale. Essayez d'obtenir dix secondes de silence intérieur. Vous rencontrerez un organisme résistant qui *vous force à parler*.» (p. 206)

6   Edgar Allan Poe, «La vérité sur le cas de M. Valdemar», traduction de Charles Baudelaire, dans *Contes, essais, poèmes*, Paris, Robert Laffont, 1989, p. 892.

7   Allen S. Weiss, *Breathless: Sound Recording, Disembodiment* et *The Transformation of Lyrical Nostalgia*, Middletown, Wesleyan University Press, 2002, p. 42-43 et passim dans le chapitre intitulé *Death's Murmur*.

8   Jean-François Lyotard, *Moralités postmodernes*, Paris, Galilée, 1993, p. 192. Lyotard arrive à ce terme par une interprétation attentive de la notion de «langue au-dessous des langues» élaborée par Pascal Quignard dans *Petits traités I* (vol. IV, XXe traité), Paris, Gallimard, 1998.

de cavité phonatoire [...] ce souffle ne parle pas, il geint [...] quoique inaudible, [il] sonne pourtant. Il sonne sourdement [...]. Le souffle est un vent, un *flatus*, de terreur : on ne va plus être[9]». Chez Beckett, il était question de l'écoute de mots inexprimés ; chez Lyotard, il s'agit du souffle inaudible qui se dégage de la musique et à travers elle – c'est «le son que fait la mort dans le corps vivant[10]». En d'autres termes, le bruit de la mort est la *trame* sonore ou, de façon plus appropriée, la trame *asonore* ; les écouteurs que porte le platinitaciturniste sont branchés sur cet air sans air[11]. *Je suis mort* correspond à l'instant où le disque se coince et s'immobilise, les seuls objets vivants étant la machine, la table tournante, l'électricité qui l'alimente, dévidant son interprétation mutique d'une ontologie post-mortem[12].

/PISTE 4/ Dans sa pièce audio intitulée «The structural analysis or playing methods of a recording based on the difference between movement and continuation of the needle as an observation point» (1993), Jio Schimizu conçoit l'acte platinitaciturne par excellence. Intervenant au cours du procédé de fabrication (au moment même de graver le disque vinyle), il restreint le mouvement de la presse à disques – en temps normal, celle-ci graverait sur la surface du disque un sillon concentrique allant de l'extérieur vers l'intérieur : «Pour graver ce disque, nous n'avons pas fait tourner la presse ; nous avons plutôt laissé le burin de gravure au même endroit pendant plusieurs minutes. De cette façon, les sillons de ce disque ne forment qu'un seul et unique point, résultant en un son continu[13].» Lorsqu'on fait jouer le résultat, le tourne-disque redevient simple platine, comme s'il marquait un temps d'arrêt, à 0 tour/minute. Sur CD, après avoir magnifié et étiré cet enregistrement d'une platine immobile dans laquelle l'aiguille perce son trou en un seul et unique point, on obtient en dépit de tout une ligne qui s'enroule – le point se déploie et acquiert une durée qui, dans ce cas précis, est de 4'33". La pièce de Schimizu tourne dans mon lecteur, tacitournant, sans susciter le moindre effort de la part de mes haut-parleurs – qui ne sont d'ailleurs nullement impressionnés. On n'entend rien, ou presque rien ; la platine forée par l'aiguille ne transmet quasiment rien de sa présence, elle est allumée mais elle n'a rien à dire. Je discerne un faible bourdonnement, comme un roulement, mon oreille semble reconnaître l'air à peine remué par la platine. Le fait que cet enregistrement s'étende sur quatre minutes et trente-trois secondes n'a rien d'étonnant puisque, depuis John Cage, ce chiffre correspond à la durée par défaut du silence. Dans un CD récent intitulé *45'18"*, qui rassemble des oeuvres en l'honneur de la pièce *4'33"* de Cage, Schimizu efface le sillon du disque pour réduire encore davantage le *4'33"* de ce dernier ; il réussit à réduire *du rien* en d'autres riens, en opérant la contraction d'une contraction[14].

Schimizu figure parmi un certain nombre d'artistes conceptuels qui s'intéressent à la platine taciturne, dont Christian Marclay, Joseph Beuys, Janek Schaeffer, Martin Tétreault,

---

9   Ibid., p. 191-193.

10 Ibid., p. 196.

11 Voir mon essai intitulé «Volume (of confinement and infinity) A History of Unsound Art», dans *S:ON – Le son dans l'art contemporain*, Nicole Gingras (dir.), Montréal, Artexte, 2003. J'y élabore (de façon préliminaire) la notion d'«art asonore» [*unsound art*].

12 Fait intéressant, le tour est constitué d'une partie mobile, la pointe vive (appelée *live spindle* en anglais) et d'une partie fixe, la contrepointe (appelée *dead spindle*).

13 Jio Schimizu, «The structural analysis or playing methods of a recording...», sur *45'18"*, Amsterdam, Korm Plastics, CD, 2002.

14 On pourrait aussi dire de la pièce de Schimizu qu'elle est contraction latérale de la pièce «Untitled (record without a groove)» de Christian Marclay, Genève, Écart Éditions, LP, 1987.

Raymond Gervais, Paul de Marinis, Otomo Yoshihide et Milan Knizak (plusieurs d'entre eux avaient d'ailleurs participé en 1989 à l'exposition révolutionnaire *Broken Music*)[15]; ils ont tous fait tourner la platine autour d'un axe creux. Dans un essai sur Christian Marclay, Douglas Khan dit des objets de l'artiste qu'ils contiennent des sons *résiduels* : «un son résiduel peut être extraordinairement bruyant sans toutefois produire de vibrations[16].» Allant du silence au *sotto voce*, la gamme de modes de réticence du taciturne réside précisément dans le résiduel. Les platinitaciturnistes amplifient le discours immobilisé de machines réduites au silence. Dans leurs mains, les platines deviennent des trieuses sorties tout droit du *Dead Letter Office*; elles circulent plutôt qu'elles ne communiquent. Et comme elles deviennent des objets réduits à l'état de rebuts, le refus devient une question de préférence : elles deviennent des platines Bartleby.

Il faut en convenir, la réticence est loin d'être un trait caractéristique chez la plupart des platinistes : l'habileté qui est mise en vedette serait plutôt la dextérité. Il faut toutefois aussi rappeler que ce ne sont pas les musiciens qui sont ici l'objet de notre propos, mais bien les *muticiens*, dans le sens du terme employé par Lyotard : des platinistes taciturnes plutôt que des platinistes ordinaires. Il n'est donc pas question des paramètres limités d'un set DJ, mais bien des machinations infinies de ces artistes qu'attirent le gommage, l'efface-ment, la disparition. Cela dit, le platinitaciturniste se sert quand même des platines, mais il aura tendance à les détourner de leur usage habituel et d'y faire allusion indirectement. La pièce *Super Infinity* (2002) de Dave Dyment et Roula Partheniou en fournit un exemple. Pour créer ce court métrage, les artistes ont collé en les couchant des 8 en Letraset sur une bande amorce de Super 8. En temps normal, la bande amorce correspondrait à cette partie du film où l'on aperçoit le compte à rebours annonçant le contenu sur le point d'être présenté. Ici, toutefois, la bande devient elle-même une fin en soi. Se déroule devant nos yeux une infinité de 8 en Letraset irréguliers, fragilisés, éphémères et prêts à se rompre; le compte à rebours devient une accumulation constante d'infinités, expression excessive d'un trop-plein d'infinité.

Ces huit inclinés ressemblent étrangement à la disposition habituelle de l'appareillage du DJ – deux platines placées côte à côte, attendant d'être mixées. Essentiellement, le principe additif à l'oeuvre dans un mix est de marquer un ensemble infini de possibilités. Le mixage permet au DJ d'assembler sans heurt des plages de temps et de produire non seulement une bande sonore continue mais également une bande qui pourrait être infinie, du moins en théorie. En d'autres termes, elle forme une boucle, moins dans le sens de la répétition que dans celui d'une machine non téléologique : *cela n'a jamais commencé et cela ne se terminera jamais.* Nous voilà prisonniers d'un territoire a priori antérieur au son, antérieur à l'image, antérieur au langage : inchoatif, en boucle, immergé dans le silence qui précède les mots, un espace récurrent et hanté une fois que les mots prononcés s'insèrent dans l'interstice entre les signes, un *super* espace dans lequel le vide acquiert tout le poids de son incommensurabilité.

---

15 Ursula Block et Michael Glasmeier (dir.), *Broken Music: Artists' Recordworks*, Berlin, DAAD, 1989.

16 Douglas Kahn, «Marclay's Lucretian Acoustics», *Parachute*, n° 74, 1994, p. 19.

Pour conclure la face A de cet enregistrement, une autre boucle mérite d'être signalée, plus impertinente que la précédente, présentant la quintessence de ce qui émerge dans l'espace au-delà/en dessous/entre des mots : un corps. La boucle en question est une performance de Claude Wampler, intitulée *Knit Tease* (1996), au cours de laquelle l'artiste tricote une robe à partir de celle qu'elle porte, pendant que joue et rejoue sur une platine posée près d'elle la pièce *The Stripper* de Danny Rose.

La séance de tricot produit une robe tout en mettant simultanément en scène un déshabillage. Quatre heures après le début de la performance, la nouvelle robe est prête à être portée, remplaçant une robe qui n'existe plus. Une autre robe prête à être détricotée et ainsi de suite. Dans cette boucle, les aiguilles à tricoter et les mains qui les guident s'effondrent et s'effacent, l'enregistrement et la lecture se confondant dans une seule action. Cet acte de reproduction apparemment infini procède d'une économie stricte. Tel est l'attrait qu'exerce l'illimité, lequel n'est pas, par définition, linéaire, même s'il se déplace droit devant (dans toutes les directions à la fois). L'action demeure subtile, discrète, taciturne, mais son aspect provocateur n'est jamais mis en doute.

FACE B/PISTE 1/ Dans un traité publié en 1771 sous le titre *L'art de se taire*, l'auteur, l'Abbé Dinouart, exprime le voeu que ses conseils seront suivis par les philosophes, car, écrit-il, ce sont rien de moins que «la gloire de Dieu, la tranquilité de l'État, le bien social et la pureté des moeurs» qui sont en jeu[17]. Le principe de réticence qu'il défend est alimenté par une profonde suspicion pour toutes les formes d'incontinence : «Jamais l'homme ne se possède plus que dans le silence : hors de là, il semble se répandre, pour ainsi dire, hors de lui-même, et se dissiper par le discours, de sorte qu'il est moins à soi qu'aux autres[18].» Il faut donc s'abstenir de recourir gratuitement au verbiage, car il amène des inconsistances, au sens somatique du terme. Le silence est assimilé à la maîtrise de soi, à la retenue, d'où la nécessité d'éviter de se répandre. La porosité est niée de manière à assurer la valence de *la gloire, la tranquillité, le bien social, la pureté*. Plutarque semble suggérer la même chose quand il commente l'incursion d'Héraclite dans l'art de la performance : après que les citoyens lui eurent demandé de parler de l'harmonie, Héraclite monta sur le podium, prit un verre d'eau froide, le saupoudra de farine, mélangea le tout avec une feuille de menthe, le but et s'en alla[19]. Il semble que le silence soit le meilleur moyen de faire régner la concorde; seul le désaccord naît des efforts déployés pour se mettre d'accord. La cohabitation a de meilleures chances de réussir lorsqu'on limite la conversation. Héraclite étouffe la lettre qui lui était adressée; c'est peut-être la réponse la plus pertinente au *koan* que lui posent les citoyens. La question, bien sûr, est de savoir s'il est possible d'imaginer la cohabitation sans la conversation. «Nos actuelles conversations sont articulées sur le dehors, la rupture, affirme Chantal Thomas dans la préface qu'elle signe à un recueil présentant deux textes du 19e siècle sur la conversation par Jonathan Swift et André Morellet, elles intègrent le mal-dit, le non-dit, la faute, non pour s'y enliser, mais pour les muer en tremplins[20]. Thomas poursuit en évoquant le rythme produit par le saut vertigineux de

---

17 Abbé Dinouart, *L'art de se taire*, Paris, Jérôme Millon, 1987 [1771], p. 94.

18 Ibid., p. 40.

19 Plutarque, *Bavards et curieux*, Paris, L'Arche, 2001, p. 29.

20 Chantal Thomas, dans la préface à André Morellet, *De la conversation*, Paris, Éditions Payot et Rivages, 1995 [1812], p. 21.

ce tremplin vers cette parole échangée «qui constitue l'un des moments forts de l'existence[21]». Par conséquent, la condition préalable à cette exhubérance, à cette vivacité, réside dans une suite de désarticulations et d'inarticulations qui, loin d'ébranler les articulations, les étaye afin qu'elles s'agrègent pour devenir conversation.

Dans ce mode catapulte où l'on est expulsé vers l'extérieur tout en anticipant le recul, nous retrouvons le platinitaciturniste immergé dans le dispositif de la conversation, occupé à induire un blocage ou tout au moins un bégaiement dans le mécanisme propulsif de la machine. On peut interpréter *Le Silence* d'Ingmar Bergman (filmé en 1963) comme un traité approfondi sur le blocage de l'appareil vocal. Dans ce film, les conversations ne sont pas seulement coupées par le silence, elles exsudent un rythme muet et se muent en silences syncopés. «Ester porte la main à sa bouche comme si elle voulait étouffer un cri»; elle est traductrice, insensible à la chaleur, elle a froid en fait, elle meurt, elle gémit et pleurniche[22]. Ce qui la consume réside à l'intérieur d'elle et sa morsure est celle du givre. Quant à sa soeur, Anna, elle étouffe de chaleur, c'est une femme charnelle, «elle tient ses jambes moites écartées», elle ne peut supporter de rester en dedans[23]. Depuis l'étouffant compartiment du train qui les ramène à la maison, à l'escale qui les conduit dans une chambre d'hôtel dans une ville inconnue où l'on parle une langue inconnue (une langue qu'Ester est incapable de traduire), l'extérieur ne se laisse saisir que par l'intermédiaire d'une fenêtre. La fenêtre joue le rôle de barrière et de traductrice. Anna quitte l'hôtel pour aller prendre l'air et, dans un cinéma situé à proximité, elle observe un couple en train de faire l'amour dans un coin à l'arrière : «le visage de [l'homme] est renversé en arrière, son cou est tendu et la pomme d'Adam proéminente et noueuse se soulève comme si elle voulait déchirer la peau[24]». La tension qui s'exerce entre les deux soeurs est profondément sexuelle; elle demeure en grande partie implicite, contenue et non résolue. Les deux soeurs personnifient les deux extrémités de la palette du platinitaciturniste, c'est comme si elles exécutaient une mise en scène sexualisée de la pièce *Impromptu d'Ohio*.

Poursuivant notre exploration dans la même veine, Plutarque relate l'histoire d'un certain Anacharsis qui dormait en se protégeant le sexe de la main gauche et en couvrant sa bouche de la droite, estimant que la langue avait besoin d'un censeur plus solide, d'être enfermée, couverte. L'adage *Connais-toi toi-même* échoue devant ce que nous pourrions *faire*, dans ces moments où l'action précède la connaissance. Les mots s'échappent. Ils se démènent et s'enfuient. La plupart du temps, leur moyen de fuite, ce sont les mains, comme l'atteste ce commentaire mémorable de Freud : «Celui dont les lèvres se taisent bavarde avec le bout des doigts; il se trahit par tous les pores[25].» Les doigts peuvent *retenir, s'accrocher, tenir bon* mais ils préféreraient de loin *se tendre, rejoindre, prendre*. Il semble fort à-propos que, dans *Le Silence*, le personnage d'Ester, arrivant dans ce pays où l'on parle une langue étrangère, décide que le premier mot qu'il lui faut apprendre est celui qui désigne «la main» (*Kasi*). Les deux soeurs, Anna et Ester,

---

21 Ibid., p. 20.

22 Ingmar Bergman, *Le Silence*, Paris, Éditions du Seuil, 1972, p. 26.

23 Ibid., p. 12.

24 Ibid., p. 63.

25 Sigmund Freud, *Dora : Un cas d'hystérie*, dans *Cinq psychanalyses*, traduction de Marie Bonaparte et Rudolph M. Loewenstein, Presses Universitaires de France, 1954, p. 57.

diraient peut-être à Anarchasis que le meilleur moyen de garantir la continence serait de couvrir les deux endroits avec les deux mains. Un scénario impossible à réaliser, constat que confirme l'anecdote suivante. Bergman avait d'abord prévu intituler son film *Tiimoka*, un mot estonien qu'il avait trouvé dans un ouvrage et dont il aimait la sonorité. Mais il apprit plus tard que ce terme signifiait «destiné à être exécuté», pour punir, sans doute, un acte commis avec les mains. Nous voilà donc de retour à notre bureau de poste funéraire, lieu où s'accumulent les missives retenues, les impasses et les angles morts. L'instinct de censure ne fait pas le poids devant les pulsions lubriques. Éros et Thanatos subsument la stase à chaque instant[26].

Sous ce rapport, le platinitaciturniste semble se retrouver du côté du censeur, de celui qui réduit au silence. Or il est d'abord et avant tout un agent qui opère dans le courant sous-jacent de la relation, qui converse par la voie du silence plutôt que contre celui-ci. Cela signifie que le platinitaciturniste évolue dans cette zone morte où nous sommes séparés par ce qui nous unit. Cette zone morte fonctionne à la manière d'une tache aveugle, l'*angle mort* [en français dans le texte]. La tache aveugle, ou *punctum caecum*, c'est ce «point où la rétine ne transmet aucune sensation, et qui correspond au point d'entrée du nerf optique dans le globe de l'oeil[27]». On pourrait donc postuler que voir à travers ce point oblige à contourner l'oeil, plongeant la vision dans une relation spatio-temporelle. Autrement dit, le pointage qu'opère lui-même le point répond à une question d'ordre ontologique – au désir d'apercevoir l'au-delà – ou en dépit de lui.

/PISTE 2/ Lorsque Tom Friedman a entrepris, dans *Untitled* (1990), de signer son nom avec un stylo jusqu'à ce que celui-ci se vide de toute son encre, il aurait pu choisir n'importe quelle forme ou direction, mais il a opté pour le cercle; il a inscrit son nom à la manière d'un disque qu'on grave, traçant un sillon qui pâlit de plus en plus à mesure qu'on s'approche du centre[28]. Tom Friedman devient de moins en moins Tom Friedman au fur et à mesure que les sillons de ses signatures s'effacent, que leur volume se rétré-cit et que sa méticuleuse persévérance se confronte à la finitude de son moyen d'enre-gistrement. En d'autres termes, Tom Friedman s'éteint. C'est le retour d'une certaine morbidité, du *Je suis mort*, sous la forme d'une inscription. Paradoxalement, par cette inscription, le signataire atteint l'immortalité.

Le geste de Friedman évoque un autre trait du platinitaciturniste : la patience, ou ce que j'appellerais un certain poids de la présence. Non pas celle de Godot, mais celle du passage de l'aiguille, c'est-à-dire le passage du présent.
Sur cette même piste empruntée par Friedman, on trouve un autre exemple de patience amplifiée sous la forme de l'oeuvre *Nightsea Crossing* de Marina Abramovic et Ulay, une

26 Pour une réflexion complémentaire sur le mutisme et la tactilité, voir mon essai «The Prestidigitator: A Manual», publié en flamand dans la revue *AS*, n° 169, Anvers (Belgique), MuKHA, 2004. À paraître prochainement en français dans *Revue Le Quartanier*.

27 En fait, le terme *punctum* est riche de sens : en témoigne l'entrée que lui consacre le *Trésor de la langue française* (Tome XIV, CNRS – Gallimard, 1990). Par ailleurs, il existe un *punctum métaphysique*, comme l'illustre l'extraordinaire citation littéraire suivante : «De ce rien, de cet embryon rudimentaire qui est la première idée d'un livre, faire sortir le *punctum saliens*, la vie de l'oeuf, tirer un à un de sa tête les membres d'une phrase, les lignes des caractères, l'intrigue, le noeud, tout ce petit monde animé de vous-même et jailli de vos entrailles, qui est un roman, – quel travail!» (Goncourt, *Journal*, 1862, p. 1100.) Par contraste, dans le *Littré*, *punctum* ne mérite pas sa propre entrée; il ne figure que dans la rubrique consacrée à *punticulaire*, du Latin *puncticulum*, un diminutif de *punctum* : point.

28 Tom Friedman, *Tom Friedman*, New York, Phaidon, 2001, p. 15.

Tom Friedman, *Sans titre, TFF9017*, 1990.
photo : courtoisie de Feature Inc., New York

performance qui s'est déroulée durant 69 jours, étalés sur une période de six ans (1981-1987). Chacune de ces journées consistait en un long face-à-face silencieux de sept heures pendant lequel les artistes étaient assis, sans bouger, de part et d'autre d'une table rectangulaire. Ici, la platine taciturne est immobile, imperturbable; la circulation emprunte un registre différent :

Être présent, durant de longues plages de temps
Jusqu'à ce qu'une présence s'élève et retombe, du
Matériel à l'immatériel, de
La forme à l'informe, de
L'instrumental au mental, du
Temps à l'intemporel[29].

La tactique platinitaciturne qui émerge ici est celle d'un fondu qui nous mène du connu à l'inconnu, un dérapage vers l'extérieur, déterminé mais pourtant indiscernable, esquisse de l'infinité infinitésimale.

/PISTE 3/ L'étrange exploit mis en scène par Gregory Whitehead dans l'oeuvre radio *Dead Letters* (1985), dans laquelle un «homme d'affaires à la retraite» tente de mémoriser et de réciter *L'Iliade* dans son intégralité, a ici sa pertinence. Même si cette oeuvre ne fait pas explicitement allusion à Bartleby, Whitehead est un fervent déclaré de Melville; l'engagement absolutiste manifesté par «l'homme d'affaires à la retraite» envers la citation fait penser aux interprétations inébranlables, par Bartleby, de ce que Deleuze a baptisé «la formule». Le scribe finit par être réduit à sa propre citation, *Je préfèrerais ne pas*, «comme s'il avait tout dit et épuisé du coup le langage[30]», commente Deleuze à son sujet. Cet état paradoxal de l'excès trouve son écho dans le projet de «l'homme d'affaires à la retraite» : «C'est ma façon à moi d'atteindre à l'immortalité : en me rattachant à un véhicule qui est lui-même immortel[31].» La perennité du texte d'Homère déteint sur celui qui le cite; notre platinitaciturniste se soumet à une entreprise qui consiste à se laisser avaler par le courant de *L'Iliade*. Il ne s'agit pas d'un projet de communication (à moins qu'il s'agisse de communiquer avec la mort et avec les morts), mais d'une circulation transgressive, une tentative d'atteindre l'immortalité par un geste machinal. La difficulté de la tâche n'amène pas seulement «l'homme d'affaires» à bredouiller pendant sa prestation (ce qui est compréhensible); on a aussi l'impression que sa capacité même de parler s'érode et finit par être subsumée sous cette mnémotechnique de l'immortalité[32] :
Eh bien, L'Iliade *compte vingt-quatre tomes. Les mémoriser, ce serait comme remplir vingt-quatre seaux avec de l'eau. Des seaux dont le fond serait parsemé de trous, comme une*

29 Marina Abramovic et Ulay, *Nightsea Crossing*, dans Marina Abramovic, *Artist Body: Performances 1969-1998*, Milan, Charta, 1998, p. 258. [Trad. libre.]

30 Gilles Deleuze, «Bartleby, ou la formule», *Critique et clinique*, Paris, Éditions de Minuit, p. 91.

31 Un «homme d'affaires à la retraite» figurant dans *Dead Letters*, oeuvre audio de Gregory Whitehead réalisée en 1985, rééditée sur CD, Amsterdam, Staalplaat, 1994. [Trad. libre.]

32 La deuxième occurrence de balbutiement est particulièrement évidente dans la partie de la pièce précédant celle qui est citée dans le corps du texte : «Je dois imprimer dans le – dans, euh… ma mémoire, ces trente-trois noms [des nymphes marines qui accompagnent Thetis, mère d'Achille]. Pour ce faire, je… euh… j'établis des rapports… euh… en… entre les noms, euh… en notant… en notant certaines de leurs particularités, et je – je rattache les noms à ces par… particularités.»

passoire. Vous remplissez le premier seau-livre puis vous allez au deuxième; l'eau s'écoule alors un peu plus lentement qu'au moment où vous avez rempli le premier. Vous finissez avec le deuxième seau et vous passez au troisième, pour ensuite vous apercevoir que le premier s'est vidé presque entièrement; il faut donc y retourner et le remplir de nouveau. La même chose se produit avec le deuxième seau, et, et, et là vous faites de même avec les troisième et quatrième. Alors, chaque fois que vous remplissez de nouveau un seau que vous aviez déjà rempli, c'est comme si, en fait, vous aviez réussi à boucher un trou. Voilà pourquoi l'eau s'é-coule un peu plus lentement après ça. Au bout du compte, après avoir refait la même chose maintes et maintes fois, vous aurez réussi à boucher tous les trous, mais il restera toujours une légère fuite, qu'il vous faudra réparer constamment, réparer ces trous bouchés pour empêcher qu'ils ne fuient[33].

Désorientation constante, remixage sans fin; par centaines, les passages s'échappent des seaux pour retrouver la page. Benjamin fait en effet le commentaire suivant au sujet des citations : elles contiennent non pas «la force de préserver, mais celle de purifier, d'arracher au contexte, de détruire[34]». Une purification violente; un acte fondé sur la destruction, ayant constamment besoin d'une réparation, mais irréparable. Prenant l'eau sans arrêt, s'écoulant *et* surnageant. Un tome aussi immortel, sans doute l'un de ces *moments forts de l'existence*, est capable de produire un courant de fond qui non seulement meut l'existence, mais l'entrave aussi, la submerge.

L'extraordinaire verbiage résultant de ces enregistrements pourrait sembler l'antithèse de la sensibilité propre du taciturne; or il n'est pas ici question de sensibilité ni de symp-tomatologie, mais bien de technique, de tactique, de subterfuge.

/PISTE 4/ Le tourne-disque continue à tourner, l'aiguille lit *Je voudrais pouvoir me taire* puis, dans un mouvement inverse du disque, c'est *Tais-toi!* qu'on entend. L'inverse n'est pas tout à fait fidèle, il triche et insère la muselière impérative. Au moins, sur cette platine en mouvement, nous obtenons notre version mixée, qui n'est simple qu'en apparence, un mélange issu de la singularité. Ce moment unique où le son fait signe au silence, où celui qui l'impose et celui qui y est réduit sont lancés dans la conversation – une scène impossible, qui nous permet d'estimer le mutisme pour sa puissance dans le registre de l'infinitésimal. Fidèle à la manière du platinitaciturniste, Agamben, citant Bloch qui l'avait emprunté à Benjamin qui l'avait entendu chez Scholem, parle d'«infime déplacement», comme un emblème du monde à venir, comparé avec l'actuel[35]. Si, comme il l'affirme, le déplacement doit se produire non pas dans les choses mais «dans [leur] signification et leurs limites[36]», on peut alors considérer le platinitaciturniste comme l'agent qui se fraye un passage à l'intérieur de l'espace infime que crée ce déplacement, pour le mettre à nu, un agent à peine perceptible, mais incontournable et qui, une fois qu'il s'est mis à tourner, ne peut être immobilisé.

---

3 3 Un «homme d'affaires à la retraite», dans *Dead Letters*. [Trad. libre.]

3 4 Walter Benjamin, cité par Hannah Arendt dans «Introduction: Walter Benjamin: 1892-1940», dans *Illuminations*, p. 39. [Trad. libre.]

3 5 Agamben, *La Communauté* qui vient, p. 57.

3 6 Ibid., p. 58.

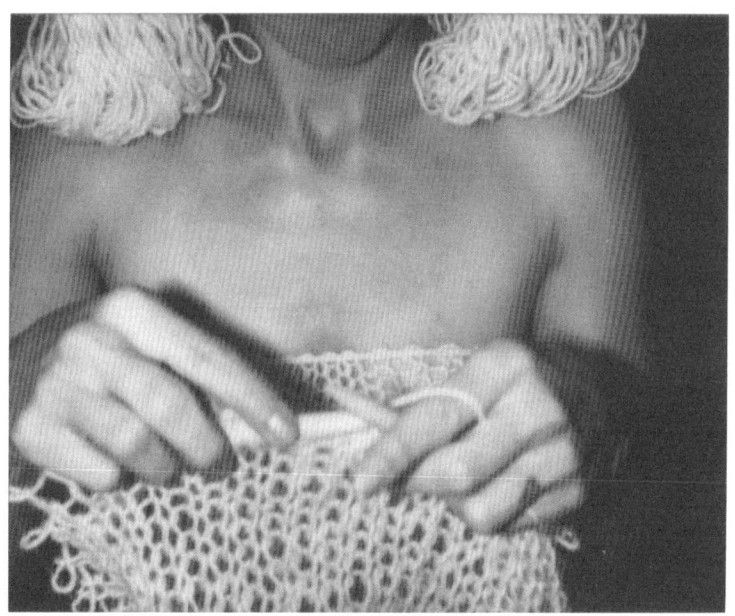

Claude Wampler, *Knit Tease: Ms. LeFarge Gives Another Historical Performance*, 1996.
photos : courtoisie de l'auteur

NOTICES
BIOGRAPHIQUES

BIOGRAPHICAL
NOTES

Paul **Ardenne** est agrégé d'Histoire et docteur en histoire de l'art. Il est maître de conférences à l'Université Picardie Jules-Verne d'Amiens. Collaborateur, entre autres, des revues *Art press* et *Archistorm*, il est l'auteur de plusieurs ouvrages ayant trait à l'esthétique actuelle et à l'art vivant : *Art, l'âge contemporain* (1997), *L'Art dans son moment politique* (2000), *L'Image Corps* (2001), *Un Art contextuel* (2002). Il a récemment publié, *Portraiturés*, sur le portrait photographique, ainsi que *Codex Ricciotti*, une monographie consacrée à l'architecte Rudy Ricciotti, et *La Halte*, un roman. Enfin, en 2005, *Topiques* (sur l'architecture d'Alain Sarfati), ainsi que *Terre habitée – Humain et urbain à l'ère de la mondialisation*, un essai sur l'urbanité contemporaine.

*Paul **Ardenne** has degrees in History, a doctorate in Art History, and is assistant professor at Université Picardie Jules-Verne in Amiens. He writes for the magazines* Artpress *and* Archistorm, *and is author of several books about contemporary aesthetics and performance art:* Art, l'âge contemporain *(1997),* L'Art dans son moment politique *(2000),* L'Image Corps *(2001), and* Un Art Contextuel *(2002). Recent publications include:* Portraiturés, *on the photographic portrait;* Codex Ricciotti, *a monograph on the architect Rudy Ricciotti;* La Halte, *a novel;* Topiques *(2005), on the architecture of Alain Safati; and* Terre Habitée – Humain et urbain à l'ère de la mondialisation *(2005), an essay on contemporary urban life.*

Aline **Caillet** est philosophe de formation et enseignante. Elle termine un doctorat en philosophie esthétique à Paris sur «La critique artiste à l'âge contemporain : formes, modalités et pertinences de la critique sociale et politique dans les pratiques d'art d'interventions des années 1990-2000». Elle a été membre de Campement Urbain en 2003 pour le projet *[Je et Nous]*, sélectionné à la Biennale de Venise 2003. En tant qu'auteure, elle a collaboré à la revue française d'art, d'architecture et de paysage *Parpaings*, et à la revue *esse*.

*Aline **Caillet** is a teacher with degrees in Philosophy, and is presently completing a doctorate in Aesthetics on "La critique artiste à l'âge contemporain : formes, modalités et pertinences de la critique sociale et politique dans les pratiques d'art d'interventions des années 1990-2000." In 2003, she was a member of Campement Urbain for the project* Je et Nous, *which was selected for the 2003 Venice Biennial. Her work is also published in* Parpaings *(a French magazine focusing on art, architecture and landscape) and* esse *magazine.*

Nathalie **de Blois** est historienne de l'art et commissaire indépendante. Elle a réalisé plusieurs expositions depuis 1997. Entre autres, elle a effectué des recherches approfondies sur le travail de quelques artistes qui ont participé à l'émergence de la modernité au Québec dans les années 1950. Depuis 2001, elle oriente davantage ses activités et ses recherches vers des pratiques actuelles. Elle est membre du comité de rédaction de *esse*.

*Nathalie **de Blois** is an art historian and independent curator who has organized numerous exhibitions since 1997. She has also carried out in-depth research on the work of artists who were part of the emerging modernity in Quebec throughout the 1950s. Since 2001, her activities and research have focused on contemporary art practices. She is a member of the esse editorial committee.*

Marie Fraser est historienne de l'art et commissaire indépendante. Au cours des dernières années, elle a publié plusieurs essais et articles qui traitent de récits politiques et d'expériences urbaines, abordant notamment les notions d'espace public et privé, d'identité, de mémoire, de communauté et de démocratie. À titre de commissaire indépendante, elle a organisé plusieurs projets dans l'espace urbain et public : *La demeure* (2002), *Gestes d'artistes / Artists' Gestures* (2001), La cueillette (1998) et *Sur l'expérience de la ville* (1997), qui s'est mérité le Lauréat Arts visuels du Conseil des arts de la Ville de Montréal. Elle a été commissaire des expositions *Le ludique* (2001-2003) et *raconte-moi (tell me)* (2005-2006) présentée au Musée national des beaux-arts du Québec et en Europe, respectivement au Musée d'Art Moderne de Lille Métropole et au Casino Luxembourg – Forum d'art contemporain. Elle prépare actuellement un livre sur les interventions en milieu urbain.

Marie Fraser is an art historian and independent curator. She has published many essays and articles on political issues and urban experience, in which notions of public and private space, identity, memory, community and democracy are discussed. As an independent curator, she organized the following projects focusing on urban public space: La demeure (2002), Gestes d'artistes/Artists' Gestures (2001), La cueillette (1998) and Sur l'experience de la ville (1997). She was awarded the Lauréat Arts visuels du Conseil des arts de la Ville de Montréal, and has curated the exhibitions Le ludique (2001-2003), and raconte-moi (tell me) (2005-2006), presented at the Musée national des beaux-arts du Québec and in Europe, at the Musée d'Art Moderne de Lille Métropole, as well as at the Casino Luxembourg – Forum d'art contemporain. She is currently working on a book about interventions in the urban milieu.

- -

Emmanuelle Léonard détient une maîtrise en arts visuels et médiatiques de l'Université du Québec à Montréal. Depuis 1996, elle a présenté une vingtaine d'expositions individuelles et collectives au Canada et à l'étranger. Entre autres lieux, mentionnons la Kunsthaus (Dresde, 2005), le Neuer Berliner Kuntsverein (Berlin, 2005), l'événement *TRAFIC Inter/nationale d'art actuel* en Abitibi-Témiscamingue (2005), Occurrence (Montréal, 2005), Galerie Pari Nadimi (Toronto, 2004 et 2005), Mercer Union (Toronto, 2004), Casa Vallarta (production VOX, dans le cadre de la saison du Québec au Mexique, Guadalajara, 2003), Galerie Glassbox (Paris, 2002), Espace VOX (Montréal, 2002), Le Mois de la Photo (Montréal, 2001), Galerie Plein Sud (Longueuil, 1999), Centre VU (Québec, 1998) et Musée d'art contemporain de Montréal (1997). En 2003, elle a bénéficié du programme de résidences d'artistes, *Les inclassables*, à la Villa Arson (Nice).

Emmanuelle Léonard was born in 1971, and has a master's degree in Visual and Media Arts from the Université du Québec à Montréal. Since 1996, she has presented her work in solo and group exhibitions in Canada and abroad. Venues in which her works have been presented in 2005 include, the Kunsthaus (Dresden), the Neuer Berliner Kuntsverein (Berlin), TRAFIC Inter/nationale d'art actuel (Abitibi-Témiscamingue), and Occurrence (Montreal); Other venues include: Galerie Pari Nadimi (Toronto) in 2004 and 2005; Mercer Union (Toronto) in 2004; Casa Vallarta – La Saison du Québec au Mexique, VOX production (Guadalajara) in 2003; Galerie Glassbox (Paris) and Espace VOX (Montreal) in 2002; Le Mois de la Photo, Montreal, in 2001; Galerie Plein Sud (Longueuil) in 1999; Centre VU (Quebec City) in 1998; and the Musée d'art contemporain de Montréal in 1997. In 2003 she also presented Les inclassables while participating in an artist's residency at Villa Arson, Nice.

Luc Lévesque, architecte et artiste, est chargé de cours à la faculté d'aménagement de l'Université de Montréal où il poursuit actuellement un doctorat sur la notion de paysagéité interstitielle. En 2000, il participe à la création de l'atelier d'exploration urbaine SYN- au sein duquel il réalise les manoeuvres urbaines *Hypothèses d'amarrages* (Montréal, 2001-), *Hypothèses d'insertions* (Gatineau, 2002) et *Prospectus* (Montréal, 2003-2004). Entre 1993 et 2000, il conçoit, avec le collectif multidisciplinaire Arqhé, la série d'interventions in situ multimédias *Ligne de site* (I à V). Membre du comité de rédaction de la revue d'art actuel *Inter* (Québec), il a dirigé plusieurs dossiers sur l'architecture, le paysage et les pratiques urbaines; il a aussi publé de nombreux textes sur ces sujets. En architecture, il collabore à l'atelier Zoom et a travaillé chez Peter Eisenman à New York et Rem Koolhaas/OMA à Rotterdam.

Luc Lévesque is an architect and artist, lecturing at the Faculté d'aménagement at the Université de Montréal, where he is presently working on a doctorate on the notion of "paysagéité interstitielle." In 2000, he was one of the creators of SYN-, a studio for urban exploration with whom he produced the urban manoeuvres Hypothèses d'amarrages *(2001) in Montreal,* Hypothèses d'insertions *(2002) in Gatineau, and* Prospectus *(2003-2004) in Montreal. From 1993 to 2000, he produced the series of site-specific multimedia interventions* Ligne de site *(1-V) with the multidisciplinary collective Arqhé. He is on the editorial committee of the contemporary art magazine* Inter, *based in Quebec City, and he has edited several issues concerning architecture, landscape and urban practices. He has also published numerous texts on these subjects. He has collaborated on architectural projects with the studio Zoom, and has worked for Peter Eisenman in New York and Rem Koolhaas/OMA in Rotterdam.*

Christof Migone, artiste multidisciplinaire vivant à Montréal, est l'auteur de nombreuses performances et installations. Titulaire d'une maîtrise en beaux-arts du Nova Scotia College of Art & Design, il poursuit actuellement un doctorat au Department of Performance Studies (New York University). Il est co-rédacteur en chef de *Writing Aloud: The Sonics of Language*, et ses textes ont été publiés dans *Aural Cultures, S:ON, Experimental Sound & Radio, Musicworks, Semiotext(e), Radio Rethink, Parachute, Angelaki*. Il a récemment publié son premier livre, *la première phrase et le dernier mot*, chez l'éditeur montréalais Le Quartanier. Membre fondateur d'Avatar à Québec, il a réalisé sept disques compacts solo (*Avatar, ND, Alien 8, Locust, Oral*). En 2005, l'éditeur Errant Bodies Press a publié une monographie sur son travail : *Christof Migone – Sound Voice Perform*.

Christof Migone, a multidisciplinary artist living in Montreal, has created numerous installations and performances. He has a master's degree in Fine Arts from the Nova Scotia College of Art and Design and is presently working on a doctorate at the Department of Performance Studies at New York University. He is the co-editor of Writing Aloud: The Sonics of Language, *and his texts have been published in* Aural Cultures, S:ON, Experimental Sound & Radio, Musicworks, Semiotext(e), Radio Rethink, Parachute *and* Angelaki. *His first book,* la première phrase et le dernier mot, *was published recently by Le Quartanier in Montreal. A founding member of Avatar in Quebec City, he has produced seven solo CDs,* Avatar, ND, Alien 8, Locust, Oral. *In 2005, Errant Bodies Press published a monograph on his work,* Christof Migone – Sound Voice Perform.

Alain-Martin Richard, performeur, éditeur, critique et essayiste, a développé au fil des ans une pratique multidisciplinaire sur les questions de l'art dans la société, sur la pratique de l'art comme une action poétique, comme une philosophie en acte. L'expérimentation des pratiques non reliées au champ de l'art, l'utilisation de matériaux usuels non retravaillés, l'usage des technologies comme médium familier. Les conditions objectives de l'expérimentation artistique soutiennent une grande partie de sa production. Comme éditeur, il a travaillé entre autres à la publication *Performance in/au Canada 1970-1990*, aux catalogues *Territoires nomades* (1996) et *3ᵉ Symposium en arts visuels de l'Abitibi-Témiscamingue* (1998).

Alain-Martin Richard is a performer, editor, critic and essayist, who over the years has developed a multidisciplinary practice concerned with issues of art in society and the practice of art as a poetic action and philosophic act. He is interested in experimental practices not linked to art, the use of everyday materials (not reworked), and technology as a familiar medium. The objective conditions of artistic experimentation sustain a large part of his production. He is the editor of Performance in/au Canada 1970-1990, *and the catalogues* Territoires nomades *(1996) and* 3e Symposium en arts visuel de l'Abitibi-Témiscamingue *(1998).*

Kathleen Ritter est artiste, écrivaine et travailleuse culturelle qui pratique un art interdisciplinaire souvent hors les murs de la galerie. Elle est membre du *Ladies' Afternoon Art Society*, un groupe à but non lucratif qui se consacre à la propreté, à la décoration et au service publique. Ritter a travaillé comme coordonnatrice de la programmation à la Artspeak Gallery et fut commissaire de *Expect Delays*, une série de projets d'artistes qui a eu lieu dans la ville de Vancouver. Présentement, elle poursuit une maîtrise en beaux-arts (University of Western Ontario, London).

Kathleen Ritter is an artist, writer and cultural worker. Her art practice is interdisciplinary and often located outside of the gallery's doors. Ritter is a member of the Ladies' Afternoon Art Society, a non-profit group dedicated to cleanliness, decoration and public service. Ritter worked as the Programme Coordinator at Artspeak Gallery and was the curator of Expect Delays, a series of artists' projects that took place throughout the city of Vancouver. Currently, she is pursuing an MFA at the University of Western Ontario in London.

Véronique Rodriguez, historienne de l'art et docteur en sociologie, a effectué des recherches doctorales abordant la question de l'atelier d'artiste (*L'exacerbation de la valeur d'exposition et la dévalorisation du métier de l'artiste, leurs incidences sur les transformations de l'atelier*, mars 2001). Elle est professeure d'histoire de l'art au Collège Ahuntsic (Montréal) depuis 1999. À l'occasion, elle est chargée de cours au département d'histoire de l'art de l'Université de Montréal et de l'Université du Québec à Montréal. Elle est l'auteure de plusieurs textes de catalogues d'exposition et d'articles, qui abordent la question de l'atelier d'artiste.

Véronique Rodriguez, an art historian with a doctorate in Sociology, has carried out doctoral research on the subject of the artist's studio (L'exacerbation de la valeur d'exposition et la dévalorisation du métier de l'artiste, leurs incidences sur les transformations de l'atelier, March 2001). Since 1999, she has been a professor of art history at Collège Ahuntsic in Montreal, and has lectured in the art history departments at Université de Montréal and Université du Québec à Montréal. She is the author of numerous texts, published in exhibition catalogues, concerning the issue of the artist's studio.

Stephen Wright est critique d'art, directeur de programme au Collège international de philosophie de l'art (Paris) et professeur de philosophie à l'École supérieure des Beaux Arts de Toulon. Commissaire d'expositions indépendant, il a organisé en 2004, *L'avenir du ready-made réciproque* (Apexart, New York) et en 2005, *In absentia* (Passerelle, Brest), deux projets qui, en interrogeant des pratiques artistiques à faible coefficient de visibilité artistique, posent la question d'un art sans oeuvre, sans auteur et sans spectateur. Il vit à Paris, où il est correspondant pour *Parachute*.

Stephen Wright is an art critic, programme director at the Collège international de Philosophie (Paris), and professor of philosophy at the École supérieure des Beaux Arts de Toulon. In 2004, he curated The Future of the Reciprocal Readymade *(Apexart, New York) and in 2005* In Absentia *(Passerelle, Brest), as part of a series of exhibitions examining art practices with low coefficients of artistic visibility, which raise the prospect of art without artworks, authorship or spectatorship. He lives in Paris, and is* Parachute's *correspondant in France.*